邪魔者は毒を飲むことにした
—暮田呉子短編集—

JN190688

アティルブックス

E N T S

邪魔者は毒を飲むことにした　005

公爵家の長女として生まれ、周囲に愛され幸せに暮らしていたリリティア。
彼女の生活は、ある日父親の再婚によって一変した。
リリティアを陥れる継母、味方だったはずの兄、見て見ぬ振りをする父親……。
そして唯一の救いと思えた婚約者からも見放された彼女は、
ある偶然を機に「死」を決意する――。

今日、離婚します。さようなら、初恋の人。　167

婚約者に裏切られたコゼットに、突如舞い込んできた縁談――。
その相手は、密かに想いを寄せていた初恋の人・マリウスだった。
しかし、喜びも束の間、彼女を受け入れる気のないマリウスは
1年後の離婚を宣言してきて……？

植物令嬢は心緒の花を咲かす　245

自身の身体から人を癒す花を咲かせる【聖女】ヘレナ。

寝る間も惜しみ人を救う彼女は、ある日をきっかけに寝たきりの生活を余儀なくされる。

周囲からは敬愛される一方、終わらない両親からの搾取。

力尽きたヘレナは、それでも花を咲かせ続ける。

CONT

邪魔者は毒を飲むことにした

それが毒だと知っていた。
飲み干せばどうなるかも解っていた。
――解っていて、敢えて飲んだ。
もう、どうなってもいいと投げやりな気持ちで、この世に未練などなかったからだ。
喉を通って流れ込んだ毒が体内を侵食する。
吐き気が込み上げて視界が揺れた。
倒れると思った瞬間、見知った顔が目に映った。
今まで一度も、そんな顔で私を見たことなかったくせに。
きっと私がいなくなれば喜ぶに決まっている。
――だって、邪魔者だから。
厄介者だから、私が消えていなくなることを皆が願っている。
だから、私も願った。

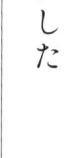

意識が薄れていく中、このまま目覚めることのない世界へ。

どうか、私を連れていってください……。


ケイシュトン公爵の長女リリティア・ケイシュトンの世界は、最初から灰色だったわけではない。

生まれた時に母親を亡くしてしまったが、二歳年上の兄と、父親がとても大切にしてくれた。

おかげで、絵に描いたような幸せな家族の中、優しくて明るい女の子に育っていた。

リリティアが笑えば、その場に花が咲いたように華やぐ――と、喜ばれるぐらい皆から愛されていた。

しかし、リリティアが十歳になった頃、生活は一変した。

父親が再婚したのだ。

相手はリリティアと十三歳ほどしか年の離れていない、若い伯爵令嬢だった。

紹介された時、彼女は母親を亡くしたケイシュトン公爵家の兄妹に同情し、もう二人には寂しい思いはさせないと柔らかな笑顔を見せてくれた。

母親の温もりを知らずに過ごしてきたリリティアは、ミランダと名乗った彼女に期待を抱いた。

だが、それが間違いだと気づいた時には、すでに手遅れだった。

最初は些細な出来事だった。

ミランダの持っていた宝石がなくなり、どういうわけかその宝石がリリティアのベッドから見つかった。

もちろん盗んだわけではない。

リリティアは知らないと言い張ったが、ミランダは「いいのよ、リリティアは寂しくて構ってほしかっただけよね」と微笑んだ。

父親は「ミランダをすぐに母親と受け止められないのも分かるが、度が過ぎる悪戯はやめなさい」と言ってきた。

なぜか、皆信じてくれなかった。

それから似たようなことが起こるたび、リリティアを庇ってくれたのはミランダだけだった。

程なくしてミランダは双子の姉弟を出産し、名実ともにケイシュトン公爵家の女主人として君臨することになった。

すると、ミランダはリリティアの教育にも口を出すようになった。

これまで優しく教えてくれていた教育係は辞めさせられ、体罰を伴う教育方針に変わった。

父親は仕事で屋敷に戻ってくることも少なく、誰もリリティアの変化に気づかなかった。

否、気づいていたが見て見ぬ振りをしていたのだ。

ミランダは自身に反感を持ち、反抗的な態度を取った使用人には罰を与え、屋敷から追い出してしまった。

地位を確固たるものにすると、ミランダの金遣いは荒くなり、派手な装いに身を包んできつい香水の香りを振り撒くようになった。

そして、リリティアの居場所は失われていった。

屋敷内で孤立していく中、唯一救いになったのは皇太子との婚約だった。

ロヴァニア帝国の第一皇子であるライハルト・シェーン・ロヴァニアは、リリティアの兄ルシアンと仲が良く、リリティアとも顔見知りだった。

二人の婚約は大々的に発表され、皇太子妃になるための教育が始まり、リリティアはミランダのいる屋敷から離れることができた。

城では皆が良くしてくれ、体罰を伴う教育に怯える必要もなかった。

リリティアは次第に持ち前の明るさを取り戻していった。婚約者のライハルトも、城にいる時にはリリティアの元に足を運んでくれた。

けれど、兄であるルシアンの態度は冷たかった。ルシアンは、嘘つきで手癖の悪い妹だと罵るミランダの言葉を信じてしまっていたのだ。

幼い時は仲良く遊んでいたのに。

さらに、ミランダはルシアンを味方につけるだけでなく、リリティアの精神まで支配しようとしてきた。

「貴女は、自分のお母様を殺して生まれてきた子なのでしょう？　公爵家の皆は優しいから口にしないだけで、本当は貴女を恨んでいるのよ。それなのにいつも楽しそうに過ごして、なんて罪深い娘なのかしら。もっと躾けないと分からないようね……リリティア」

城から戻るのが遅くなってしまったある日、ミランダはリリティアの部屋にやって来てそう言った。

手には鞭を持って。

けれど、鞭で叩かれた痛みより、ミランダに言われた言葉のほうが辛かった。

これまで周囲から愛されて育てられたと思っていたのに、それら全ては偽りで、ずっと恨まれていたのだと。

兄からも、父親からも。

だから皆、味方になってくれなかったのだ。

その日を境に、リリティアは笑うことをやめた。顔の表面に薄い仮面を被って、笑顔を見せることはなくなった。


十八歳になって美しく成長したものの、笑顔を見せなくなったリリティアに、好んで近づいてくる者はいなかった。

皇太子妃の教育は続いていたが、いつからか婚約者であるライハルトも姿を見せなくなった。式典などの行事の時だけ、彼はリリティアの前に現れてエスコートをしてくれた。

ファーストダンスも踊ってくれた。

でも、それだけだ。

ライハルトはルシアンと肩を並べ、年頃の女性に囲まれることが多くなった。その表情は楽しそうで、リリティアの存在など忘れてしまっているようだった。

そんな中、ライハルトととくに親しくしている女性がいた。

アイシャ・ムクチャードという子爵令嬢だ。

爵位は低いものの、ピンク色の髪とオレンジ色の瞳をした愛らしい容姿に加え、笑顔の絶えない女性だった。

美貌で言えば、黄金のように輝く髪に紫色の瞳を持つリリティアも負けていなかったが、アイシャのように人を惹きつける魅力は持ち合わせていなかった。

いつしか貴族の間では、リリティアはお飾りの皇太子妃になり、アイシャが愛人として迎え入れられるのではないかと噂されるようになった。

ロヴァニア帝国では、皇族の血を絶やさないために愛人の存在が黙認されている。

まだ、婚姻もしていないのに……。

リリティアは、公の場に出るたびに聞こえてくる数々の噂話に耳を塞ぎたくなった。

そこへ追い討ちをかけてきたのはアイシャだった。

「ごきげんよう、リリティア様」

教育のために城を訪れていたリリティアの前に、待っていたかのようにアイシャが現れた。

にっこりと笑った彼女は、表面だけの優しさを見せた継母に似ていた。

挨拶を返したリリティアは、アイシャに用件を訊ねた。

「ええ、近頃良くない噂が流れておりますでしょう？　それで、リリティア様が心を痛めていないか心配になりましたの。ライハルト殿下にも私ではなく、貴女と過ごされたほうがよいとお伝えしましたのよ」

それでも今日、城を訪れていたのはライハルトと会うためだろう。

彼が彼女を呼んだのか。

それとも彼女のほうから会いに来たのか。

二人が想い合っているなら、自分が出しゃばったところで、どうすることもできない。

「左様ですか。ご心配なさらずとも、私は殿下のお心に従います」

たとえ、お飾りの妃になっても。

ミランダのいる屋敷よりマシだから。

顔色一つ変えず答えると、アイシャは一瞬だけ鋭くリリティアを睨みつけ、その場から去っていった。

リリティアは溜め息をつき、目的の部屋へ向かった。

その日の授業が始まって帝国の歴史を学んでいると、突然扉が開かれて激しい剣幕をしたライハルトがやって来た。

「どういうことだ！　アイシャに何を言った!?」

「…………」

ライハルトはリリティアの腕を乱暴に掴み、激しく怒鳴ってきた。

掴まれた腕は痛かったが、リリティアはやはり表情を崩すことなく訊ねた。

「何のことでしょうか？」

「とぼけるな！　アイシャに、私の愛人になれと進言したそうだな！　彼女は私の友人だぞ!?」

「……勧めた覚えはございませんが」

リリティアは否定したが、ライハルトは聞き入れてくれなかった。

——皆、そうだ。

誰も自分の言葉に耳を傾けてくれない。

結局、騒ぎを聞きつけた騎士や従者に宥められて、ライハルトはリリティアから離れていった。

二人の間に、大きな溝を残して。


「我がケイシュトン家に泥を塗るつもりか、恥を知れ！」

同じ屋敷で暮らしつつも、兄のルシアンはリリティアを避けるようにして生活していた。

そのルシアンが急に部屋を訪ねてきた。

同時に、彼の怒りを含んだ目を見てすぐに理解した。

挨拶する間もなく、ルシアンはリリティアの頬を叩いて「恥を知れ」と罵った。

きっと友人であるライハルトから、事の経緯を聞かされたのだろう。

そうやって真実は曲げられ、誰も聞く耳を持ってくれなくなるのだ。

「よりによって皇太子の友人に愛人になることを薦めるなど……！　この話が広まればアイシ

ャは傷物扱いされ、婚約や結婚が難しくなる。お前は危うく、彼女の人生を台無しにするところだったんだぞ！」

「……申し訳ありません、お兄様」

子供の頃は優しかったお兄様。

寂しくなった時はずっとそばにいてくれたお兄様。

――貴方は一体いつから、味方ではなくなってしまったのでしょう。

頭を下げて謝罪を口にしたリリティアに、ルシアンは「これまで以上に行動を慎め」と言い残し、部屋から出ていった。

兄は多忙な父親に代わって公爵家の仕事に携わっている。妹のリリティアの言動を咎めたのも、次期当主としての責任感からだろう。

リリティアは叩かれた頬を指先でなぞり、唇を噛み締めた。

――やはり、恨まれているのだ。母親の命を奪ったから。

それはどんなに謝罪しても償うことはできない。これ以上罪を重ねないために、自分ができることは兄の前で笑った顔を見せないことだ。

どんなに辛くても助けを求めてはいけない。

愛されたいと望んではいけない。

「――……」

リリティアは勉強をしていた机に戻り、おもむろに横の引き出しを開いた。

中から取り出したのは、手のひらに収まる白い陶器装飾のシリンダーオルゴールだ。蓋には金髪の少女が踊っている姿が描かれている。ルシアンがリリティアの誕生日にプレゼントしてくれた物だ。

仲がこじれる前の、最後の贈り物。

リリティアはそれを抱き締めながら、心の中で泣き叫んだ。涙を見せることは許されず、表に出ることのない感情だけが、彼女の中で蓄積されていった。


リリティアとアイシャが顔を合わせてから程なく、ライハルトやルシアンとの関係も修復できないまま、皇帝陛下の誕生日を祝う式典が行われた。

リリティアはライハルトにエスコートされたが、一度も視線が重なることはなかった。

このまま婚姻して夫婦になったところで、幸せになれるのだろうか。

もし、彼がもう一度だけでも優しい言葉を掛けてくれたら、リリティアの選択は違っていたかもしれない。

その日もファーストダンスはライハルトと踊ったが、言葉を交わすこともなかった。

指先からライハルトの手が離れていく。

目の前から遠ざかっていく背中を見つめ、リリティアは目を伏せた。

「邪魔者はすぐに消えますので……」

リリティアはそう呟き、ホールの中央から端に移動した。

しばらくすると、そこに豪華なドレスを着たアイシャが近づいてきた。

彼女のドレスはライハルトがお詫びの品としてプレゼントした物だ。子爵家では買うことのできない、上品で美しいドレスだった。

すると、アイシャはドレスを摘んで挨拶してきた。

持ち上げた顔は自信に満ち溢れ、勝ち誇った表情を浮かべていた。

ライハルトは彼女を友人と言っていたが、アイシャはきっと違う。リリティアから婚約者という立場を奪って、ライハルトと一緒になることを望んでいた。

皇太子妃としてどちらが相応しいか、アイシャは自分のほうだと思っている。

「皇太子妃になられる方がこんな隅のほうに立っておられずに、皆さんが集まる場所に行かれては？」

「教えてくださり感謝致します」

「せっかくのお祝いの場ですもの、リリティア様も楽しまれたほうがよいですわ」

そう言ってにっこり笑ったアイシャは、近くにいた給仕のメイドを呼んでシャンパンを運ばせた。

メイドは銀のお盆に二つのグラスを載せ、リリティアとアイシャの前に差し出してきた。

リリティアは迷わず手を伸ばし、グラスを手に取って中に入っていたシャンパンを飲んだ。

飲んだ瞬間、体内に衝撃が走った。

アイシャに視線をやると、信じられないという顔で唖然としていた。

——それもそうだ。

本来なら、このシャンパンはアイシャが飲むものだったのだから。それを知っていて、リリティアは飲んだ。

自ら自分の人生に終止符を打つために、その毒を飲んだのだ。


「それ」は偶然だった。

アイシャの件で怒らせてしまったライハルトに、リリティアは後日謝罪に向かった。

皇太子妃の教育が始まる前、城の中を歩いていたリリティアは、中庭でアイシャの後ろ姿を見つけた。

今日も来ていたのか。

彼女の姿に、ライハルトの元へ訪れるのはやめようと足を止めたところだった。アイシャが去った後、一人のメイドが現れた。

メイドは真っ青な顔で紫色の小瓶を持っていた。リリティアは視界に入った小瓶の色を見て息を呑んだ。

あれは、毒だ。

皇太子妃になる者として毒の知識も持っている。耐性も少しだがある。小瓶はアイシャから渡された物だろう。

一体、誰に使う気だろうか——と思ったが、考えるまでもなかった。

「私、だわ」

ただ、本当にそうなのか確信はなかった。リリティアは急いでメイドを追いかけた。突然呼び止められたメイドは酷く狼狽した。

そして持っている小瓶について追及すると、メイドは顔面蒼白になって床に平伏した。

「わっ、わた、私は頼まれた、だけで！」

「分かっているわ。ここで貴女を罪に問うようなことはしないから、詳しい話を聞かせて」

戸惑うメイドを連れて、二人で話せる場所に移動した。

メイドはリリティアの前に両膝をついて、ガクガク震えていた。

リリティアはメイドから小瓶を受け取り、彼女から無理やり話を聞き出した。こういう時、「いつも何を考えているか分からない」と言われる無表情の顔は大いに役に立った。

正直なところ、毒を持っている手は震え、目の前で起きていることが恐ろしくて胃がひっくり返りそうだった。

メイドは怯えながら、洗いざらい喋ってくれた。

とある大臣と不倫関係にあった彼女は、それをアイシャに知られたことで脅されたのだと言う。

最初は身の上話ばかりされて、なかなか肝心の毒について聞くことができなかった。

それでも根気強く訊ねると、メイドは泣きながら口を割った。

毒はアイシャから渡された物で、彼女自身が飲むために用意された物だと言った。なぜ、彼女自ら危険を冒す必要があるのかと思ったが、メイドの説明で納得した。

「飲み物に一滴だけ垂らして軽く口をつければ死ぬことはない、と。そして、その毒は……リリティア様に命じられて入れたと証言するように、と仰いました」

「……そう。それはどこで？」

「こ、皇帝陛下の誕生祭です……っ」

毒を使用するのは皇帝陛下の誕生日を祝うパーティーだと教えられた。多くの貴族が集まる中、アイシャは自ら毒を飲んで、リリティアを陥れようとしているのだ。

リリティアは小瓶に入った毒を見下ろし、目を細めた。

──どこまで邪魔者扱いされれば、報われるのだろうか。

たとえ皇太子妃になったところで、リリティアに自由は訪れない。

それなら、いっそのこと──。

「……分かったわ。それなら予定通り貴女はこれを使いなさい。でも、毒を飲むのは彼女ではないわ」

メイドはリリティアの命令に従うしかなかった。


そして迎えたパーティー当日、リリティアはメイドが運んできたシャンパンを飲んだ。

アイシャはさぞ驚いたことだろう。毒を飲むのは自分のはずだったのだから。

リリティアの持っていたグラスが床に落ちて割れる。その音に気づいた者たちが一斉に振り返った。倒れる瞬間、誰かの悲鳴が聞こえた気がした。

倒れた衝撃と体内に広がった毒で意識が遠ざかっていく。

最後に願ったのは「死」という自由だった。


――夢を、見た。

屋敷の中庭で二人の子供が楽しそうに遊んでいた。

二人は仲の良い兄妹だった。

兄の背中を追いかけていた妹が転んでしまうと、兄はすぐに駆け寄ってきてくれた。優しい兄だった。

そこへ二人を呼ぶ声がした。

父だ。

二人は手を繋いで父親の元に急いだ。

すると、部屋のテーブルにお茶やお菓子が用意されていた。それからソファーには、穏やかな笑みを浮かべた母親が、二人を待っていた。

偽物の母親ではなく、肖像画でしか見たことがない母親だ。

二人は躊躇なく母親の胸元に飛び込んだ。

――嗚呼、なんて幸せな夢なのだろう。

これは一度も会えずに命を落とした母親が、死にゆく娘に見せてくれた夢だろうか。

命をかけて産んでくれたのに。

きっと怒っているに違いない。

でも、何かに期待することに疲れてしまった。

誰からも愛されず、このまま邪魔者扱いされるのは死ぬより辛いことだ。

存在を否定されるくらいなら、終わらせるほうがいい。

死が。

死だけが、自由にさせてくれる。

だから、どうか願いを聞き届けてください……。


「――……お目覚めですか、リリティア様」

そう強く願ったのに、現実はあまりに残酷だった。

息を吹き返すようにして目覚めてしまったリリティアは、しばらく見慣れない天井を見つめていた。

「……私、生きているわ」

ここは、どこだろう。

声のしたほうへ視線をやると、白髪の老人が椅子に座っていた。

彼は皇宮医で、皇太子妃の教育にも携わってきたペイン・ロード男爵だ。彼がいるということは、ここは皇宮の一室に違いない。

ペインは椅子から立ち上がり、リリティアの額に手を当ててきた。

「まだ熱っぽいですが、お目覚めになってよかったです」

「………」

「生きていて残念、という顔をしておられますね」

心を見透かされたように言われて、リリティアは目を伏せた。

残念……確かに残念だ。

死ぬつもりだったのに、まさか生きているなんて。

リリティアの視界は涙で霞んだ。

「今回の件ですが、毒を盛ったメイドが全てを話してくれました」

「あのメイドが……」

「もちろん、自ら毒を飲んだことは公にされていません。逃げようとしていたメイドも、まさかリリティア様が本気で死ぬつもりだったとは思わなかったようです。大人しく捕まりましたよ」

毒を盛って運んできたメイドに、リリティアは逃走用の資金と馬車の準備をしていた。

うまくいけば、国から逃げ出せていたはずだ。

だが、捕まってしまった以上、メイドには重い処罰が待っている。

「それは悪いことをしたわ」

メイドを自分の我儘に付き合わせてしまった。

落ち込んで見せると、ペインは小さく息を吐き、暗い顔でリリティアを見下ろした。

「それほどに生きづらかったのですか……」

「……答える必要が？」

「いいえ。ですが──貴女には、伝えておかなければいけないことがございます。とても辛いことですが、今のリリティア様には救いにもなりましょう」

そう言ってリリティアを見つめながら、ペインは重々しく口を開いた。

「飲んだ毒が体内の臓器を蝕《むしば》み、このまま生き続けることは難しいでしょう。正確な期間は申し上げられませんが、あと数年の命だと思っていただきたい」

突然の余命宣告。

ペインから告げられた命の時間に、リリティアは思わず笑いそうになった。

──嗚呼、神様はきちんと私の願いを聞き入れてくださったのだ。

時間はかかりそうだが、死ぬと分かっている娘を皇太子妃にはしないだろう。

遅かれ早かれ婚約は解消され、屋敷の中でもミランダの言いなりになる必要はなくなる。

だって、あと数年すれば消える存在なのだから。

リリティアは必死で笑いを噛み殺した。こんなに愉快な気分になったのは初めてだった。

「……ユアナ、リリティア様の世話を」

肩を震わせるリリティアに、ペインは寒くて震えているのだろうと思ったようだ。

部屋の端で控えていた者を呼んだ。

視線を向けると、男性のように髪を短く切ったパンツ姿の女性がそばにやって来た。年はミランダと同じぐらいだろうか。男装の似合う女性だった。

「このような格好ですが、ユアナは私の娘で、助手をしております。しばらくの間、リリティア様の世話係としてお仕えすることをお許しください」

「ユアナと申します。宜しくお願い致します」

挨拶を済ませると、リリティアは着替えることになり、ペインは廊下に出ていった。熱のせいで汗が噴き出し、体が冷え切っていた。

残ったユアナは、リリティアの体を温かなタオルで拭き、手際よく新しい寝間着に着替えさせてくれた。

「……貴女も、私を馬鹿な女だと思っているでしょうね」

再び枕に深く頭を沈めたリリティアは、天井を見上げながら口を開いた。

ユアナは横で忙しく動いていた。

彼女はリリティアの体を見て気づいたはずだ。

──白い肌に刻まれた鞭の傷痕に。

それだけ駄目な人間なのだと知ったことだろう。

自嘲気味に言うと、ユアナは水で濡らしたタオルをリリティアの額に当ててきた。

「──いいえ、私はそうは思いません。こんな状態になるまで耐えてきた方に、何を申せるというのでしょう」

「…………」

ひんやりと冷たいタオルが、リリティアの熱を吸い取ってくれた。ユアナの低い声色も心地良かった。

「ですが、ご令嬢が死にたくないと思えるほど楽しませるにはどうしたらいいか、今必死で考えています」

「……っ！」

「よく頑張りましたね」

ユアナを見れば、柔らかな笑みを向けられた。偽りのない笑顔だった。

刹那、リリティアはくしゃりと顔を歪めた。

同時に、溜めてきた感情が胸の奥底から一気に込み上げる。

本当は誰かに分かってほしかった。

この痛みと苦しみを。

一人でもいいからそばに寄り添って、話を聞いてほしかった。

――よく頑張っていると、褒めてほしかった。

「……ふ、っ……うぅ……めん、さい……ごめん、なさい……っ！」

ごめんなさい、死を選ぶことしかできなくて。

もっと周りを見渡せば、他に方法があったかもしれないのに。

リリティアは溢れてくる涙を堪え切れず、両手で顔を覆った。ユアナは「泣きたい時はしっかり泣いてください」と言ってきて、それが妙におかしかった。

そうだ、私はまだ泣ける。

笑える。

――生きている。

そう実感したらまた涙が出てきて、リリティアは子供のように泣きじゃくった。


謁見の間――。

ロヴァニア帝国の皇帝が見下ろす先に、リリティアの姿があった。

毒によって一週間ほど高熱が続き、ようやく立ち上がって歩けるようになるまで、さらに十日がかかった。

その間、リリティアは皇帝に保護される形で、皇宮に滞在した。次期皇太子妃という肩書きが意外にも役立った。

今回起きた事件は皇室を揺るがすスキャンダルに発展し、毒を盛ったメイドを含め、アイシャやライハルト、他にもリリティアと関わりのある人物の取り調べが厳しく行われているという。

それによって、リリティアの元に家族が訪れてくることはなかった。

「……陛下のお気遣い、心よりお礼申し上げます」

「ふむ、そなたのことはペインより聞き及んでいる。我が息子のこともすまなかったな」

「とんでもないことでございます。私のほうこそ力不足で、陛下のお役に立てず申し訳ございません」

「そう畏まるな。それより他に望むことはあるか？」

皇帝は息子のライハルトとよく似ていた。金髪碧眼に、整った顔立ち。ただ、威厳に満ちた態度はライハルトにはないものだった。

少し前のリリティアだったら、怖くて何も言えなかったかもしれないけれど、今は違う。

「それでしたら……」

恐れるものは、もうない。真っ直ぐに視線を向け、望みを口にした。

きっとこれが皇帝と話す最後の機会になるだろう、とリリティアは理解していた。

長くもあり、短くもあった皇帝との謁見を終え、リリティアは護衛の騎士と共に廊下を歩いていた。

中庭は暖かな日差しに照らされ、美しい薔薇が咲き誇っていた。

いつも通っていた場所なのに、どうしてこの光景に気づかなかったのだろう。

花を見る余裕すらなかったのだ。

リリティアは口元を緩め、軽くなった足取りで歩き続けた。

そこへ、騒がしい声が聞こえて足を止めた。

後ろにぴったりとついていた護衛の騎士が、リリティアを囲んで警戒心を強める。

するると、騎士たちに両脇を抱えられながら歩いてくるアイシャの姿があった。

彼女は取り調べに連れていかれるところだったのか、何度も「私は何も知らないわ！　あのメイドが嘘をついているのよ！　ケイシュトン公爵令嬢に会わせなさい！」と声を荒らげていた。

「……アイシャ様」

普段の穏やかで明るかった彼女は、どこにいってしまったのか。

吊り上がった目に怒りを滲ませ、騎士を睨みつける顔は、リリティアの知っている彼女ではなかった。

唖然として見つめていると、彼女はこちらに気づいて目を見開いた。

「貴女……っ！」

アイシャはリリティアの姿を見つけるなり、騎士の制止を振り切って向かってきた。護衛の騎士が前に進み出て守ろうとするが、リリティアは首を振って彼らを止めた。

すると、駆け込んできたアイシャはリリティアの二の腕を鷲掴みにし、捲し立てるように怒鳴ってきた。

「どうしてなのっ⁉　なぜ貴女が毒を飲んだのよ！」

「それは……」

「おかげで私が今どんな状況にあるか知っていてっ⁉　貴女のせいで全てが台無しだわ！」

もしアイシャの計画通りに進んでいれば、二人の状況は大きく違っていただろう。

陥れられたリリティアはライハルトとの婚約を白紙にされ、皆から同情を集めたアイシャが彼女に取って代わっていたかもしれない。子爵令嬢では、いくら手を伸ばしても届かなかった立場だ。

けれど、やってもいない罪で裁かれるのは我慢できなかった。どんなに違うと言っても、誰も信じてくれなかったはずだから。

「いつも人形のように澄ました顔をして、ライハルト様からも疎まれていたくせにっ！　貴女は皇太子妃になれなくても、どちらでも宜しかったのでしょう!?　だったら大人しく私に譲ればよかったのよ！」

「――――」

人形のような人間――罪を背負った子供は、楽しそうに過ごしてはいけないと言われた。最初に笑うのをやめたら、あらゆる感情を表に出すのが怖くなった。けれど、決して感情がなくなったわけではない。

面白いと感じたら笑いたかった。悲しいことがあったら泣きたかった。嬉しいことがあったら喜びたかった。腹立たしいことがあれば怒りたかった。

今もアイシャの放った言葉に様々な感情が渦巻いて、胸が苦しくなった。

「何を騒いでいる」

その時、廊下に響き渡るアイシャの声を聞いたライハルトが駆けつけてきた。

「殿下……」

「ああ、ライハルト様！」

数人の護衛を引き連れてやって来たライハルトは、立ち尽くすリリティアのそばに近づいて見つめてきた。

視線を合わせてくるなんて珍しい。

「皇宮の中で騒ぎ立てるとは。早くその者を連れていけ」

「なっ⁉　なぜですか、ライハルト様！　私は無実です！　その女が勝手に毒を飲んだだけですっ！」

ライハルトはアイシャを鋭く睨みつけると、騎士に命じて彼女を捕らえさせた。リリティアから引き剥がすのは容易ではなかったが、結局力負けした彼女は連れていかれた。

どこまでも聞こえてくるアイシャの泣き叫ぶ声が恐ろしかった。

リリティアは痛む二の腕を擦り、溜め息を零した。

なんとも後味の悪い。

「大丈夫か、リリティア？」

「はい、大丈夫です。助けてくださり、ありがとうございます」

俯くリリティアに、ライハルトが声を掛けてきた。

「いや、君が無事でよかった。もっと早く会いに行きたかったんだが、君の容態が思わしくないと聞かされてね」

それはきっとリリティアが誰にも会いたくないと拒否していたからだ。もっとも、自分のところへお見舞いに訪れてくれた人がいたかどうか。

ライハルトは婚約者として、彼なりに義務を果たそうとしたのだろう。そういう人だ。

「――本当にすまなかった。君を蔑ろにしていたつもりはないんだ。彼女とは友人の一人として付き合っていたし、君が誤解するようなことは何も……」

「殿下、もう過ぎた話です」

「リリティア……」

ライハルトは疎ましい相手でもエスコートして、ファーストダンスを踊ってくれた。最低限のことはしてくれたのだ。それだけで十分だ。

そして、彼はその義務から解放される。

「先ほど、陛下と謁見致しました。このような事態を招いてしまい、申し訳ありません。私と殿下の婚約はすぐに解消されることでしょう」

「……なん、だと？」

「不甲斐ない婚約者だったこと深くお詫び致します。しばらくすれば、私も皇宮から出ていきます。どうかお元気で」

思いがけない会遇になってしまったが、おかげで別れの挨拶をすることができた。一度は将来を約束した婚約者だ。

リリティアは最後に頭を下げて、ライハルトに向かって柔らかく微笑んだ。

ライハルトは久しぶりに見る婚約者の笑顔に、衝撃を受けているようだった。しかし、彼が驚いている間に、リリティアはその場から去っていた。

――二度と会うことはないだろう。

一時は惹かれていた婚約者だが、今となっては未練も後悔もなかった。残していくものは少ないほうがいい。

リリティアは覚悟を決めた顔で廊下を歩いていった。

「……どういうことですか？」

皇帝陛下の誕生日を祝うパーティーで、妹のリリティアが毒を飲んだ。

友人であるライハルトと共に、アイシャを探しに向かったところで見つけた。アイシャはリリティアと一緒だった。

ルシアンは妹がまたアイシャに何か言ったのではないかと思い、二人の元へ急いだ。だが、メイドが運んできたシャンパンを口にしたところで、リリティアの体が崩れ落ちた。

グラスの割れる音と女性の甲高い悲鳴が響き渡り、ホールは騒然とした。

なぜ、リリティアが倒れたのか。

呆然とするルシアンの前に皇帝が現れ、的確な指示を出して迅速に対応してくれた。

その間も、リリティアは真っ青な顔をしてピクリともしない。本来なら兄として駆け寄るべきなのに、ルシアンの足は動かなかった。


リリティアは母親の命と引き換えに生まれてきた。

まだ二歳だったルシアンは、母親の記憶があまりない。おかげで、母親がいなくなっても、寂しいと感じたことはなかった。

だから、最愛の父と妹の三人で過ごす時間は尊いものだった。とくに妹のリリティアはルシアンによく懐き、後ろをついて回ってきた。

リリティアが笑うと心が華やいだ。

穏やかな気持ちになって、つられて笑顔になってしまうのだ。

リリティアの笑顔にはいつも癒された。

そんな時、父親が再婚した。

幼い子供には母親が必要だろう、と気遣ってのことだった。

やって来たのはルシアンと十歳ほどしか年の離れていない伯爵令嬢だ。ミランダと名乗った再婚相手は、素朴で地味な女性だった。

リリティアはすぐに懐いたが、ルシアンは好きになれなかった。

母親という存在に慣れていないせいもある。それから、ミランダが時折見せる笑顔が苦手だった。彼女の見せる笑顔は、目が笑っていないように見えたからだ。

ルシアンはミランダと距離を置いた。

一方、リリティアはミランダのそばから離れなかった。兄妹は自然と顔を合わせる回数が減っていった。

ミランダが来る前はずっと一緒だったのに。

複雑な気持ちが芽生えつつあった頃、事件は起きた。

リリティアがミランダの宝石を盗んで、自分のベッドに隠していたというのだ。

――最初は信じられなかった。

妹が他人の物を盗むなんて、絶対にないと思っていたからだ。しかし、リリティアを真っ先に庇ったのは、他でもないミランダだった。

「ええ、リリティアは盗んだわけじゃないわ。お母様が恋しくて悪戯してしまっただけよね」

ミランダは優しい声で泣き出すリリティアを宥めた。

リリティアは違うと首を振ったが、ミランダ本人が許してしまったことで、ただの悪戯として片付けられた。

ルシアンはミランダに頭を撫でられるリリティアを見て、拳を握り締めた。

そんなに母親が恋しかったのか。

二人で遊んでいる時も。

ルシアンは血の繋がった三人がいれば満足だった。母親がいなくてもリリティアの笑顔があれば、自分も笑っていられると思った。

なのに、妹は違った。

新しく母親となったミランダの気を引くために、物を盗んでしまうほど寂しかったのか。

ふとルシアンの心に影が差した。

その影はじわりと広がっていき、仲の良かった兄妹の関係を壊していった。

ミランダが双子の姉弟を出産すると、彼女はケイシュトン公爵家の女主人として振る舞うようになった。

一方、リリティアの悪戯は日に日に増していき、そのたびにミランダが庇った。

ミランダはリリティアの教育に問題があると、それまで雇っていた教育係を解雇し、新しい教育係を雇い入れた。

父親は、妻のおかげで仕事に打ち込めるようになったと喜んでいた。

その頃から、リリティアは笑わなくなっていた。

話しかければいつも笑顔を見せていたのに、ミランダの顔色を窺っては俯くようになった。

時を同じくして、屋敷の中ではリリティアは悪戯好きの嘘つき令嬢だという噂が広まっていた。

公爵家の雰囲気が悪くなる一方、ルシアンの無二の親友であり、皇太子であるライハルトの婚約者としてリリティアの名が挙がった。

ルシアンはこの時、父親に強く反対した。

母親が恋しくて人の物を盗むような妹に、皇太子妃など務まるはずがない。

しかし、すでに決まってしまった婚約を覆すことはできなかった。

父親は娘のリリティアが、皇太子妃の教育で変わってくれることを願っていた。

昔の、素直で誠実な、いつも笑顔を見せてくれていたリリティアに――。

それからリリティアは、皇太子妃の教育を受けるため、皇宮に通うようになった。

ライハルトは当初、婚約者がリリティアに決まったことを喜んでいたように思う。元から面識があり、仲が良かったというのもあったのだろう。

リリティアが皇宮を訪れると、ライハルトは積極的に妹の元に通っていたようだ。

すると、リリティアは本来の明るさを取り戻し、変わったように見えた。

――だが、ある日を境にリリティアの顔から再び表情が消えた。

感情の読み取れないリリティアは、正直何を考えているか分からなかった。

リリティアを大切にしていたライハルトも、まるで人形のようになってしまった婚約者に頭を悩ませていた。

社交界で群がってくる女性は、とても判りやすいというのに。

次第にライハルトは、リリティアではなく、ルシアンと共に他の同年代の女性と過ごすようになった。

そこで一人の女性と出会った。アイシャという子爵令嬢だ。

爵位は低いが、愛らしい姿に笑顔の絶えない女性で、話していて楽しかった。

異性というより男友達に近かったかもしれない。尽きない話題に加え、話し上手な彼女は、二人にとって女性で初めて気心の知れた友人となった。

ただ、周囲ではアイシャとの関係を誤解する者も多かった。

噂好きの貴族が広めていたのだろう。

ライハルトとルシアンは訂正する気にもなれず、アイシャとの付き合いをやめることはなかった。

だが、その噂はリリティアの耳にも入っていたようだ。


ある日、ライハルトの元にアイシャが泣きながらやって来たという。

ルシアンは親友の口からリリティアの言動を教えられて、顔から火が出るほど恥ずかしかった。

妹は自分の友人を傷つけるどころか、親友の不貞を疑い、また公爵家に泥を塗ったのだ。

怒りに震えたルシアンは、屋敷に帰ってすぐにリリティアの元へ向かった。リリティアは兄が突然訪ねてきても、表情一つ変えなかった。

それが余計にルシアンを苛立たせた。

ルシアンはライハルトから話されたことを伝え、リリティアの頬を叩いた。それでもリリティアは無表情のまま謝ってきた。

否定も、肯定もしない。

許しを乞うこともせず、静かに頭を下げてきた。

心のこもっていない謝罪は、まるで自分は間違ったことはしていないと言っているように聞こえた。

ルシアンは「行動を慎め」と言い放ち、リリティアの部屋から出た。

――幼い頃はあんな子ではなかったのに。

自分たちだって、周りが羨むほど仲の良い兄妹だったのに。一体いつから、こんなに距離が開いてしまったのだろう。

ただ、自分の行動は間違っていない。

間違っているのは妹のほうだ。

それだけに、リリティアが自ら毒を飲んだと聞かされた時、ルシアンの心は大きく揺れた。

毒を飲んだ妹は皇宮内で治療を受けることになった。容態は芳しくなく、ルシアンと父親には、今夜が峠だと皇宮医から伝えられた。

二人は皇宮医にリリティアの身を任せ、ただ無事を願うことしかできなかった。

一方、毒を盛ったメイドが捕まったという知らせが入った。

逃走用の馬車まで用意され、計画的な犯行だったことが窺える。なのに、捕らえられた時のメイドは意気消沈した様子で、こんなはずではなかったと口にした。

――毒を飲ませておいて、何が違うと言うんだ。

殺意に近い怒りが湧いてきたが、メイドに過ぎない者が毒を手に入れて、誰にも疑われず行動に移せたとは思えない。

すぐに取り調べが行われ、メイドは素直に応じたようだ。

そこで信じられない者の名が出てきた。

「なぜ、アイシャが……？」

使用された毒は、アイシャが用意した物だという。

アイシャはリリティアを陥れ、自分が皇太子の婚約者になるつもりだったようだ。メイドが素直に口を割ったことで、おぞましい計画が明るみに出た。

騒ぎから一夜明け、リリティアが峠を越えたと教えられた。

父親とルシアンは胸を撫で下ろした。しかし、リリティアに面会することはできなかった。

そして、十日以上が経った今も会うことは許されなかった。

「……どういうことですか？」

娘に会うために毎日朝から晩まで皇宮に通い続けていた父親は、その日憔悴し切った顔で帰ってきた。

仕事人間だった父親には珍しく、ここ最近働いている様子はない。

「なぜ、皇宮から公爵家に調査が？　リリティアの飲んだ毒は、公爵家とは無関係ですよね？」

リリティアがなぜ毒と知りながら自ら口にしたのか、直接話せていないため肝心なことは分からない。

だが、皇宮から公爵家に調査が入るという。

父親は青い顔をして額を押さえながら答えた。

「……治療の際、リリティアの体に無数の鞭の痕があったようだ。陛下から、皇太子の婚約者に対し、公爵家内で虐待の疑いがあると言われた」

「そんな馬鹿な……っ！」

父親と向かい合って座っていたルシアンは、思わず立ち上がって叫んでいた。

そんなはずはない――と、言いかけてルシアンは口を噤んだ。

ルシアンはもちろん、父親もリリティアを虐待した覚えはない。

しかし、そんなはずはないと言い切れるほど、自分たちは最近のリリティアと言葉を交わしていただろうか。顔を合わせてきただろうか。

「あの子が毒を飲んだのは……自害するためだったようだ。リリティアが陛下の保護下に置かれているのも、我々の見舞いが許されないのも、リリティアが拒んでいるからだろう」

「…………」

「リリティアは、一体いつから笑わなくなってしまったんだ……。昔はよく笑って、私たちを癒してくれていたのにっ。私が！　……私が仕事にかまけて、あの子を蔑ろにしてしまったせいでっ」

確かに父親は仕事に打ち込んで、家族を顧《かえり》みなかった。

その代償が、最愛の娘を失いかけ、拒絶されることになろうとは思わなかったはずだ。

「なぜ……！　なぜ、もっと早く気づかなかったんだ⁉　あんな女に任せていたばかりに！　屋敷の中で何が起きていたのか、少しでも気に掛けていればっ」

「父上……」

帝国の貴族を代表する公爵家の当主として、普段は冷静沈着な父親が感情を剥き出しにして声を荒らげる姿に、ルシアンは驚いた。

継母のミランダは自室で謹慎している。見張りの兵士もつけられ、逃げ出すことはできない。皇宮からやって来る調査官によって、何が暴かれるのか。

ルシアンは頭痛と吐き気に襲われた。

彼はそれ以上会話を続けるのは難しいと判断し、父親の執務室を出て廊下を歩いていた。

――妹が虐待されていた？

――鞭の痕がある？

――毒を飲んで自害するつもりだった？

次々と明かされる事実に、ルシアンは恐ろしくなった。

これが現実なのか疑わしくなるほど、色々なことが起きている。公爵家を支えていた歯車が壊れていくような感覚だ。

ふらふらと廊下を進んでいると、大きな窓の前で二人の子供が外を眺めていた。

ミランダが産んだ、今年七歳になる双子の姉弟だ。

「あの人、今日も帰ってこないね」

「きっと捕まって牢屋に入れられたのよ！」

「そうか、そうだね」

「だって自分のお母様を殺したんだもの」

「当然の報いだね」

子供の物騒な会話に、ルシアンは足を止めた。

「――二人とも、それは誰の話をしているんだ？」

ルシアンは思わず二人に訊ねていた。

反射的に振り返った双子は、お互いの顔を見合わせると、ルシアンに向かって答えた。

「誰って、リリティアのことよ」

「あの人はもう帰ってこないよね？」

そう言って無邪気に笑う二人が不気味だった。言葉の内容と純粋な笑顔が、あまりに違っているせいか。

ルシアンは双子を見下ろし、再び訊ねた。

「それを、誰から教えてもらったんだ？」

感情は抑えたつもりだが、子供は敏感だ。

ルシアンの怒りを感じ取ったのか、少し躊躇うように口を開いた。

「……お母様よ」

「お母様が教えてくれたんだ。リリティアは自分が生まれるために、母親を殺したんだって」

「だからリリティアは皆から恨まれているし、楽しそうに過ごしてはいけないって、お母様がいつも教えていたわ」

ねぇ、と確認し合った双子は、ルシアンの横を通り過ぎて駆けていった。

廊下に一人残されたルシアンは正面門が見える窓に近づき、拳を握り締めた。

——ああ、そうか。

そうだったのか。

リリティアは笑わなくなったわけではなかった。笑えなくさせられたのだ。ミランダの教育によって。

これまで報告されてきたリリティアの悪戯も、全てミランダが仕組んだのかもしれない。

「なんということだ……」

なぜ、もっと早く気づいてあげられなかったのか。誰にも信じてもらえず、声を上げることもできず、必死で耐えていた妹を放置してしまった。

ルシアンは両膝をついて、震える両手で顔を覆った。

誰よりもそばに、身近にいたのに、手を伸ばせば助けられたのに。

自害を決意させてしまうほど辛い状況にあったのに、その妹を守るどころか追い詰めてしまった。

「……っ！」

零れ落ちそうになる涙を、ルシアンは唇を噛んで堪えた。

リリティアは泣きたくても泣けなかったはずだ。感情を押し殺すことで、ここまで生き抜いてきたのだ。

「恨んで、ない……っ！　恨んでなど、いるわけがないっ！」

自分たちは、どこですれ違ってしまったんだ。

ミランダが現れなければ、ルシアンとリリティアは仲の良い兄妹でいられた。

「……ああ、リリティア！」

今は謝りたくても謝ることもできない。

屋敷に戻ってきたらやり直せるだろうか、あの楽しかった日々を。

しかし、ルシアンの思いとは裏腹に、リリティアが公爵家の屋敷に帰ってくることは二度となかった。

皇帝からは探すことも禁じられ、リリティアの居場所すら知ることはできなかった。

その数年後。

皇宮から届いた荷物に、ルシアンは慟哭した――。


ライハルトにとってリリティアは、婚約者というより「親友の妹」だった。

まだ十歳にも満たない頃、ライハルトの遊び相手として紹介されたのが、ケイシュトン公爵家の長男ルシアンだ。

彼とは同い年で、性格や思考が似通っていたことからすぐに意気投合し、無二の親友となった。

ライハルトもまた皇后だった母親を早くに亡くしており、同じ痛みを抱えた者同士で通じるものがあったのかもしれない。

父の再婚という点でも共通していて、皇帝は周囲からの口添えもあり、新たな妃を迎えていた。今では異母弟が二人いる。

ルシアンと知り合って間もない頃、彼はよく妹の話をしてくれた。妹が笑うとこちらまで幸せになる、と嬉しそうに語ってくれたのを覚えている。

しばらくした後、公爵家に招待された席でルシアンの妹と会うことができた。

公爵令嬢のリリティアは、とても愛らしくて笑顔が可愛い少女だった。妹がいなかったライハルトは、その時ばかりはルシアンが羨ましくなった。

だが、公爵が再婚した辺りから、ルシアンはリリティアの話をしなくなった。

その後も公爵家に何度か足を運んだが、リリティアと会うことはなかった。ただ、お互い思春期ということもあり、深く尋ねることはしなかった。

次にリリティアと再会したのは、ライハルトの婚約者として彼女が選ばれた時だ。

久しぶりに会ったリリティアは以前より美しくなっていたが、その表情は驚くほど暗かった。子供の頃に見せてくれた笑顔はどこに消えてしまったのか。

ライハルトは、皇太子妃の教育で皇宮に訪れていたリリティアの元へ足繁《あししげ》く通った。するとリリティアは少しずつ元の明るさを取り戻していき、彼女が嬉しそうに頬を緩ませると、こちらまで幸せな気持ちになれた。

それでも表情は硬く、ルシアンとリリティアの関係もあまり良くなかった。

何度かルシアンに訊ねてみたが、彼は誤魔化すだけで答えてくれなかった。リリティアも同様に、自身に関することは一切口を噤んだ。

二人の兄妹のことが頭から離れなかったが、ライハルトとリリティアが婚姻すれば、必然的にルシアンとは義理の兄弟となる。

関係を修復する時間はたっぷりあると、高を括っていた。

しかし、ある日を境にリリティアの顔から表情が消えてしまった。まるで、冷たい氷の仮面を被った人形だった。

一体、何がリリティアをそうさせてしまったのか。

「リリティア……」

「ライハルト皇太子殿下にご挨拶申し上げます」

勉強に励むリリティアの元を訪れると、形式張った挨拶が返ってきた。

婚約者になって数年が経ち、以前はもっと砕けた挨拶や言葉を交わしていたのに。目に見えない分厚い壁がリリティアとの間に立ちはだかっているようだった。

そして、何も映さない瞳と感情のない顔を向けられて、背筋が冷えるほどの寒気を感じてしまった。

リリティアが感情を失った人形のようになってからも、ライハルトは婚約者として最低限の義務は果たしていた。

差し出した手にリリティアの冷たい手が置かれると、こちらの心まで冷えていく感覚がした。

そして、どんなに笑いかけてもリリティアの表情が崩れることはなかった。

元より、ライハルトとリリティアの婚約は、皇室と公爵家の繋がりを強固にするためのもの。そこに二人の気持ちは含まれていない。

――だからだろう、おかしな噂が流れたのは。

リリティアをエスコートしてファーストダンスを踊った後、ライハルトはルシアンと共に同年代の女性と過ごすことが増えていった。

婚約者を一人にしてしまっている後ろめたさはあったものの、解放感に浸りたかった。

そこでアイシャという子爵令嬢と知り合った。

アイシャは見た目も美しく、他の女性より気兼ねなく話せる人物だった。だが、女性として惹かれたことはない。あくまで友人の一人に過ぎなかった。

それでも、皇太子は婚約者をお飾りの妃にして、子爵令嬢を愛人にするという根も葉もない噂が出回った。

周囲にとってはリリティアと過ごすライハルトが不憫に思え、そのライハルトがアイシャには友好的だったからだろう。

それだけリリティアの評判は良くなかったのだ。当然、その噂は彼女の耳にも入っていた。

ある日、皇宮を訪れたアイシャは今にも泣き出しそうな顔で現れ、

「リリティア様が、殿下の愛人になるのはどうかと仰って……っ」

と、言ってきた。

それを聞かされたライハルトは、激しい怒りと羞恥を感じた。

まさか、リリティアまであの噂を信じて、自分を信用していなかったとは。

ライハルトはその足でリリティアの元へ向かった。

後になって、教育に励む婚約者の所へ訪れたのは久しぶりだったことを思い出す。しかし、この時は他のことを考える余裕はなかった。

「どういうことだ！　アイシャに何を言った⁉」

ライハルトはノックもせず扉を開き、ずかずかと近づいて婚約者の細い腕を掴んだ。

もっと冷静であれば、リリティアの細すぎる腕に気づけたかもしれない。けれど、ライハルトは入ってきた騎士に引き離されるまでリリティアを責め続けた。

それでも婚約者の表情が変わることはなかった。その冷え切った瞳に、自分は映っているのだろうか。

最初から信頼も期待もされていない気がして、溝は深まるばかりだった。

不快な思いをさせてしまったアイシャには、お詫びとして彼女が欲しい物を贈った。

リリティアに対しても、婚約者同士としてこのままでよいはずがないという思いはあった。

だが、歩み寄る方法が見つからなかった。

そうして悩んでいるうちに、事態は急展開を迎えた……。

貴族が多く集まった皇宮のパーティー会場で、リリティアが毒を飲んだ。

ルシアンと共にアイシャを探しているところで、アイシャと一緒にいる彼女を見つけた。

そこでリリティアは飲んでいたグラスを落とし、次の瞬間には体をよろめかせていた。手を伸ばして受け止める間もなく、リリティアは床に倒れていた。

――何が起こったのか。

会場内が騒然とする中、皇帝が駆けつけて的確な指示を飛ばす。

すぐさま皇宮医が連れてこられ、青ざめるリリティアの状態を確認した後、別室へと運んでいった。

隣にいたルシアンは呆然と立ち尽くしたまま、動けずにいた。妹が急に倒れれば動揺もする。

けれど、ライハルトには親友の抱えていた複雑な気持ちが分かっていた。

自分も同じだったからだ。

婚約者であるリリティアを放って、一人きりにさせてしまっていた。それなのに、どんな顔で駆け寄ればよかったのか。

ライハルトは後悔の念に駆られ、運ばれていくリリティアを見送ることしかできなかった。

皇太子の婚約者であるリリティアが毒を盛られたことで、皇宮は物々しい雰囲気に包まれた。

……それだけではない。

毒を盛ったメイドが捕まり、彼女の口から語られた供述の内容に激震が走った。

毒を用意したのはアイシャで、その毒は本来アイシャ自身が飲む計画だったという。その犯人をリリティアに仕立て、陥れようとしていたのだ。

だが、その計画がリリティアに知られてしまい、どういうわけか毒を飲んだのは彼女だった。

メイドは、計画を知ったリリティアが、反対にアイシャを陥れようとすると思っていたようだ。

けれど、毒入りのシャンパンを渡したところ、リリティアは毒と分かっていながら一気に飲み干したのだと言う。

まるで、最初から死ぬつもりだったように。

「なぜ、そんな……っ」

犯人にアイシャの名前が挙がったことで、ライハルトにも疑いの目が向けられ、父親である皇帝から自室での謹慎を命じられた。

その間にもリリティアの治療は続き、危険な状態だと知らされた。

次から次へと入ってくる報告に、ライハルトは額を押さえた。

権力者が多ければ多いほど、いざこざは絶えない。皇族や貴族同士の揉め事、争い事はどこの国でも必ず起きるものだ。

それでも、この国は穏やかで平和なほうだった。

次期皇太子妃である者が自ら命を絶とうとしたことなど、いまだかつてなかった。

「私のせいだ……。私が他の者にかまけ、リリティアを一人にしてしまったから……っ！」

アイシャが泣きついてきた時、リリティアのことをろくに話も聞かずに責めてしまった。婚約者を信じていれば、真相を明らかにすることだって簡単にできたはずだ。

そうすれば、今回のような事件も起きなかった。

リリティアはあの冷たい表情の下で、本当は悲しんでいたのではないか。

泣いていたのではないか。

助けを、求めていたのではないか。

自害しようとするほど追い詰められていたのに、なぜ気づいてあげられなかったのか。

ライハルトは己の不甲斐なさに呻いた。


数日後、優秀な皇宮医のおかげでリリティアの命は助かった。知らせを受けたライハルトは安堵し、直接会って謝りたいと思った。

――今度はそばから離れず、彼女を大切にしよう。

何年、何十年かかってもいい。リリティアがまた笑えるようになるまで、彼女の支えになろう。

近い将来、自分たちは夫婦になるのだから。

そう決意したものの、見舞いの許可は下りなかった。

ライハルトだけではない。

公爵家の者も毎日皇宮に通っていたが、リリティアの部屋に通されることはなかった。まだ見舞いできる状態ではないのか。それともリリティアが拒んでいるのか。

ライハルトは従者に皇宮の内外部を探らせ、逐一報告させた。

事態が動いたのは事件から半月が過ぎた頃だ。リリティアが皇帝に呼ばれて謁見しているという。

知らせを聞いたライハルトは、謹慎中にもかかわらず護衛の騎士を丸め込んでリリティアの元へ急いだ。

途中、前方から騒がしい声がして、護衛と共に向かった。

「――……ライハルト様からも疎まれていたくせにっ！　貴女は皇太子妃になれなくても、どちらでも宜しかったのでしょう⁉　だったら大人しく私に譲ればよかったのよ！」

突き当たりを曲がったところに、リリティアとアイシャがいた。

アイシャは一層厳しい取り調べのために、牢屋から連れ出されてきたところだった。

一方、リリティアは謁見を終えたばかりだろう。

リリティアはアイシャに腕を掴まれ、甲高い声で怒鳴り散らされていた。表情は変わらなくても顔色が悪い。彼女は今までもそうやって耐えてきたのだ。

ライハルトは近づいて、二人の間に割って入った。

「何を騒いでいる」

「殿下……」

「ああ、ライハルト様！」

彼女たちの反応は対照的だった。

僅かに目を見張るも表情を崩さないリリティアと、目を輝かせて欲にまみれた笑顔を見せるアイシャ。

――私は表面しか見てこなかったのだな。

ライハルトは、アイシャをその場から連れていくよう騎士に命じた。アイシャは喚いたが、今度は間違えない。

「――本当にすまなかった。君を蔑ろにしていたつもりはないんだ。彼女とは友人の一人として付き合っていたし、君が誤解するようなことは何も……」

ようやく会えたリリティアに、ライハルトは謝罪した。

婚約者としてもっと寄り添っていたら、リリティアが毒を飲むことはなかった。いまさら後悔しても遅いが、この瞬間からリリティアの信頼を取り戻していくしかない。

しかし、リリティアは首を振って「過ぎた話です」と口にした。

「先ほど、陛下と謁見致しました。このような事態を招いてしまい、申し訳ありません。私と殿下の婚約はすぐに解消されることでしょう」

「……なん、だと？」

寝耳に水だ。婚約が解消されることを知らされ、ライハルトは耳を疑った。だが、ライハルトをさらに硬直させたのは、リリティアの顔だった。

「不甲斐ない婚約者だったこと深くお詫び致します。しばらくすれば私も、皇宮から出ていきます。どうかお元気で」

別れの言葉と共に、リリティアは――――笑った。

偽りのないリリティアの笑顔に、頭の天辺から爪先まで雷に打たれたような衝撃が走った。

リリティアが笑うと、こっちまで幸せな気分になるんだ、と恥ずかしげもなく教えてくれた親友の言葉が蘇る。

彼女の笑顔一つで、こんなにも胸が熱くなるなんて。

動けなくなったライハルトは、去っていくリリティアを追いかけることができなかった。

あの笑顔がずっと自分に向けられていたら。

立ち尽くしていたライハルトは踵を返し、護衛が必死で追いかけてくるのを無視して廊下を突き進んだ。

「父上！」

ライハルトが向かったのは皇帝の執務室だ。

そこが父親の仕事場であっても、入室には許可が必要となる。だが、急を要したライハルトは、護衛の制止を振り切って中へ押し入った。

机の前に座って書類に目を通していた皇帝は、突然現れた息子に嘆息し、部屋にいた者を廊下へ下がらせた。

「……部屋で大人しくするよう命じたはずだが」

「命令に背いたことはお詫びします。ですが、リリティアとの婚約を解消したのはなぜです!?

それも、私に断りもなく！」

「……会ったのか」

「ええ、今しがた廊下で」

「会わせるつもりはなかったのに、勝手な真似を」

「なぜですか！　私は……っ」

「誰とも会いたくないと、彼女が望んだことだ」

やはり、見舞いの許可が下りなかったのはリリティアが拒んでいたからだったようだ。ライハルトは拳を握り締め、唇を噛んだ。

婚約を解消されたのは、それだけ失望させてしまったからだろうか。

思い詰めるライハルトに、皇帝は組んだ手を太股に置いて椅子に深くもたれた。

「今回の騒動がどうであれ、お前たちの関係が悪くて婚約を解消したわけではない」

リリティアを追い詰めてしまった原因がライハルトにあったとしても、他に問題がなければ婚約は継続されていただろう。

国の安泰を維持するには、犠牲が必要な時もある。

だが、二人の婚約を解消しなければいけない事態が起きてしまった。

「リリティアが飲んだ毒は、微量であれば感覚を麻痺させる程度だ。だが、その数倍の毒を摂取したことで体内にある臓器がやられ、彼女はこの先五年と生きられまい……」

「……なに、を」

「あの状態では皇太子妃になるどころか、普通の生活も難しくなる。どんなに優秀な医者でも治せないそうだ。婚約については、リリティアのほうから解消の申し出があった」

「そ、んな……リリティアが……」

長く生きられない？

ライハルトは鈍器で頭を殴られたような衝撃を受け、一瞬ふらついた。

そこへ追い討ちをかけるように皇帝は口を開いた。

「全く、女性の一人も満足に守ってやれぬとは。お前が皇帝になった時、この国の民を正しく導いてやれるのか思いやられるな」

「父上、私は……！」

「もういい、下がれ。この件は他言無用だ。今後、リリティアに会うことはもちろん、探すことも許さぬ――いいな」

「――……はい」

最後は言い聞かせられる形で話は終わった。

執務室を出たライハルトは、どうやって歩いてきたのか分からないまま、部屋に戻ってきていた。

他の者を下がらせ、一人になった部屋の扉を閉めたところで床に崩れ落ちた。

リリティアの命は五年もない――。

せっかく、毒に打ち勝ったというのに、彼女は再び死の淵に立たされるのか。

それはあまりに残酷すぎる。

「……、ティア、……リリティア……っ」

最悪な結末に「すまなかった」と口にすることもできなかった。

手を伸ばせばいつだって救えたのに。

婚約者を見殺しにしてしまった……。

ライハルトは体を丸めて蹲《うずくま》り、部屋の片隅で嗚咽を漏らした。


リリティアが皇宮から去った後、ライハルトは禁じられていたにもかかわらず秘密裏に彼女を探した。

少しでも罪滅ぼしがしたかったのかもしれない。

それに婚約者ではなくなっても、リリティアは親友の妹で、繋がりが完全に途切れたわけではなかった。

ただ、リリティアは公爵家に戻っておらず、公爵家も彼女を探していたようだが見つけることはできなかった。

リリティアを陥れようとしたアイシャは毒を用いたことで死刑が決まり、利用されたメイドは身分を剥奪されて奴隷に落とされた。

それから皇宮の調査によって、リリティアに対するケイシュトン公爵夫人の虐待が発覚し、貴族会議にかけられた。

そこで、彼女は帝国で最も厳しいとされる修道院送りになったのだが、目的地に向かう途中で賊《ぞく》に襲われて命を落としたという。

ケイシュトン公爵は妻の裁判を見届けた後、息子のルシアンに爵位を譲って社交界から姿を消した。

若くして爵位を引き継いだルシアンは、仕事に没頭していたが、ある日を最後に屋敷から出てこなくなった。

ライハルトは何度も親友の元を訪れたが、会うことはできなかった。

そのライハルトも新しい婚約者が見つかり、翌年には婚姻したが、リリティアの笑顔が目に焼き付いて離れなかった。

ライハルトは何年にもわたって、リリティアの痕跡を追った。

公務を疎かにして探し続ける姿は、まるでリリティアの亡霊に取り憑かれた狂人だと噂されるようになった。

ライハルトは次第に精神を蝕まれ、酒浸りになり、不眠による睡眠薬の処方もされるようになった。

とある朝、従者が姿を見せないライハルトを心配して寝室へ訪れると、彼はすでにベッドの上で冷たくなっていた。

彼の訃報は国中に知らされ、様々な憶測が飛び交ったものの真相は闇に葬り去られ、ライハルトは皇帝になることなく短い生涯を閉じた。


皇宮の一角――。

「……そう、ライハルトが」

「皇后様が渡してくださった薬は、一体何の薬だったのでしょうか……？」

「私を疑っているのかしら？」

「いいえ、そういうわけでは……」

「ただの睡眠薬よ。ライハルトも処方されていたはずよね。……でも、そうね。効き目が強いから、お酒と一緒に飲まないほうがよいと言われた気もするわ」

「――――」

「深刻そうな顔をしないでちょうだい。ライハルトがあのまま皇帝になっていたら、この帝国は破滅の一途を辿っていたでしょうね。そう考えれば貴女は民を救った英雄よ。それに、彼との間に子供がいなかったのも不幸中の幸いだったわね」

「皇后様、私はこの後どうしたら……」

「心配いらないわ。貴女の面倒は私が最後まで見てあげるから」

皇后の力強い言葉に安心した彼女は、目の前に置かれたお茶に口をつけた。

緊張して喉が渇き切っていたのだ。しかし、お茶が喉を通ったところで彼女は胸を押さえて苦しみ出した。

二人だけの密会で何が起きても不思議ではないのに、もっと気をつけるべきだった。

相手は継子である皇太子を、死に追いやった女性なのに。

コップが落ちて絨毯に毒入りのお茶が染み渡る。

直後、彼女の体が床に転がった。即効性のある毒は瞬く間に体内を巡り、彼女は泣き叫んだ後に絶命した。

その光景を静かに見守っていた皇后は椅子から立ち上がって部屋を出た。

廊下に出ると二人の息子が待っていた。

「……皇太子妃の命も奪ったのですか、母上」

「違うわ。彼女は夫の死に悲観して、自ら命を絶ったのよ」

二人の息子は皇帝の血を濃く受け継ぎ、どちらも抜きんでた才能を持って生まれた。

優秀な彼らは臣下からの信頼も厚く、公務を疎かにしていた皇太子に代わって皇室を支えてきた。

ライハルトの死が伝えられた時、多くの者たちが悲観ではなく安堵したのは、次期皇帝に相応しい息子が他にいたからだ。

「我が子がいずれ皇帝になるなんて。人生、何が起きるか分からないわね」

「母上は望まれていませんでしたね」

皇帝と前皇后の間に生まれた一人息子ライハルト。彼が皇太子の地位にいる以上、息子を産んだところで身代わりが増えるだけ。

権力より何より平穏を望んでいた皇后は、皇帝と皇太子の邪魔者にならないように過ごしてきた。

しかし、ライハルトの前婚約者であった公爵令嬢が自ら毒を飲んだことで、事態は一変した。

リリティア・ケイシュトン――邪魔者になることを恐れて、自ら死を選んだ憐れな子。

だが、彼女の行動は皇后に危機感を持たせた。

邪魔者はどこまでも邪魔者にされるのだ、と。

たとえ、こちらが息を殺して静かに過ごしていても、相手は他人の僅かな幸せさえ簡単に奪っていく。

「子の幸せを願えばこそ。けれど、いつまでも平穏は続かないものね。だからこそ、余計なものは排除しなければならないの」

ならば、邪魔者にされる前に奪うしかない。

「私は自ら死を選ぶほど、強くはないのよ」

――バシッ。

革の鞭が容赦なく振り下ろされ、乾いた打撃音が響き渡る。

皇太子の婚約者を陥れようとした罪で、アイシャ・ムクチャードに下された判決は――死刑。

そして、刑が執行されるまで、毎日三十回の鞭打ちが容赦なく彼女に襲いかかった。

貴族裁判が終わるまで綺麗だったドレスは跡形もなく、腰まであった髪は肩のところで無造作に切られている。

――どうして。なぜ、私がこんな目に遭わなければいけないの？

悲鳴を上げ続けた喉は潰れ、今は声も出せなくなっていた。

それでも刑罰の時間はやって来て、一回、二回、三回……と数えながら鞭で打たれる。途中で気絶すれば頭上から冷たい水がかけられ、再び鞭が振るわれる。

一体、何がいけなかったの……？

人の計画を邪魔して、勝手に毒を飲んだのは向こうじゃない。

私はただ、自分に相応しい場所を手に入れようとしただけなのに。


ムクチャード子爵の先々代は商人だった。他国から様々な物を取り寄せ、帝国では珍しい商品を取り扱うことで名声と富を築いた。

持ち前の話術と手腕で人脈を広げ、彼は子爵まで成り上がった。

周囲には、お金で爵位を手に入れたと陰口を叩く者もいたが、ムクチャード商会の品物を持っていない貴族はいなかった。

しかし、現子爵に先々代のような話術も手腕もなく、また時代の流れによって独自に取り扱っていた商品は他でも簡単に手に入るようになり、衰退の一途を辿っていた。

一方、十五歳で社交界デビューしたアイシャは、社交界の豪華で煌びやかな世界に心を奪われていた。

見るもの全てが華やかで美しく、己もその一員になれたことを喜んだ。

だが、社交界にはルールがあり、爵位によって立ち位置が決まっていることを知った。どんなに魅力的な容姿を持っていても、身分の差が邪魔してくる。

社交界デビューからしばらくして、アイシャの元には婚約の話がいくつも舞い込んできた。けれど、満足できる相手は一人もいなかった。

そんな中、皇宮のパーティーで皇太子のライハルトが声を掛けてきた。その隣には、ケイシュトン公爵家のルシアンもいた。

彼らはアイシャに群がってくる男性たちとは違い、話していて楽しかった。服装から立ち振る舞いまで、全てが洗練されていた。

それでも商人の血を受け継いでいるアイシャの話術に魅了され、ライハルトたちは時間の限り会話を楽しんだ。すっかり話し込んでしまうと、ライハルトは慌てて婚約者の元に戻っていった。

ライハルトの婚約者は二歳ほど年下で、ルシアンの妹だった。彼女の噂はアイシャの耳にも嫌というほど入ってきた。

氷の仮面を被った人形のようだ、と。

ただ公爵令嬢だけあって見た目は美しく、教養もあった。ないのは味方になってくれる友人の存在と、社交界での人気だった。

――あれで皇太子妃が務まるの？　にこりともしない彼女より、私のほうが相応しいんじゃないかしら。

アイシャはライハルトと並んで歩くリリティアを見つめ、その思いは次第に膨れていった。

さらに、パーティーに参加すればライハルトとルシアンが必ず話しかけてくるようになった。

彼らにとっては、気兼ねしない話し相手に過ぎなかったのかもしれない。それでも男女が仲良くしていれば、自然と噂が立つものだ。

もちろん、ライハルトの愛人など冗談ではない。

アイシャが求めていたのは、皇太子妃の椅子だった。相手は公爵令嬢というだけで皇太子の婚約者になった女だ。同じ舞台に立てば、どちらが次期皇太子妃に相応しいか、皆も分かってくれるはずだ。

アイシャは社交界に顔を出しては人脈を広げ、その一方ではリリティアの噂を注意深く探った。

すると、リリティアは公爵家で、継母の物を盗む手癖の悪い女だということが分かった。ルシアンが妹を嫌っているのにも納得がいく。彼女の信用は皆無に等しいということだ。

――このまま、リリティアを皇太子の婚約者にはしてはおけない。

覚悟を決めたアイシャは、商会で扱っていた毒を持ち出した。

まだ解毒薬の存在しないその毒は、治療薬を作るために病院から依頼されていたものだ。毒の効果は知っている。摂取量さえ間違わなければ、死に至ることはない。

強引な計画だったが、毒を口にするのは自分だ。ほんの少し口をつけて、倒れるだけだ。

毒を飲んだ後は手駒にしたメイドが「ケイシュトン公爵令嬢に頼まれた」と騒げば、誰からも見放されている彼女は、もう皇太子の婚約者ではいられなくなるだろう。

計画はうまくいくと思っていた。

ところが、メイドが運んできた毒入りのグラスを飲んで倒れたのは、リリティアだった。

アイシャは呆然と立ち尽くし、メイドもまた信じられない様子で震え上がっていた。

――なぜ、失敗したの？

事件が起きた翌日から、アイシャの人生は一変した。

メイドが洗いざらい喋ったようだ。

アイシャは兵士に連行され、皇宮にある地下牢屋に入れられた。取り調べとは名ばかりで、その日から地獄のような日々が始まった。

なぜなの？

私は悪くないのに。

偶然廊下で出会ったリリティアは、今までと変わりなく見えた。

反対に、ライハルトは冷たい目でアイシャを見下ろし、以前のように話しかけてはくれなかった。

……なんで。

私のほうが皇太子妃に相応しいのに。

どうして分かってくれないの？

鞭で痛めつけられた体はボロボロになり、生きる気力を失いつつあった。次の日も兵士がやって来て、悪夢のような日がまた始まるのかと思った。

けれど、その日はいつもと違い、鞭打ちの代わりに両手を縛られ、黒い布で目隠しをされた。

そのまま牢屋から出された時は、やっと解放されるのだと思った。

しかし、喜んだのも束の間、辿り着いた場所には酷い悪臭が漂っていた。本能が、そこへ行くのは危険だと警告してきた。

アイシャは半ば引きずられるようにして、そこまで歩かされた。目隠しをされているから分からないが、周囲に人の気配がいくつもあった。

……ここはどこなの？

微かに父親と母親の声が聞こえた気がした。

なんで泣いているの？

なんで早く助けてくれないの？

一段ずつ階段を上らされて立ち止まる。その時、首にざらついた物が掛けられて鳥肌が立った。

いや、いやよっ！

死にたくない、死にたくない、死にたくない……っ！

恐怖で口元がガチガチと震え、生温かいものが太股を濡らす。

永遠と思える時間に、これまでの人生が走馬灯のように流れた。

もう他人のモノは欲しがらないわ。

だから……。

刹那、ガタンと音がして床が抜ける。

一瞬の浮遊感の後、アイシャの両足が二度と地に付くことはなかった……。


——その伯爵家に、子供はいなかった。

跡継ぎがいなければ伯爵家は途絶えてしまう。そこで伯爵は、孤児院から双子の姉弟を迎え入れた。

彼らは五歳の時に両親に捨てられ、孤児院に引き取られていた。

姉は「ミラ」と呼ばれていたが、伯爵家の養女となったことで貴族らしい名前を与えられた。

ミランダ、その人だ。

伯爵令嬢となったミランダの生活は、がらりと変わった。

とくに伯爵夫人は教育に厳しく、貴族令嬢として恥ずかしくない教養を身に付けるため、ミランダには休む時間すら与えられなかった。

……それだけではない。

少しでも間違えれば、夫人の扇がミランダの頬や手に振り下ろされた。衝撃が強すぎて痛みより驚きのほうが大きかった。

けれど、何度も叩かれれば痛みのほうが強くなり、日に日に恐怖が増していった。

しかし、夫人は震えるミランダを見下ろして、必ず決まってこう言った。

「これは貴女のためなのよ？」

夫人は事あるごとに「立派な淑女となるために必要な教育」と、繰り返し口にした。

双子の弟は放置され、好きな時間に遊んで、好きな時間におやつを食べて、好きな時間に眠れているというのに。

だが、行きすぎた教育は伯爵の目に留まり、苦言を呈する時もあったが、そのたびに夫人は金切り声を上げて彼を罵った。

そうなると伯爵は夫人を宥めるだけで、解決には至らなかった。結局、その後も夫人の教育は続いた。

恐怖に怯えながら教養を身に付けていくと、叩かれることも少なくなっていった。

出来が悪いから罰を受けていたと思っていたが、それはミランダの思い違いだった。

伯爵が屋敷に寄り付かなくなると、夫人は益々ミランダにきつく当たるようになった。

ミランダは夫人を避けて過ごすようになったが、ある日ベッドの枕元から見覚えのない宝石が出てきた。

すると、偶然やって来た侍女がミランダの手にする宝石を見て騒ぎ出した。

それは夫人の宝石で、昨夜からなくなっていたと言った。

「ちが、私じゃ……っ、盗んでなんかいないわ……！」

「やはり下賤の子ね、他人の物を盗むなんて。もっときつく躾けないといけないわ」

ミランダの部屋にやって来た夫人は、恐ろしく冷たい目をしてミランダを見下ろしてきた。

どんなに違うと訴えても、ミランダの言葉は夫人に届かなかった。弟や使用人たちは夫人が恐ろしくて見て見ぬ振りをした。

ミランダは激しい折檻を受け、盗人の汚名を着せられた。

それからも夫人の暴力は続き、傷が治らないうちに新しい傷ができた。扇や鞭を振るう夫人の顔は、狂気に満ちていた。

「どうして、私には子供ができないのに！　こんな卑しい子供なんか……っ！」

その時、ミランダは分かった。

これまで叱られていたのは、自分のせいではなかったのだと。夫人は初めからミランダを憎んでいたのだ。

自分に子供ができないから。

子供ができないうえに、貴族でもない子供を押し付けられたから。

伯爵が他の女性に入れ込んで帰ってこないから。

……悪いのは、私じゃない。

夫人の置かれた立場に納得し、理解したミランダはその日から泣くのをやめた。相変わらず体中に痛みはあるものの、心は痛まなくなっていった。

ミランダは目に見えない仮面を被り、偽ることで、救いのない暗闇の中でも平静を保つことができた。

しかし、その瞳に復讐の炎が灯されていることに、気づいた者は誰もいなかった。


燭台の蝋燭がゆらり、ゆらり、と揺れている。

夜も深まった頃、薄暗い室内では荒い息遣いと、歓喜に満ちた声が上がっていた。僅かな明かりに照らされて壁に映った人影は、二人の男女が踊っているように見えた。

ミランダは覗き見た部屋の扉をそっと閉じ、口角を吊り上げて笑った。

自室に戻ったミランダは一通の手紙をしたためて、翌日とある場所へ送った。教育のおかげで文字を書けるようになった。知識も増えた。

社交界デビューまであと半年。

夫人は変わらず躾と称して扇や鞭を振るってきたが、その回数は以前よりずっと減っていた。

理由は単純。

夫人はミランダの他に、自分を癒してくれる拠り所を見つけたからだ。

それは夫である伯爵ではない。彼はほぼ愛人の家に入り浸って帰ってこない。その寂しさを埋めてくれる相手は夫人のそばにいた。ミランダとは目元以外、似ても似つかない双子の弟だ。

いつからだったか、夫人は弟に対して妙に優しくなった。放置していた弟に対し、彼が欲しがった物は何でも買い与え、溺愛し始めたのだ。

一方、ミランダはドレスすらろくに買ってもらえなかった。

それどころか何でも弟と比べられ、優れてもいない弟のほうがいつも褒められていた。弟にはどんなにミスをしても、鞭が飛んでくることはなかった。夫人の顔色を窺いながら過ごしている自分とは、まるで違っていた。

夫人が弟に依存するようになってから、ミランダは弟と喋ることも、顔を合わせることもなくなった。

けれど、その悪夢のような日常も……もう終わる。

夜の訪れと共に屋敷の明かりが落ちて、ミランダは息を潜めてじっと待っていた。すると、屋敷の奥から誰かの怒鳴り声が聞こえてきた。

ミランダは部屋を飛び出して声がしたほうへ向かった。

突き当たりを曲がって明かりの漏れた部屋に近づくと、屋敷の主である伯爵がいた。

「お前は何を考えているんだ！　血の繋がりはないとはいえ、息子と不貞を働くとは！」

伯爵が怒鳴った先には、夫人と弟が一糸纏わぬ姿で並んでいた。

ミランダは叱られる二人を見て口元を歪めた。

伯爵は目を血走らせ、夫人の髪を鷲掴みにするとベッドから引きずり下ろした。

「この恥知らずが！　この屋敷から出ていけっ！」

いつも夫人に言いくるめられて終わっていた伯爵が、怒りに満ちた顔で夫人に言い放った。

夫人は真っ青な顔で伯爵の足元に泣きついたが、伯爵は許さなかった。

使用人に連れ出される夫人は「貴方が悪いんじゃない！」と最後まで抵抗したが、翌日には気持ち程度の荷物と一緒に追い出された。

実家に戻っても居場所があるかどうか。

たとえ戻れたところで、肩身の狭い思いをしながら暮らしていくことになるだろう。

弟もまた伯爵に許しを乞い、夫人に求められて拒めなかったと泣きじゃくったが、やはり翌日には追い出されていた。

帰る場所のない弟は、捨てられたら終わりだ。

――これで二人はいなくなった。

満足げに部屋へ戻ったミランダは、机に積み上がった教材を床に払い落とした。

「……あはっ、やったわ！　やったのよ、私が……っ。ざまぁみやがれ！　あはははははっ！」

ミランダは、伯爵宛に二人の不貞を知らせる手紙を送っていた。穢らわしい二人を屋敷から追い出してほしい、と願いを込めて。

ミランダの密告はしっかり届いたようだ。

これでもう夫人から叩かれることも、弟と比べられることもない。

ミランダは笑いが止まらなかった。

しかし、喜んでいるのに、両目からは大粒の涙が溢れて頬を濡らしていた。


夫人と弟がいなくなると、伯爵は屋敷に戻ってきた。

孤児院から引き取られてきて以来、伯爵とは会話らしい会話をしたことがなかった。それでもミランダの手紙を読んで動いてくれたということは、彼もまた夫人の存在が邪魔だったのだ。

おかげで、妻が息子に不貞を働いていた事実は隠されたものの、子供ができなかったことを理由に伯爵は夫人と離縁できたようだ。

弟は、伯爵家から絶縁されればただの孤児だ。その辺で野垂れ死んだところで、伯爵家には関係ない。

取り巻く環境ががらりと変わってしまったが、意外だったのは伯爵だ。夫人がいなくなったことで、愛人を屋敷に迎え入れるかと思ったが、彼はそうはしなかった。

代わりに、ミランダを実の娘のように扱ってくれた。

感謝のつもりか、お詫びのつもりか。

夫人がいた時は買ってもらえなかったドレスや宝石など、今まで欲しかった物を欲しいだけ与えてくれた。

食事も一緒にとるようになり、少しずつ親子のような会話ができるようになった。厳しかった教育も見直され、もうミランダに手を上げる者はいなかった。

ようやく平穏が訪れたのだと、安心して過ごせるようになった。

だが、夫人の狂気に満ちた姿が脳裏に焼き付いて、たびたび悪夢に魘《うな》された。心に負った傷は思っていたより深かったのだ。


時間だけが唯一の治療方法だった。

夫人たちが屋敷を出ていってから半年が過ぎると、ミランダは社交界に足を踏み入れた。

孤児のままだったら決して味わうことのできない華やかで煌びやかな世界だった。社交界デビューを果たしたミランダは、ようやく貴族の一員になれた気がした。

辛かった記憶が美しい光景に上書きされ、そこに一人の伯爵令嬢が誕生した。

招待されたパーティーやお茶会に足を運び、積極的に貴族の集まりに参加すると、ミランダの元に求婚の申し入れがいくつか舞い込んだ。

伯爵はミランダの意思を尊重して、政略結婚を押し付けることはしなかった。ミランダもまた夫人から解放されたばかりで、結婚する気になれなかった。

しかし、全ての貴族が集まる式典でミランダはとある男性と出会った。それは、パーティーの熱気に当てられて、外の空気を吸いに中庭の噴水へ足を運んだ時だ。

反対の方向から一人の男性が歩いてきた。

ミランダは彼のことを知っていた。

二人の幼子を残して亡くなった奥様の代わりに、自ら子供たちの面倒を見ている可哀想なケイシュトン公爵様――社交界では有名な話だ。

そして、誰もが彼の後妻になることを夢見ていた。

公爵は一回り年上だが、堂々とした姿と整った顔立ちは、年齢に関係なく人目を惹いた。

「お邪魔してしまい、申し訳ございません」

公爵と鉢合わせになり、ミランダはドレスを持ち上げて腰を落とした。

「いや、私こそ邪魔してしまったね。人が集まる場所に参加するのは久しぶりで、熱に当てられたようだ」

「まぁ、それでは一緒ですね」

公爵の話を聞いて、ミランダは口元を綻ばせた。

それから二人はパーティーから逃げてきた者同士、他愛のない話をして過ごした。

婚約者でもない男性と二人きりになれば、あらぬ噂が立つ。それでもミランダは公爵に惹かれていった。

二人の密会はその後も続いた。

僅かな時間でも公爵と過ごせるだけで幸せだった。少しでも彼の気を引きたかった。

「私にも母がおりません。父はいますがここ最近は帰りが遅く、毎日寂しい思いをしています」

「……そうか」

多少真実をねじ曲げても、公爵が自分を見てくれるならどんな嘘でもついた。

悲しむ演技も忘れない。すると、今度は公爵が自身の話を聞かせてくれた。

愛していた妻を亡くしたこと。子育てが今のままでよいか不安になっていること。そうやって心の内を見せてくれた公爵に、ミランダは震えるほど歓喜した。

もっと近くで、彼を支えてあげたい。

その気持ちを打ち明けると公爵は随分と悩んでいたが、最後にはミランダを受け入れてくれた。

そして、ミランダはケイシュトン公爵と半月ほど婚約期間を設けた後、結婚することになった。

伯爵に報告すると、絞り出した声で「よくやった」と褒めてくれた。

ミランダはケイシュトン公爵家に招かれ、伯爵邸とは比べ物にならない大きな屋敷に訪れた。

そこで二人の子供と出会った。

一人は公爵に似た男の子。

そして、もう一人。

両親に捨てられた自分とは違い、母親が命をかけて産んだ娘。

公爵からの愛を受け、天使のような笑顔を浮かべたリリティアがいた――。

公爵と結婚し、新たな母となるミランダを、リリティアは純粋に喜んでくれた。公爵令嬢でありながら、他人を疑うことを知らない純粋無垢な少女だった。

ルシアンのほうはミランダが母にしては自分と年が近いこともあって、反応はあまり良くなかった。ただ、父親の決めた再婚に、敢えて口を出してくることはなかった。

若くして伯爵令嬢から公爵夫人になったミランダは、誰もが憧れる幸せを手に入れた。皇族に次ぐ地位によって、多くの貴族がミランダの前で頭を垂れる。

一方、ミランダに嫉妬し、この結婚を心から祝えない者はこぞって陰口を叩いた。中には、ありもしない噂を流す者もいた。

その殆どは公爵を狙っていた女性たちで、「若さを武器に公爵に取り入った」、「自分が片親なのを良いことに同情を買った」などと聞くに堪えない噂もあった。

公爵は「気にするな」と寄り添ってくれたが、ミランダは孤児であったことが皆に知られるのではないかと、不安で仕方なかった。

公爵夫人になってからお茶会やパーティーに参加しても、良くない噂のせいで嫌がらせを受け、ミランダは次第に社交界で孤立していった。

「ミランダお母様！」

――そして公爵家では、リリティアの存在がミランダをさらに追い詰めた。

家族や使用人たちから愛されて育った娘、リリティア。彼女が笑えばこちらまで笑顔になってしまう、と誰かが言った。

けれど、本物の母親を求めているような眼差しで見つめてくるリリティアに、ミランダは言いようのない居心地の悪さを感じていた。

リリティアが笑うと寒気が走るのだ。

……なんで、そんな顔で笑うの？

私は貴女の本当の母親じゃないのに。

リリティアはどこへ行っても、笑顔で人を魅了してしまう。

——穢れのない、青い血。

両親に捨てられて孤児となった自分とはまるで違う。そんな子供が、自分を母と呼んで慕ってくるはずがない。

あの笑顔の裏で、下賤の子と呼ばれていた自分を見下されているような気持ちになった。

「ちょっと、そこの貴女」

「はい、奥様」

ある夜、ミランダはお茶を運んできたメイドに声を掛けた。

公爵家の使用人たちは品があって、ミランダを公爵夫人として丁重に扱ってくれていた。

「これをリリティアの枕元にそっと置いてきてくれないかしら？」

「あの、これは……？」

ミランダはルビーのついたネックレスをメイドに差し出した。

「ふふ、昼間リリティアに見せたら欲しがっていたの。だから、贈り物として渡したいのだけど、直接手渡すより起きた時に置いてあったほうが喜ぶと思わない？」

「まぁ奥様、お嬢様のために！　かしこまりました、すぐに置いてきますね」

「ええ、そうしてちょうだい。それから貴女には特別休暇を出すから、明日はゆっくり休むといいわ」

お礼よ、と微笑むとメイドは嬉しそうにネックレスを受け取り、頭を下げて部屋を出ていった。

メイドは寝ているリリティアの枕元に、渡した宝石を置いてくるだろう。本来の目的など知らずに。

ミランダは高鳴る胸に口元を歪めた。

養母の伯爵夫人もこんな気分だったのだろうか。沈んでいた気持ちが浮上していくようだ。

今になって夫人がなぜあんなことをしたのか、少しだけ分かったような気がした。

「――いけない娘ね、リリティア」

メイドにネックレスを渡した翌朝、ミランダの元に侍女たちがやって来た。

彼女らは流れるようにミランダの身支度を整えていく。

「あら？　お気に入りのネックレスがないわ」

公爵夫人にしては飾り気のないドレスとすっきりした髪型に仕上げてもらうと、ミランダは宝石箱を取り出して中身を確認した。

そこで大切にしていたネックレスがないことを漏らす。ルビーの宝石がついたネックレスだ。盗まれたかもしれない、と呟くと侍女たちの顔色が変わった。主の部屋から物がなくなった時、真っ先に疑われるのは使用人だ。

ミランダは「見つかったら教えてちょうだいね」と、笑顔で伝えた。紛失したネックレスのことは使用人の間ですぐに広まるだろう。

そして、そのネックレスはリリティアの部屋から出てくるのだ。

朝食の時間まで寛いでいると、慌てた様子のメイドがミランダの元へやって来た。

ネックレスが見つかった、と。

出てきたのはリリティアの部屋からだった。ミランダは呼びに来たメイドと共にリリティアの部屋へ向かった。

リリティアはネックレスを持ったメイドに「そんなネックレス知らないわ！　起きたら置いてあったのよ！」と叫んでいた。

騒ぎを聞いて駆けつけたのはミランダだけではなかった。公爵とルシアンも、リリティアの部屋へやって来た。

――役者は揃った。

ミランダは小さく笑い、青ざめた顔で声を荒らげるリリティアに近づいた。

「まあ、リリティア。大丈夫よ、私には分かるわ」

「……ミランダお母様」

「いいのよ、リリティアは寂しくて構ってほしかっただけよね」

ミランダはリリティアの小さな両頬に手を添えてにっこり微笑んだ。リリティアの目は「違う！」と訴えていたが、ミランダは笑って誤魔化した。

公爵はミランダの言葉を信じ、リリティアを軽く叱りつけた。誰からも信じてもらえないリリティアの表情は、ミランダの胸を躍らせた。

気分が良かった。

結局、ネックレスの件はリリティアの悪戯として片付けられた。

だが、それで終わりではない。終わらせてはいけない。

ミランダは公爵に「リリティアに命じられて、宝石を取った者がいるかもしれませんわ」と話し、侍女長と執事が迅速に対応してくれたおかげで、翌日には一人のメイドが追い出された。

誰もがミランダを信じて疑わなかった。

その後も似た手口でリリティアを陥れた。

一度信用が地に落ちると、周囲の目を変えることは難しい。リリティアの評判は悪くなる一方だった。

そんな中、ミランダは妊娠して双子を出産した。

公爵の血を引いた子供を産んだことで、ミランダの立場は揺るぎないものになった。

そこでミランダは、リリティアの教育に問題があると進言し、子供たちの教育の全てを請け負うことになった。

ミランダはまずリリティアの教育係を全員解雇し、貴族の中でもとくに厳しいと有名な教育係を雇った。

彼らは体罰も教育には必要だと考えていた。ミランダ自身が経験してきたような、回答を間違えれば鞭で打たれるのも当たり前な教育だ。

ただ、リリティアは初めてだったようだ。

教育係から鞭で両手を叩かれた時、彼女は痛みより何が起こったのか理解できていなかった。

——叩かれた。

そのことに驚いて声が出なかったのだろう。

見守っていたミランダは口元を歪めて薄く笑った。

「リリティア、これは貴女のためなのよ？」

そう、教育係が鞭を振り下ろすのは、リリティアに期待を寄せているから。憎くて体罰を与えているわけではない。

リリティアが完璧な淑女となるために必要なことだ。

今まさに己が手を振り上げてリリティアの頬を打つのも、そこに愛があるから。小さな体は簡単に吹き飛び、テーブルにぶつかって床に倒れた。

公爵令嬢が、なんて無様な姿なのか。

ミランダはリリティアの腕を鷲掴みにし、無理やり立たせた。

「問題ばかり起こす貴女にはこういう躾が必要なの。分かるわね？」

涙ぐんで唇を噛むリリティアの姿に、胸が満たされていく。

その日からリリティアの顔から笑顔が消え、大人しくミランダに従うようになった。

ダンスができなければ一日中立たせ、勉強ができなければ鞭を振るい、盗みを働いたと罪を着せては折檻した。

ミランダは公爵と愛を交わす時よりずっと、リリティアを躾けている時のほうが快感だった。

「ああ、私の可愛い娘、リリティア。なぜ貴女はそうやって私を困らせるのかしら」

剥き出しになったリリティアの背中に革のベルトを振り下ろしながら、ミランダは嘆いて見せた。

時折、目に涙を浮かべて。

必死に謝って許しを懇願するリリティアに、ミランダの手は止まらなかった。

白い背中は真っ赤に腫れ、血が滲んでいた。

――そうよ、誰よりもリリティアを理解しているのは私なのよ。

私しかいないのよ。

ミランダの歪んだ愛情は日に日に深まっていった。

もちろん、リリティアに味方する使用人もいた。けれど、彼らは公爵家の女主人に歯向かったことで即刻解雇となった。そうやってリリティアに味方する者を一人またひとりと排除していった。

リリティアを分かってやれるのは自分だけだ。

そう思っていたのに、リリティアは皇太子の婚約者に選ばれた。

高貴な血筋であるがゆえに。

皇室はリリティアの本当の姿を知らないのだ。

皇太子の婚約者となったリリティアには、皇太子妃の教育が待っていた。

教育のために皇宮へ通うことになり、ミランダと過ごす時間は削られ、久しぶりに顔を合わせればリリティアは変わっていた。

僅かに笑うようになっていたのだ。

——ああ、なんて醜いのかしら。

周りに笑顔を振り撒いて、自分の行いも忘れてしまっている。自分がどれほど罪深き娘なのか、リリティアは理解していなかったのだ。

ミランダはその日リリティアの部屋を訪れ、怯える彼女に向かって言い放った。

「貴女は、自分のお母様を殺して生まれてきた子なのでしょう？　公爵家の皆は優しいから口にしないだけで、本当は貴女を恨んでいるのよ。それなのにいつも楽しそうに過ごして、なんて罪深い娘なのかしら。もっと躾けないと分からないようね……リリティア」

「……お、かあ、さま」

ええ、貴女の母は私。

だから、きちんと教えてあげないといけないわ。

ミランダは鞭を振り上げて、リリティアを力いっぱい叩いた。

いつもなら痛みに呻いて涙を浮かべるところだが、今日はミランダの放った言葉に愕然としている様子だった。

その日からリリティアは、再び感情をなくした人形のようになった。

ミランダは満たされた。

伯爵家に引き取られてから今日にして、ようやく自分の居場所を手に入れた気がした。ケイシュトン家の公爵夫人として、リリティアの母として、この幸せはずっと続くと思っていた。

……リリティアが自ら毒を飲み、自害しようとするまでは。


皇帝陛下の誕生日を祝うパーティーで、リリティアが倒れた。

原因はシャンパンに混入された毒だった。

……一体誰がそんなことを⁉

皇太子の婚約者に毒を盛るなど、犯人は余程リリティアに恨みがある者か、それとも公爵家を陥れようと暗躍する輩か。どちらにしろ、捕まったら死刑は免れないというのに。

ミランダはリリティアの危篤状態を告げられ、医者に泣きすがった。

「先生、お願いです！　どうか、どうか……っ！　私の大切な、大切な娘なのです！　私の愛する娘を、リリティアをお助けください……っ」

リリティアの治療は長く続き、その場には公爵とルシアンが残ることになった。ミランダは先に屋敷へ戻るように言われ、渋々帰宅した。

翌日、リリティアが峠を越えて無事に生き延びたことを知らされた。安堵したミランダは、倒れ込むようにしてソファーに座った。

まさかリリティアの命を狙う者がいたなんて、予想もしていなかった。

「だから言ったのよ。あの子に皇太子との婚約は荷が重すぎたわ。身の程を弁えればこんなことにはならなかったのに……っ」

社交の場で流れてくるリリティアの噂は、嫌というほど耳にしてきた。高貴な家柄の娘でなければ皇太子との婚約もなかっただけに、妬まれていてもおかしくない。

ミランダは一人ぶつぶつと呟き、その横では双子の姉弟が床に座って遊んでいた。誕生日に贈ったばかりのぬいぐるみは無残にも引き裂かれ、中の綿が剥き出しになっている。それでも二人は気にすることなく、それで遊んでいた。

元よりミランダの関心が、実子に向けられたことは一度もない。双子が何をしていようが、ミランダの瞳にはリリティアしか映っていなかったのだ。

それだけに、リリティアが早く帰ってくることを願ったが、皇宮で治療を受けている彼女は公爵家に戻ってこず、それどころか見舞いすら許可されなかった。

毒を飲んだリリティアは皇帝の保護下に置かれることになり、公爵は毎日皇宮に訪れては娘への面会を求めたが、一日中待っても呼ばれることはなかった。

そんな日がしばらく続き、公爵はようやく皇帝に呼ばれていった。

屋敷に戻ってきた公爵は、真っ青な顔でミランダの元にやって来た。

「……陛下から、リリティアの体に無数の鞭の痕があったと報告を受けた」

「旦那様、それは……っ」

「お前はリリティアの教育で、鞭を振るったのか？　あの子の体に傷を……！」

声を荒らげる公爵の目は怒りで血走り、ミランダはガクガクと震えた。必死で弁解の言葉を探したが、予想していなかった事態に頭が真っ白になる。

――どうして？

リリティアは毒を飲まされただけなのに。

それなのに、どうして自分が責められているの？

「陛下より言いつかった。リリティアは皇太子の婚約者だ。次期皇太子妃である娘に対し、必要以上の躾が行われていなかったか……虐待のような行いがされていなかったか、後日皇宮より調査が入る。それまでお前は部屋から一歩も出るな――分かったな」

冷たい声に全身が凍りついた。

ミランダは頷くこともできず、公爵が出ていった後も動けずにいた。こんな事態になるなんて考えもしなかった。

このまま幸せになれると思っていたのに……。

後日、皇帝の命によって公爵家に調査官が入り、解雇された使用人にまで調査の手が伸びた。

それによってミランダの非道な行いが明らかになり、否応なく逮捕された。

国内でも、次期皇太子妃が毒を盛られるという出来事は大きなスキャンダルとなり、処罰は早々に行われた。

事件を企て、毒を準備した子爵令嬢は絞首刑になったという。一方、毒を運ぶよう命じられたメイドは身分を剥奪されて奴隷となった。

次に、ミランダの貴族裁判がすぐに執り行われ、リリティアへの過剰な躾が罪に問われ、最も過酷な修道院へと送られることになった。

判決が下り、ミランダは鉄格子の付いた護送用の馬車に乗せられた。

これから向かう修道院は規律が厳しく、逃げ出すことのできない場所だと聞いている。

どうして、私が……。

孤児院から伯爵家に引き取られ、屋敷から夫人と弟を追い出し、公爵と結婚して公爵夫人になれたというのに。

全てがうまくいっていた。

リリティアにだって惜しみない愛情を注いでいた。自分の手や心を痛めながら育てていたというのに。

――自ら毒を飲んで死のうとするなんて。

まだ、躾が足りなかったようだ。

ミランダは己の不甲斐なさと悔しさに下唇を噛んだ。自分はこれから修道院に入れられて、二度と出てこられない。

そうなれば当然、回復したリリティアは屋敷に帰ってきてミランダのいない生活に戻るのだ。

……赦せない。あの子が私のいないところで幸せになるなんて。

ミランダは親指の爪を噛んだ。

それでも馬車はどんどん進んでいき、胸に渦巻いた感情は膨れ上がるばかりだった。

護送用の馬車は短い休憩を挟みつつ、馬を替えながら夜通し走っていた。

乗っているのは公爵夫人であっても犯罪に手を染めた罪人だ。万が一逃げられるようなことがあれば大変だ。

どこまで来ただろうか。

鉄格子のついた窓から見上げた空は薄暗かった。

その時、馬が突然いななき馬車が止まった。

大きく揺れた衝撃で頭を打ち、座席から転がり落ちて床に倒れ込む。ミランダは痛めた頭を押さえながら上体を起こした。

「一体、何が……」

馬車の中はミランダただ一人だ。外には馬車を走らせる御者と、見張り役兼護衛の騎士が二人ついてきたはずだ。

彼らに何かあったのだろうか。

窓の外を確かめようとした時、馬車の周りが騒がしくなった。

すると、突然馬車の外壁に障害物のぶつかる音がして振動した。

ミランダは思わず頭を抱えて悲鳴を上げた。その後も怒鳴り声と、剣の擦れる音がして体が震えた。

ミランダはなるべく小さくなって騒ぎが収まるのを待った。長く感じられた出来事は、実際には十分とかかっていなかった。

そのまま動けずにいると馬車のドアが開き、外の明かりが差し込んだ。

恐怖から息を呑んだが、聞こえてきた声に目を丸くした。

「……ミランダ？」

それは聞き覚えのある優しい声だった。

顔を上げると、ミランダの夫である公爵がドアから顔を覗かせてきた。

「だ、旦那様！」

「ああ、よかった。無事だったね」

公爵は蹲る妻を見つけて安堵した。

逮捕されてから裁判で顔を見たきり、ろくに話すこともできなかった夫がなぜここにいるのだろうか。

と、公爵はミランダに手を差し出した。

「君を迎えに来たんだ。さぁ、おいで」

「ああ、旦那様……！　お逢いしたかったです！」

「――私もだよ、ミランダ」

ミランダは公爵の手を取り、馬車から降りた。周囲は人気のない林道で、複数の松明《たいまつ》が揺れていた。

救い出されたミランダは、地面に人が倒れているのを見た。

きっと御者と騎士だろう。

公爵の後ろには複数の私兵が控えていた。

「ご主人様、あちらの馬車に」

公爵の後ろから声がして、ミランダは視線を向けた。

現れたのは異常に痩せ細った男だった。

骨と皮だけの肉体に、目はギョロリと突き出て、ミランダは咄嗟に顔を逸らした。公爵家では見かけたことのない使用人だ。

「……驚かせてしまい申し訳ございません、奥様。公爵様と馬車のほうにお願い致します」

見た目は恐ろしかったが、男の口調は丁寧だった。

ミランダは公爵の手に引かれ、用意された馬車に乗り込む。馬車のドアが閉まる前、公爵は私兵に命じた。

「馬車と転がった死体の処理は任せたぞ」

た。


「かしこまりました、公爵様」

静かにドアが閉まり、二人を乗せた馬車は走り出した。

ミランダは公爵の手を握り締め、目を潤ませながら感謝の言葉を口にした。

それから行き先を訊ねようとしたが、吸い込まれるような睡魔に襲われ記憶はそこで途絶えた。

——体が重い。

頭がうまく働かず、目を覚ましても自分の身に何が起こったのか思い出すことができなかった。

ここは、どこ……？

ミランダは体を起こして辺りを見渡した。

公爵家の豪華な寝室とは違い、古びた内装に装飾のないテーブルや椅子が置かれ、眠っていたベッドも質素なものだった。

ふと自分の姿を見下ろすと着ていたドレスは脱がされ、肌着姿になっている。

ミランダは寒さを感じてぶるっと震えた。

そこに部屋の扉が開いてメイドが入ってきた。

「目が覚めましたか、奥様」

ベッドの上で起き上がっているミランダを確認すると、メイドは無表情のまま近づいてきた。

なんて愛想のないメイドなのだろう。

公爵家の使用人とは思えない態度に、ミランダは目を細めた。

「ねぇ、貴女。その態度を改めたほうがいいわよ」

公爵夫人である自分に仕えたいのなら。

ミランダは呆れた様子で嘆息し、ベッドの端に腰掛けた。そうすればメイドが顔を洗うお湯を運んできて、身支度を整えてくれる。

ところが、いつまで待ってもメイドは動かなかった。

「何しているの？　さっさと準備を……」

「奥様は私を覚えていらっしゃらないのですね」

見下ろしてきたメイドの目は感情が抜け落ちているようだった。

どういうことか聞き返そうとしたが、メイドは「旦那様を呼んで参ります」と出ていってしまった。

「なんなの……？」

ミランダはメイドの顔を思い出そうとしたが、記憶の中にそれらしい人物はいなかった。公爵家で働いている使用人は多く、全員を把握するのは難しい。

とくに、ミランダが公爵夫人になってからは、使用人の出入りが激しかった。

「……使用人の顔や名前など、いちいち覚えているわけないじゃない」

知らなくて当然だと嘆息したミランダは、公爵が来るまでベッドの上で待った。

修道院には行かなくて済むだろうか。ただ、公爵夫人としてもう一度華やかな舞台に戻るには時間が必要だ。まずは地に落ちた信用を取り戻さなければいけない。

どこから始めるべきか悩んでいると、部屋の扉が開いて公爵が入ってきた。

「起きたんだね、ミランダ。随分疲れていたようだ」

「ご心配をおかけしました、旦那様」

やって来た公爵はミランダのそばに近づいてベッドに腰掛けた。

助けに来てくれた時は薄暗くて気づかなかったが、彼は随分やつれたように見える。頬がこけて一気に老けたようだ。

「君を助けるのにかなり無茶をしてしまった」

「ああ、旦那様。迎えに来てくださってとても嬉しかったですわ！」

しかし、見た目はどうであれ、愛する夫に変わりはない。

ミランダは公爵の手を取って引き寄せた。リリティアのことで夫婦間に亀裂が入ってしまったと思っていたが、これならうまくいきそうだ。

「私の愚かな行いを、寛大なお心で許してくださり感謝致します。それで、いつまでこちらに滞在するのですか？」

救い出されたミランダは、しばらく身を隠さなければいけない存在になった。罪人を乗せた馬車が襲撃されたことで、皇室から騎士が派遣されるはずだ。

この家は、騒ぎが落ち着くまで滞在するために用意されたのだろう。ただ室内を見る限り、高貴な者が暮らすには適していなかった。できることなら早く公爵家の領地か、所有している別荘に移動したかった。

しかし、公爵は切なそうに微笑んで首を振った。

「君の乗っていた馬車が賊に襲われて、君は死んだことになっている。皇室の調査が終わるまでは、大人しくしている他ない」

「ええ、そうでしょう……。死んだことにされたのは残念ですが、またいずれ社交界に戻れますわ」

そうでなければ困る。

今は静かに暮らすとしても、ようやく手に入れた栄光を手放すことはできない。ミランダは目に涙を浮かべ、公爵の手をさらに握り締めた。

だが、公爵は再び首を横に振った。

「いや、それは難しい。公爵家をルシアンに譲ってきたのだ。私は隠居した身で、君と私はしばらくここにいなければいけない」

「爵位をルシアンに？　……そうですか」

ミランダは己が公爵夫人でなくなったことを知って唇を噛んだ。それでも公爵が全てを譲ってまで自分の元に駆けつけてくれたのは嬉しかった。

死んだことになっているミランダにとって、身分どころか残されたのは目の前にいる夫だけだ。

「分かりましたわ、旦那様」

「理解してくれてありがとう、ミランダ」

素直に受け入れると、公爵は嬉しそうに微笑んだ。

しかし、ミランダの胸の内は違っていた。

――まさか、ずっとここで暮らすわけでもないだろうし、しばらく経ったら戻ればいいのよ。死んだことになっているなら何をやっても罪には問われないし、別人に成りすましてパーティーに参加するのも楽しそうだわ。

――それに、またあの子を躾けることができる。

ミランダは満足そうに口元を歪めた。

一方、公爵はミランダの手を握り返し、話を続けた。

「そうだ。君がここで何不自由なく暮らせるように、使用人たちを紹介してやらないとな」

「それでは着替えてから」

「ああ、気にする必要はない。君はそのまま座っていてくれ」

公爵はベッドから下りようとしたミランダを制し、控えていたメイドに、他の使用人を呼んでくるように命じた。

公爵家に嫁いだ時も、公爵が使用人全員をミランダに紹介してくれたが、その時は新たな公爵夫人として身支度はしっかり整えていた。

けれど、今回はとても人前に出られるような格好ではない。

焦るミランダに、けれど公爵は落ち着いていた。

呼ばれた使用人は廊下で待機していたのか、開いた扉から次々に入ってくる。ミランダはシーツを引き寄せて肌着一枚の体を隠した。

「ここに集まってくれたのは、君に会いたがっていた者たちだ。さぁ、我が妻に挨拶をしなさい」

一列に並んだ使用人たちに、公爵が愉快そうに声を掛ける。すると、使用人は端から順番に自己紹介を始めた。

「私は公爵家の厨房で、長年料理人をしておりました。ある日、お嬢様が罰を受けて食事をとっていないことを知り、こっそり料理を届けさせました。それが奥様の耳に入り、私は退職金や紹介状もなく解雇されました」

「俺は長いこと庭師をしていました。リリティアお嬢様は花が好きで、落ち込んだ時はいつも俺の育てた花を見て笑顔になってくれました……。ですが、奥様はそんな花を全て処分するように仰り、俺は公爵家から追い出されました」

――それは自己紹介などではなかった。

彼らは公爵家で起きた出来事を、公爵とミランダの前で話し始めたのだ。

「ちょっと、いきなり何を言い出すの!?　そんな作り話を吐いて、使用人のくせに無礼だわっ！」

予期せぬ告発に、ミランダは顔を真っ赤にして怒鳴った。

目の前に集まった使用人たちに見覚えはない。あまりに多くの使用人を追い出しては雇い入れる、を繰り返してきたせいで、彼らの話が真実かどうか判断のしようがなかった。

ミランダはやめるように命じたが、使用人たちはそれを無視し、次に無愛想なメイドの番になった。

「……私は公爵家でメイドをしておりました。ある日リリティアお嬢様が欲しがっていたという、ルビーの宝石がついたネックレスを、お嬢様に内緒で渡してくるよう奥様に頼まれました」

「――――」

「素敵な贈り物に、お嬢様もきっと喜んでくれるだろうと思いました。そして、奥様にはお礼として特別休暇をいただきました。ところが、次に屋敷へ行ってみるとそのネックレスは盗品扱いになっていて、いくら違うと言っても聞き入れてもらえず、私は辞めさせられました」

メイドが無表情のまま、他人事のように淡々と話していく。しかし、スカートを握り締める彼女の手は、微かに震えていた。

「公爵家で盗人の汚名を着せられ、決まっていた婚約も破談になりました……。そのせいで他の屋敷でも雇ってもらえず、賃金の低い宿で寝ずに働くしか……っ」

メイドは言葉に詰まって、最後まで言い切ることができなかった。

それでもミランダは、彼女を思い出すことはなかった。ミランダにとっては、その程度だったのだ。

他の使用人も境遇は似たもので、全員がミランダの命令で不当に解雇された者たちだった。だが、どんなに目の前で訴えられても、申し訳ない気持ちは微塵も湧いてこなかった。それどころか、主人に歯向かう彼らに苛立ちだけが募っていった。

どうして解雇された使用人ばかり集められたのか。

ミランダはそばにいる公爵を見た。彼は時折、頷きながら彼らの話に耳を傾けている。

「旦那様、なぜですの……？」

「彼らは君に不当な扱いをされたのに、また君の元で働かせてほしいというんだ。これは感謝しないとな」

「で、でも、彼らは……っ」

私に恨みを持っている——。

そんな彼らが問題なく仕えてくれるとは到底思えない。不安になるミランダに、公爵は「心配ない」と言って背中を擦ってくれた。

「それから君に、一番会わせたかった人がいるんだ」

刹那、公爵の声が冷たく感じられて背筋がぞわりとした。反射的に離れようとしたが、背中にあった手がミランダを逃がさなかった。

徐々に恐怖が増していく中、一人の男がベッドに近づいてきた。

あの恐ろしく痩せ細った男だ。

「再びお会いできて光栄です、奥様……いえ、ミラ姉さん……」

「――――っ！」

男はこけた顔でにたりと笑った。

見てはいけないものを見た気がしておぞましかった。服の上からでも男の異常な細さが分かる。

それがミランダを「姉」と呼んだ。

孤児だった頃に使っていた名前と共に。

「……なっ、何を言っているの!?　私に弟なんかいないわ！」

一緒に引き取られた伯爵家で不貞を働いた弟は、屋敷から追い出された。

その時から伯爵家の子供は、ミランダだけになった。

路頭に迷っていた弟は何度も屋敷を訪れては助けを求めてきたが、ミランダは無視し続けた。

養母に虐待されている時、弟は助けてくれなかった。ずっと見て見ぬ振りをして、味方にもなってくれず、慰めてもくれなかったのだ。

「そんな悲しいことを言わないでくれ、姉さん。あんたに追い出された後、地獄のような生活をしてきたんだ」

「やめて、貴方なんか知らないわ！」

「孤児院にも戻れず道端で生活しながら泥水を飲み、命を繋いできた。姉さんに何度も会いに行ったけど、取り合ってもらえなかった。でも餓死する寸前、そちらにいる公爵様に救われたんだ」

男はミランダのそばにきて、骨と皮だけの手を伸ばしてきた。

まるで死人の手だ。

ミランダは短い悲鳴を上げて公爵にすがりついた。こんな男が血を分けた双子の弟なわけがない。何かの間違いだ。

「だ、旦那様！　私はこんな男など知りません！　どうか早く追い出してください！」

「何を言っている。君の双子の弟ではないか」

「違います、違います！　どうしてこんな仕打ちをっ！　私を許してくださったのではないのですか⁉」

恨みを抱いた者たちを集め、目の前に連れてくるなど嫌がらせではないか。

ミランダは愛する夫に泣きついた。そうすれば、彼は決まってミランダの望み通りにしてくれる。

今までもそうだった。

けれど、公爵は不思議そうな表情を浮かべ、妻の顔を両手で包み込んだ。

「――許す？　私が、君の何を許すというんだ？」

「え……？」

公爵の声がまた一段と低くなった。

持ち上げられた視界に公爵の顔が映る。先ほどまで笑みを浮かべていた顔はどこにもない。

「教えてくれ、ミランダ……。私は君の何を許せるというんだ？　リリティアは……あの子は、もう私の元に戻ってこないというのに」

「リリティアが……？」

公爵家に戻ってこない？

苦しそうに言葉を絞り出した公爵は、嘘を言っているようには見えなかった。ミランダがリリティアの名を口にすると、頬に触れる彼の指に力が入った。

「自分の産んだ子供はろくに教育せず、私の娘を躾の一環だと言って散々痛めつけて。――楽しかったか？」

「……だ、旦那様っ」

「お前が鞭を振るっている間、あの子はどんな顔をしていた？　喜んでいたか？　悲しんでいたか？　それとも怯えていたか……？」

ミランダの顔に公爵の指が食い込む。強く掴まれてミランダは痛いと訴えた。しかし、興奮した公爵に見下ろされ、恐怖で体が硬直した。

動けなくなっているミランダに、公爵は続けて口を開いた。

「リリティアは一度でも、お前に感謝したことはあるのか？」

それが全てを物語っていた。

ミランダは言葉にならない声を漏らし、公爵の激しい怒りを受けて目から涙が溢れた。唇が震えて歯が鳴る。下腹部に強い尿意を催した。

ミランダの脳裏には、躾を受けるリリティアの顔が浮かんできた。

鞭に打たれながらあの子はどんな表情だった？

何を言っていた？

泣きながら必死に許しを乞う姿は、昔の自分そのものだ。

その時になって初めてミランダは、養母と同じ道を辿っていることに気づいた。

「あ、あ……っ」

「怯える必要はない、ミランダ。幸い君は死んだことになっている。ここで君に何が起きようとも、誰も私を裁くことはできない。君には、君が私の娘にしてきたことをするつもりだ」

「……………っ」

「そうだな。まずは舌を切って話せないようにしよう。リリティアは君に反抗するどころか、言い返すこともできなかったはずだ。それから足もいらないな。リリティアは逃げ出すこともできなかったのだから」

「あ、あ……っ、旦那、様……お許し、ください……っ、私は……！」

「周りにいる使用人に助けを求めたところで、彼らはお前を助けない。リリティアが、あの子が誰からも信じてもらえなかったように」

環境は全て整っている。

控えた使用人は顔色を変えることなくミランダを見据えていた。そこに憐れむ様子はない。

「娘は君の虐待に十年耐えてきた。だから君も十年、耐えてくれるな？」

「―――っ」

もし、十年耐えたら解放してくれるの……？

ミランダは喉まで出かかった言葉を呑み込んだ。正確には、公爵の残虐な言葉に何も言えなくなっていたのだ。

やれ、と命じる声も鳥肌が立つほど恐ろしかった。

抵抗するミランダの体を複数の使用人が押さえ付けてくる。

公爵が命じた通り、まず両方の足首が切り落とされた。その後は舌を抜かれ、歩くことも喋ることもできなくなった。

でき上がったのは一体の完璧な人形だ。

最後の叫び声が響き渡った後、その屋敷からは十年間絶えることなく人間とは思えない呻き声が聞こえてきたという……。


ペインは医学での功績を認められ、皇帝より男爵の爵位を授かり、皇宮医として長く皇室に仕えてきた。

優秀な医者だけに皇室からの信頼も厚く、良好な関係を築いている。

皇帝の生誕を祝うパーティーには毎年招待され、その日も居合わせていた。

ペインは酒を飲みすぎている皇帝に目を光らせつつも、今年も無事に誕生日を迎えてくれたことを、心から祝福した。

そんな中、騒ぎは起きた。

皇太子の婚約者で、公爵令嬢のリリティアが突然倒れたのだ。彼女には、皇太子妃の教育の一環で基本的な医学を教えたことがある。

とても物静かで、真面目で、年齢の割に表情の乏しい少女だった。

すぐに駆けつけると、床には彼女が飲んでいたと思われるシャンパングラスが、粉々になって散らばっていた。

直ちに状況を把握したペインは、一瞬だけ周囲に視線を走らせた。

——なぜ、リリティアの身内は誰も来ないのか。

パーティーには婚約者である皇太子のライハルトはもちろん、彼女の家族や友人だって来ているはずだ。

なのに、彼女の元へ駆け寄ってくる者は、一人もいなかった。ペインは違和感の正体を確かめたかったが、リリティアの状態は一刻を争う。

幸い、パーティーには娘のユアナも参加していた。

帝国で女医が認められるようになったのは、最近のことだ。医者を希望する女性は少なく、娘は男性たちに交ざって勉学に励んでいた。

男性の格好をしているのはそのためだ。いまだに偏見を持つ者もいるため、余計な妨害を少しでも減らすために取った苦肉の策だ。

次回の試験に受かれば、ユアナは正式な医者になれる。それまではペインの助手をしながら、多くの経験を積ませているところだ。

「父さん……っ」

リリティアを別室に運び終え、彼女のドレスを脱がせていたユアナは、突然呻くような声を漏らした。

これまでもペインの後ろで様々な患者を見てきた娘が、初めてその顔を歪めたのだ。

理由はすぐに知れた。

患者の前ではどんな状況であっても冷静でいたペインでも、リリティアの肉体に刻まれた傷痕を目にして、胸が抉られるようだった。

痩せ細った白い素肌に、何度も上書きされた暴力の痕。

酷い場所は傷が化膿して肌が変色している。

とくに背中は、目を背けたくなるほど痛々しかった。

どれほど痛かっただろう。

どれほど苦しかっただろう。

こんな扱いを受けるほど、彼女が一体何をしたというのか。どう見ても、大罪を犯した囚人が受ける拷問や処罰と同じだった。

ペインは治療をしなければいけない患者を前にして、初めて戸惑った。

もしかしたらリリティアは、毒と知っていて自ら飲んだのかもしれない。

大勢の中で行動に移したのは、彼女なりの無言の訴えだ。

彼女は最初から死ぬつもりだったのだ。

今は辛うじて命を取り留めているが、彼女にとってはこのまま死なせたほうが幸せなのかもしれない。

何より、治療を施しても毒の侵食により様々な後遺症に悩まされ、長くは生きられないだろう。

――今、どうすることが最善なのか。

ペインは動かしていた手を止めようとした。

その時、ユアナはリリティアの体を横にすると、毒を吐き出させる管をペインに渡してきた。

「諦めたら駄目よ、父さん。ここで彼女を死なせたら、きっと後悔するわ」

「ユアナ……」

「目の前で救える命があれば全力で治療するのが医者だって、父さんが教えてくれたのよ？　私が目指しているのは、父さんのような自分に誇れる医者なんだから」

――忘れてしまったの？

強い眼差しで言ってきた娘に、ペインは指先が震えた。

まだまだだと思っていたのに、こんな状況でも落ち着いている娘は、自分よりずっと医者らしかった。

「それに、辛い思い出だけを背負って逝かせたくないわ。こんな終わり方なんて、あんまりじゃない……。彼女にはもっと楽しい思い出を作ってほしいの。私、彼女の笑った顔が見てみたいわ」

ユアナの言葉に、ペインは我に返った。

あれこれ考えてしまうのは、年を取ったせいだろうか。苦しむリリティアを見下ろし、ペインは管を受け取った。

もし生き延びたリリティアに「なぜ助けたんだ」と罵られても、医者として為すべきことを為すだけだ。

ペインは深く頷き、ユアナと共にリリティアの治療に専念した。


全ての治療が終わると、ペインは廊下に呼ばれた。そこではリリティアの家族が、落ち着かない様子で待機していた。

――この中の誰かが、彼女に暴力を振るって楽しんでいる。

娘を心配する父親か。娘を助けてくれと泣きついてきた母親か。妹の無事を祈る兄か。それとも、婚約者の皇太子か。

偽善者の仮面を被っているのは誰なのか。

犯人は分からないが、ペインは医者の権限を行使して誰もリリティアの元には行かせなかった。

彼らでは、今も生死をさ迷っているリリティアを、死の淵から呼び戻す最後の希望にはなれない。

どんなに憎まれても患者を守る責任があった。

ペインはユアナと交代で、リリティアに付き添った。

その甲斐あって、リリティアは無事に峠を越して命を繋ぎ止めた。もう大丈夫と分かった途端、ユアナは床に座り込んで目を潤ませた。

それでも同じことを繰り返さないために、リリティアを見守る必要があった。

ペインは皇帝に謁見を求め、リリティアの無事と、彼女が抱えている状況を事細かに説明した。

皇帝は思いがけない真実に額を押さえ、息子の婚約者に胸を痛めた。同時に、彼の目には背筋がゾッとするような怒りが宿っていた。

ペインの告発により、リリティアの身柄は皇帝が保護することになった。

毒による高熱が続き、彼女が息を吹き返すように目覚めたのは、それから一週間後のことだった。虚ろな目で天井を見上げる彼女の表情は、生きていたことに落胆しているように見えた。

これが夢であったなら醒めてほしい、と。

生きていたことに絶望するリリティアに、ペインがしてやれたのは、彼女に残された時間を告げてやることだった。

普通であれば残酷な宣告だろう。

しかし、救った命を今にも投げ出しそうなリリティアを、現実に繋ぎ止める方法が、それしかなかったのだ。

自分の命が限りあるものだと知り、歓喜で肩を震わせる彼女に胸が張り裂けそうになった。ペインはリリティアの着替えをユアナに頼み、一旦廊下に出て深い息をついた。

——果たして何が正解だったのか。

長く医者を務めてきても、死にゆく患者にどんな言葉を掛ければよいのか今も悩む。しばらく自問自答に陥っていると、部屋からリリティアの泣き声が聞こえてきた。

——ユアナと一体どんな会話をしたのか。

けれど、謝りながら声を上げて泣き出すリリティアは、もう自ら死を選ぶことはないだろうと思った。

事件から十日以上が過ぎ、熱も下がって歩けるようになったリリティアは、皇帝と謁見した。そこでどんなやり取りがされたのか、もちろん知る由もない。

だが、すぐに皇帝に呼ばれたペインは、皇太子の婚約者を救ったことで子爵の爵位を与えられ、小さな領地まで譲り受けることになった。

同時に、新たな役目を仰せつかった。

それはペインが日頃から望んでいたことだった。リリティアが進言してくれたに違いない。ペインは皇帝と彼女に深く感謝し、二つ返事で拝命を受けた。

それから数日、周囲は慌ただしかった。

リリティアの実家であるケイシュトン公爵家に、皇室から調査団が派遣され、様々なことが明るみに出ると、多くの者たちが逮捕された。

他にも、リリティアを陥れようとした子爵令嬢の処刑、それから国内に向けて正式に発表された皇太子の婚約解消……。

しかし、それらがリリティア本人の耳に入ることはなかった。

彼女は、ペインとユアナが乗る馬車に同乗していた。

「新しい領地、楽しみですね！　国境に近いと言っていましたが、どんな所なのでしょう」

数人の護衛だけをつけて、皇宮からひっそりと出発した馬車は、目的地に向かって進んでいた。

辿り着くまで半月はかかる場所だが、馬車の中には楽しそうな声が響いていた。

そして愛らしい笑顔も。

ペインの前に、死を望む少女はどこにもいなかった。


手を叩く音を合図に、丘まで続く草原の上を子供たちが一斉に走り出した。

穏やかな風と、優しい日差しに照らされて心地良い。

「リティ、今日の調子はどう？」

いつもそばで支えてくれるユアナに、リリティアは口元を緩ませた。

時に母親のように、時に姉のように、時に親友のように、励ましてくれる彼女の存在があった。

——ええ、最高の気分よ。

たとえ、目が見えなくても。

たとえ、手足が動かなくても。

たとえ、喋れなくても。

たとえ、もうすぐ死ぬとしても……。

子供たちの楽しそうな笑い声が聞こえてきて、幸せな気持ちになった。

まだ、生きている。

リリティアを乗せた車椅子は、ゆっくりと動き出した。


皇宮を出たリリティアは、生まれ育った屋敷には戻らず、領地を与えられたペインたちと共にこの地へやって来た。

国境付近にある忘れ去られた領地には、国境を越えてきた難民や移住者が多く、国境を警備する兵士たちによって辛うじて守られていた。

以前の領主は悪事に手を染めて、捕まる前に逃げ出してしまい、この地を管理する主はいなかった。そのため多くの支援を得られず、元々弱い立場にあった領民は、ただ運命に身を任せながら生きていく他なかった。

そこへ新たな領主となったペインが訪れた時、彼らは追い出されるのではないかと怯えていた。

他国から逃れてきた弱者の彼らは、他に行く場所がなかった。

そこでペインは手始めに、彼らを領地から追い出さないことを伝えた。それから自分が医者であることを説明し、領民となる彼らにまず健康状態を確認する健診を行うことを通達した。

医者であるペインの存在は他にも、国境を守る兵士たちに喜ばれた。

帝国の医者不足は、地方のほうが深刻だったのだ。

ペインは皇帝から与えられた謝礼金を支援に当て、領地の立て直しに尽力した。

この地を守ってきた兵士たちも積極的に協力してくれた。

見晴らしの良い丘の上には病院や孤児院を建設し、町の中央付近にはシンボルとなる教会を建てた。

忘れ去られた領地は、瞬く間に人が生活できる環境まで改善され、領民たちの生活水準も上がった。

行き場をなくした彼らに住まいを与え、生活環境が整ってきたところで仕事と教育の場を設け、さらに不足している医者の育成を行なった。

それがペインの、長年の夢だった。一人でも多くの医者を育てることが、帝国の未来に必要だと考えていたからだ。

ペインは何度か皇帝にかけ合ったが、優秀な医者を手放したくなかった皇帝は、最後まで難色を示していた。

しかし、今回リリティアがペインの願いを進言してくれたおかげで、ようやく重い腰を上げてくれたようだ。

ペインたちと一緒についてきたリリティアは、皇太子妃の教育で得た知識でペインを支えてくれた。

それは、本当の父娘のように。

ユアナを入れた三人は、どこから見ても仲の良い家族だった。


帝都から出たことがなかったリリティアにとって、新しい地は全てが新鮮だった。

血の繋がりはなくても家族のような人たちがいて、そこで出会った子供たちは皆友達になって、それから復興を手伝ってくれた兵士たちは志を一緒にする仲間だと言ってくれた。

毎日、振り返る暇もないぐらい忙しく動いていた。過去を思い出す時間もなかった。

その中で、好きな人ができた。

カールと名乗った彼は、領地を警備してくれていた兵士の一人だった。

口数は少なかったが、率先して復興の手伝いをしてくれる、素朴で優しい人だった。

荒れ果てた領地を眺めながら、彼自身も似たような環境で生まれ育ったと話してくれた。

出会って間もない頃は目を合わせることもできなかったが、毎日挨拶を交わし、他愛のない話をしているうちに少しずつ距離が縮まっていった。

一緒にいると訳もなく恥ずかしくなって、落ち着かなくなる。なのに、彼のことを考えない日はなかった。

けれど、この想いを伝えることはできなかった。

自分に残された時間は短く、好きだと伝える勇気が出てこなかったのだ。

そんな時、彼が他領地の国境警備に赴くことになった。

最後の日、リリティアはカールの無事を祈って、自ら刺繍を入れたハンカチを渡した。震える指先で、何度も休み、休み。

「初恋」という花言葉を持つ紫色の花を、そのハンカチに咲かせた。

彼が出発すると、その姿が見えなくなるまで手を振り続けた。最高の笑顔と共に。

――自分なりに精一杯の恋をした。

雨が降っているわけでもないのに、視界が揺れて頬が濡れた。

リリティアはその日、声を上げて泣いた。想いは伝えられなかったが、不思議と後悔はしていなかった。

諦めていた経験ができたのだから……。

リリティアの体内を侵食した毒は、容赦なく内側から彼女を蝕んでいった。

一年が過ぎた頃、髪の毛が抜けて、視界が霞むようになった。

二年が過ぎた頃、両足が動かなくなって車椅子の生活になった。

自力では排泄も難しくなってユアナや専任の使用人に手伝ってもらうことになった。

そして三年が経った頃には、ほぼ全ての機能を失っていた。

目が見えなくなり、両手が上がらなくなって、声も出せなくなっていた。

それでも、誰かの温もりを感じるたびに思う。

もっと生きたい、と。

もう少しだけ、この幸せな瞬間を味わっていたい。

過去を悔やんでいる時間すらなかった。


リリティアは唇を動かして、声にならない言葉をユアナに伝えた。

「　　　　　　　　　　」

感謝と、今の気持ちを。

手足は動かなくても、もう笑えない人形じゃない。


——邪魔者はいなくなった。

数日後、リリティアは永遠に目覚めることのない眠りについた。

周囲は深い悲しみに暮れ、彼女の死を悼んだ。

ペインは彼女の死を伝えるために、領地に越してから細かく記してきたリリティアの記録を、遺品と共に皇帝の元へ送った。

荷物を受け取った皇帝は、リリティアの壮絶な半生が書かれた手記に呻き、彼女が残した功績を後世へ残すよう指示した。

帝国で最も笑顔の美しい公爵令嬢であった、との紹介文も添えられて。

そして、それらはケイシュトン公爵家にも送られた。

受け取ったのは、爵位を継いで公爵家の主となったリリティアの兄ルシアンだった。


ガタゴトと揺れる馬車に乗って帝都に到着した少女は、古びた屋敷の前で一人溜め息をついた。

何度も扉をノックしたが、出迎えはない。そろそろ持っている鞄が重くなってきた。

その時、後ろから声を掛けられた。

「――何かご用ですか？」

驚いて反射的に振り返ると、十代後半の青年が立っていた。

一瞬、記憶の奥底にしまい込んだ初恋の人の面影と重なり、心臓が跳ね上がった。

「あの、貴方は……？」

「俺はニコと言います。ここの主人の従者をしています」

ニコと名乗った不愛想な青年は、ゆっくりとした足取りで少女に近づいてきた。大柄のニコが少女の前に立つと、少女の小柄さがさらに際立つ。

けれど、高貴な主人に仕えるにはいささか身なりや教養が足りないように思う。

没落寸前とはいえ、ここはロヴァニア帝国の皇室を支えてきた、ケイシュトン公爵家の屋敷なのだから。

「私はティナと申します。本日よりこちらのメイドとして働くことになりました」

偶然が偶然を呼び、名ばかりの公爵家で雇われることが決まったのはひと月前のこと。

――二度と、この屋敷に足を運ぶことはないと思っていたのに。

ティナが「これが紹介状です」と鞄から紹介状を出して差し出すも、ニコは一瞥するだけだった。

「ついてきてください」

「は、はい」

案内します、と言ったニコが屋敷の扉を開く。

ティナは一瞬入るのを躊躇ったが、みるみる遠ざかっていく彼の背中に慌て、辛い思い出しかない屋敷の中を駆け足で進んだ。

しかし、屋敷の中はティナの記憶とは随分と違っていた。

綺麗だった赤い絨毯は黒く汚れ、壁や窓は修復が必要なほどボロボロになっている。花瓶に生けられた花は枯れたまま、埃やゴミも放置されていた。

何より、屋敷全体が薄暗かった。それに、人の気配も感じられない。あれほど華やかで、美しかった屋敷は見る影もなかった。

エントランスホールを通り過ぎて、一階の廊下を歩いていくと、飾られていた肖像画が無残にも破られていた。

その中で、たった一枚だけ。

金糸のような髪に紫色の目をした少女の、幸せそうに笑った絵が飾られていた。

ケイシュトン公爵の長女、リリティア・ケイシュトン――自ら毒を飲んで、短い生涯を終えた公爵令嬢。

そして、今の肉体に憑依する前の自分……。

ティナが足を止めて肖像画を見つめていると、それに気づいたニコが肩を並べてきた。

「ご主人様の妹さんです。すでに亡くなっていますが、ご主人様は妹さんのことが忘れられず、今でも大切に想っているようです」

「――……」

ティナは「嘘よ」と出かけた言葉を呑み込む。

本当に大切にしてくれていたら――この屋敷で、たった一人でも味方になってくれる人がいたら、現実に絶望して毒を飲むこともなかっただろう。

無理やり押し込んだ記憶が、溢れるように蘇ってくる。ティナは、無邪気に笑う少女から、視線を逸らした。

その時、何かを引きずるような音がして振り返った。

「……ご主人様」

ニコが静かに呟くのを聞いて、ティナはドキリとした。鼓動が苦しいほど早く脈打ち始める。

すると、暗い廊下の奥から人が現れた。

杖を突いて、片足を引きずりながら現れたのは、片目の潰れた白髪の男だった。皮膚は紫色に変色し、とても人間とは思えない姿に悲鳴を上げそうになる。

それが今年四十歳を迎える、ケイシュトン公爵家の当主ルシアンだった。

別の名を、毒喰らいの公爵――。

妹を失ってから自ら毒を呷るも、幼少期から受けていた後継者教育によって耐性ができ、ありとあらゆる毒を試しても死ぬに死ねなくなった憐れな男だ。

「……お、にい、さま」

あまりに変わり果てた彼の姿に、ティナは呆然と立ち尽くした。

――邪魔者さえいなくなれば、他の者は幸せになると思っていたのに……。

「……誰だ？」

それが、どうしてこんな姿になってしまったのか。

二度目の人生で、再会することになるとは思わなかったけれど。

ゾッとするようなしゃがれた声に、ティナは震える手でスカートを握り締めた。

「――初めまして、公爵様。紹介を受けて本日からメイドとして働くことになった、ティナと申します。どうぞ宜しくお願い致します」

ティナは腰を落としてスカートを広げた。

公爵の醜い姿を見ても堂々と挨拶を済ませるティナに、隣にいたニコは目を見開き、ルシアンは僅かに眉根を寄せた。

一方、ティナの心には複雑な感情が込み上げてきた。

今は赤の他人なのに、昔の美しかった兄の姿を誰よりも近くで見てきただけに、記憶とは全く違う彼に涙が溢れて視界が滲んだ。

その瞬間から、ティナは思い知らされていくことになる。

邪魔者が消えた場所では、自分が思い描いていた結末など、何一つないということに――。


「――また新しい使用人が入ってきたのですって」

「へぇ。次はどのぐらい頑張れるかな」

本館の裏にある離れの屋敷では、息を殺したように過ごす使用人たちの姿があった。

一つでもミスをすれば酷いお仕置きが待っているのを、彼らは知っていた。

「邪魔になったら殺してしまえばいいわ」

「それは良い考えだね」

この屋敷にはあと二人――悪魔のような笑みを浮かべ、悪事の限りを尽くした双子の姉弟が暮らしていることを、ティナはすぐに知ることとなる――。

長年子供のできなかった商家を営む夫婦に、医者から妊娠が告げられると、夫婦は泣き出して喜んだ。

――亡くなる一年前のことだ。

夫婦はその後も妊婦検診のため病院に通い、皆が彼らを温かく迎えた。胎動が感じられるようになったと話す夫人の表情は、幸せそのものだった。

日に日に膨らんでいくお腹を愛おしそうに撫でる夫人を、リリティアは不思議そうに眺めた。生まれた時に母親を亡くしている彼女には、本当の母親というものが分からなかった。一方、継母に対しては恐怖しかなかった。

すると、夫人が「触ってみますか」と尋ねてきた。視界は霞み、自力で体を動かすこともできなくなっていたリリティアは、瞼を開いては閉じることで返事をした。

優しい夫人はリリティアの手を取ると、自分のお腹にそっと当ててくれた。

刹那、手のひらにぽこ、ぽこと小さな衝撃が伝わってきた。夫人は「お腹にいる赤ん坊が蹴り上げてくるのよ」と教えてくれた。

リリティアの目から訳も分からず涙が出てきた。まだ生まれてもいない赤ん坊のほうが、ここにいると、ここで生きていると訴えているようで、言いようのない感情が押し寄せてきたのだ。

自分の母親も夫人と同じように、生まれてくるのを指折り数えてくれたのだろうか。会えるのを楽しみにしてくれたのだろうか。……愛してくれていたのだろうか。

彼らの間に生まれていたら、また違ったのかもしれない。

愛する者たちに囲まれ、ごく普通の暮らしをして、好きな人と一緒になれたら、彼らのような家庭を築き、子供を作って幸せな人生を送れたのだろう。

――毒を飲んだ時から、後悔はしないと決めていた。

けれど、ありふれた光景の中で過ごしていると、自分の選択がどれだけ愚かだったのか、思い知らされる時がある。

その時ばかりは悔しくて、憎くて、虚しくて、失われた声で泣き叫びたくなった。自分はこんな人生を送るために生まれてきたのではないと、誰かに訴えたかった。

ただ、一度歩いてきた道は、振り返ることはできても戻ることはできないのだ。

この短い間に幾度となく打ちのめされては、諦めと、辛かった日々から解放される喜びに安堵する自分がいた。

眠っていることが多くなっていよいよ最期が近づいているのを悟った頃、夫人が女の子を出産したと教えてくれた。

母子共に元気で、女の子は「ティナ」と名付けられたことを知らされた。

リリティアは「よかったわ」と唇だけを動かした。

その時、医者になった親友のユアナがこんなことを訊いてきた。

「もし、生まれ変わったら何をしたい？」

――その時は何と答えただろう。

薄れていく意識の中で、考える時間はあまりなかったかもしれない。

けれど、もし生まれ変わったとしても、またユアナたちと出会い、今度こそ本物の家族になりたかった。

死ぬ瞬間まで手を握ってくれた人たち。

別れることを悲しんでくれた人たち。

最後の最後まで、惜しみない愛情と温もりを与えてくれた人たち。

……生まれ変わらなくてもいい。

彼らと過ごした日々が幸せだったから。

思い残すことなく逝けたのも、彼らのおかげだ。

だから、二度目の人生を歩むことなど望んではいなかった……。


「――部屋はここを使ってください。食事は、キッチンに行けば用意してくれます。仕事は頼むこともありますが、普段は好きなようにやってください」

重かった鞄を代わりに運んでくれたニコは、屋敷の三階にある使用人の部屋に案内してくれた。リリティアの時は、訪れたことのない場所だ。

屋敷の状態から埃だらけの室内を覚悟したが、意外にも掃除が行き届いていた。

それをニコに尋ねると「前の人が辞めたばかりで……」と、言葉を濁した。確かに、つい最近まで使っていた痕跡がある。

「あの、旦那様のお世話は……」

「ご主人様の身の回りの世話は、俺がやっているので必要ないです。……気難しい方なので、会ったとしても挨拶だけにしてください」

ティナの知るルシアンは、使用人に対しても気さくで、気難しい人と言われることはなかった。彼が嫌っていたのは、妹のリリティアだけだったから。

「そうですか、分かりました」

頷いたティナは案内してくれたニコにお礼を伝え、一人になったところでベッドに腰掛けた。

なぜ、どうして、またここへ戻ってきてしまったのか。それも、リリティア・ケイシュトンの記憶を持ったまま。

リリティアが亡くなったのは十五年前。皆に見守られながら神のみもとへ旅立ったはずなのに、目覚めると赤ん坊になっていた。

両親は病院に通っていた商人の夫妻で、リリティアは彼らの一人娘になっていた。後から聞かされた話では、流行り病にかかり命を落としてもおかしくない状態だったという。

持ち堪えたのは奇跡だと喜ばれたが、リリティアだけは素直に喜ぶことができなかった。

本物の「ティナ」はその時に亡くなっていたからだ。直後、どういうわけか同じく息を引き取ったリリティアの魂が、縁のあったティナの中に入ったと考えるしかなかった。

それを誰かに告白したことはない。当然、ティナの両親にも。とくに、ティナを産むまで何度も赤ん坊を失っている夫人には、真実を告げる勇気がなかった。

結局、リリティアは後ろめたさを感じながら、彼らの一人娘として生きる道を選んだ。

――二度目の人生だった。

両親はティナを大切に育ててくれた。周囲が心配になるほど甘やかすものだから、ティナが我儘な娘に育つのではないかと思われていたほどだ。実際のところ、リリティアの記憶がなければティナは傲慢なお嬢様になっていたかもしれない。

けれど、周りの心配を他所に、ティナは賢く、落ち着いたしっかり者の娘に成長していった。両親は自慢の娘だと毎日のようにティナを褒めてくれた。

優しくされれば、されるほど罪悪感は募っていったが、両手で抱き締められると彼らの温もりに過去の出来事も洗われる気がした。

しかし、ティナが十六歳を迎える時、両親が揃って病にかかり、呆気なくこの世を去った。

せっかく手に入れた幸せが、指と指の間から零れ落ちていくような、温かな家庭を持つ資格はないと言われたような気がして空虚感に襲われた。

しばらく胸にぽっかり穴が空いた気分で両親の部屋を片付けていると、とある紹介状が出てきた。何かあれば頼るように、と書かれていた手紙には、忘れもしない家門の印章が押されていた。

――ケイシュトン公爵家。

リリティアの生まれ育った場所。そして、逃げてきた場所だ。

「……どうして」

なぜケイシュトン公爵家からの手紙が、しがない商人である両親の元へ送られてきていたのかは分からない。訊こうにも、肝心の人たちは亡くなってしまったのだから。

けれど、ティナは手紙を握り締めて震えた。

過去とは決別したと思ったのに、見えない鎖に縛られて断ち切れずにいる気がして恐ろしくなる。ただ、どうあっても逃げることはできないと悟った瞬間でもあった。

それから住んでいた家を売り払い、ティナは帝都に向かって出発した。

今度こそ、邪魔者でしかなかった自分に立ち向かうために。

疲れていたのか、夕食もとらず眠ってしまったティナは、翌朝早く起きて身支度を整えると、記憶を頼りにキッチンへ向かった。

「……おはようございます」

立場が公爵令嬢からメイドに変わったことで、待遇はもちろんのこと、足を運ぶ場所も違ってくる。

キッチンに入ると、香ばしい匂いが漂ってきた。中では一人の男が鍋の前に立っていた。ティナが挨拶をすると、男は振り返った。頬は痩せこけ、全身の骨が浮き出るほど細い男だった。

「今日からメイドとして働くことになったティナです。宜しくお願いします。……それで、あの……食事を取りに……」

病的なほど痩せ細った男に恐れをなしたわけではない。ただ彼の目元が、過去の自分を虐げてきた継母と似ていたのだ。そんなはずはないと言い聞かせ、首を振る。

すると、男は無言のまま鍋のシチューを皿に盛り、銀のトレーにパンと一緒に置いてくれた。

「……ありがとうございます」

何も言われなかったが、ティナは近くにあった椅子を引き寄せ、用意された料理を食べ始めた。

男はティナがその場で食事をするとは思わなかったのか、やや驚いた表情を浮かべるも、やはり何も言わず他の料理を作り始めた。

途中、男がそっとメロンの切れ端をトレーに置いてくれた。平民には高級な果物である。ティナは視線を上げたが、男はその後も変わらず作業を続けた。

——似ていると思ったが、全然違う。

ティナは小さな優しさに触れ、温かな気持ちで朝食を済ませた。

午前中はエントランスホールの掃除に取りかかった。指示を仰ぐにも、他に使用人はおらず、ニコの姿も見当たらなかった。

リリティアの記憶がなければ、広い屋敷の中で途方に暮れていた。内装は変わってしまっても、ここは生まれ育った場所だ。自ら掃除用具を探しに行き、やれるところから始めた。

掃除をしていると、ニコが外から戻ってきた。

「おはようございます、ニコさん」

「あ、ああ……そうか、昨日から……」

ティナはニコに声を掛けた。しかし、彼は顔色が悪く、足元がふらついていた。

「ニコさん……？」

「……すみません、来たばかりなのに案内できてなくて」

刹那、ニコの体がぐらりと傾き、ティナは咄嗟に手を伸ばして彼を支えた。その時、錆びついた鉄の臭いがした。

「ニコさん、どこか怪我を？」

明らかに血の香りがして尋ねたが、ニコはティナの肩を掴んで引き離した。

「……大丈夫です。それと言い忘れましたが、屋敷の裏にある離れには近づかないでください。何があっても、絶対に行かないと約束してください」

「離れですね、分かりました」

訴えるようにして言ってきたニコの気迫に押され、ティナは頷くことしかできなかった。

本来なら、なぜそこへ近づいてはいけないのか、危険を回避するためにも知っておいたほうがよい場合もある。

けれど、真っ青な顔をしながら教えてくれたニコの様子に、何も言えなくなってしまった。

ティナは部屋に戻っていくニコを見送り、掃除に戻った。

「そういえば、双子のエルザとルイスはどうしたのかしら」


リリティアが皇宮を離れ、息を引き取ってから十五年余り——その間に、帝国でも多くの変化があった。

帝国に衝撃が走ったのは皇太子ライハルトの死だ。彼は美しい妃を迎えるも、自堕落な生活を送るようになり、酒と睡眠薬が手放せなくなっていた。

そして、ある日飲む分量を間違えて亡くなったと聞く。同時に、夫の死に悲観した皇太子妃も、自ら命を絶ったという。

皇宮内で立て続けに不幸があり、呪われているのではないかという噂まで流れた。

しかし、それらを払拭したのは、現皇后の息子たちだ。

ライハルトの異母兄弟である彼らは、これまでも兄に代わって公務をこなし、こつこつと支持を集めてきた。皇帝や高位貴族からの信頼を得ると、皇室も彼らに乗り換える動きを見せた。

そのおかげでライハルトの亡き後、上の皇子が皇太子に任命されても、大きな混乱もなく争いも起こらず今に至っている。

他にも、ケイシュトン公爵家の前当主が息子のルシアンへ爵位を譲ったこと。

公爵夫人のミランダは修道院への護送中、何者かに襲われて行方不明になっていること。噂では、十年が経った頃バラバラになった女性の遺体が山林の中で発見されたというが、ミランダと特定できるものはなく、彼女はそのまま死亡扱いになったらしい。どれも人づてに聞いた話だ。

それから、遠くの領地では女医になった子爵令嬢が、帝国で初めて爵位の継承を認められ、現在は領地に医療学校を建設し、多くの医者を育成しているようだ。

リリティアの頃の出来事を引きずらないために、自ら調べることはしなかったが、それでも聞こえてくるものは仕方ない。真実はどうであれ、皇室や貴族たちのゴシップやスキャンダルは、平民たちの娯楽の一部だった。

リリティアとして生きていた頃、自分もまた巷を賑わせていたのかと思ったらおかしくなった。

生まれ育った場所に戻ってきたせいか、しまい込んでいた過去が自然と溢れてくる。中には、思い出したくない記憶もあり、その時は無心で掃除に没頭した。

メイドとして働き始めて一週間。

とても自分一人では、掃除の手が追いつかなかった。それでも掃除をする場所を限定することで、手を付けた箇所は見られるぐらいになった。

「旦那様の部屋はやらなくてよかったのよね」

初日に顔を合わせて以来、ルシアンとは会っていない。日常的に会うのはニコと、寡黙なキッチンの主だ。二人はティナが挨拶をすれば、頷き返してくれた。それだけで十分だと思うしかない。

二階の廊下の窓を磨き終わったティナは、木のバケツを持って一階へ下りようとした。けれど、視界に入らないようにしていた部屋の扉を見てしまい、足を止めた。

リリティアの頃に使っていた部屋だ。ニコからは入らないように言われている。ティナも、過去の記憶が詰まった倉庫のような場所だけに、考えないようにしていた。

それでも、気にならなかったと言ったら嘘になる。

――元々は、自分の部屋なのだから。

ティナは辺りを見渡し、誰もいないのを確認すると、バケツを置いてそっとドアノブに手をかけた。

恐る恐る部屋の中に入ると、使われていない部屋には埃っぽい臭いが充満していた。鼻がむずむずして、ハンカチで鼻と口を覆いながら室内を見渡す。

「何も変わってないわ」

邪魔者がいなくなり、部屋にあった物も捨てられるかと思ったが、最後に使った状態のまま残っていた。読んでいた本も机の上に置かれたままだ。

リリティアとして、あの頃へ戻ってきたような錯覚に陥る。急に怖くなって違うところを見ると、片付けておいたオルゴールが、肖像画などを飾っていた棚に載っていた。

ティナは懐かしさを感じてオルゴールを手に取り、蓋に描かれた踊る少女を撫でた。けれど、蓋を開けても音は鳴らなかった。

「巻鍵が必要ね」

長いこと放置されてきたオルゴールだ。ティナは机の引き出しを開き、慣れた手つきで二重底になっている板を持ち上げて革製のポーチを取り出した。

中には探していた巻鍵や、ダイヤモンドなどの宝石が入っている。いつかこの屋敷を出て、一人で生きていくために貯めていた物だ。叶うことはなかったけれど。

ティナはポーチから巻鍵だけを取り出して、それ以外は元の場所に戻した。

ここにある物全てが、リリティアの物だったからだ。今の自分に必要な物は何もない。

手に入れた巻鍵を使ってオルゴールのゼンマイを巻くと、明るい曲が流れた。過去——最も幸せだった頃に聴いていた、癒しの音色だ。

愛する父と兄に可愛がられ、家族のような使用人たちに囲まれて暮らしていた日々。その光景が浮かんできて自然と涙が溢れ、息が詰まった。

——やはり、自分の選択は間違っていたのだろうか。

本来は見ることのできない、自分の死後。邪魔者さえ消えればよいという考えが、今になって浅はかだったと思わずにいられない。

けれど、あの頃のリリティアには振り返る余裕もなかった。

思い出しながら溜め息をつくと、廊下から物音がした。ティナは咄嗟にオルゴールの蓋を閉めて、机に置いた。

同時に、部屋の扉が開いた。廊下にバケツを放置してしまったのは失敗だった。

「――ここで何をしている」

「旦那、様……」

入ってきたのは、ルシアンだった。彼の目には怒りが含まれ、あの日を彷彿させた。ティナは震える手を握り締め、頭を下げた。

「私の従者から立ち入りを禁じられていなかったか」

「も、申し訳ありません！　掃除する部屋を確認していましたっ」

嘘をつくつもりはなかった。けれど、本当のことを話したところで、信じてもらえなければ同じことだ。

「ここは必要ない。二度と足を踏み入れるな」

「はい、失礼致します！」

ティナは怒りに震えるルシアンを見ることができず、頭を下げたまま急いで部屋を出た。額からは嫌な汗が噴き出し、心臓が激しく脈打つ。

もうリリティアでもなければ、彼の妹でもないのに、記憶の欠片から恐怖が蘇ってくる。ティナは足が竦んで動けなくなる前にバケツを持ち、その場から離れた。

一方、室内に残ったルシアンは苦々しく息をついた。毒によって体の自由が利かなくなってから、苛立ちは募るばかりだ。たかが使用人にカリカリする必要もないのに、感情のコントロールが難しくなっている。

ここまで歩いてくるだけでも体力の消耗が激しい。ルシアンは傾く体を支えるように、机に手を載せた。

その時、机の上に見慣れたオルゴールを見つけて、視線が留まった。オルゴールの脇には長年探し続けてきた巻鍵があった。

「巻鍵など、どこから……」

愛する妹を失ってから、二度と見つかることはないと思っていたのに。

ルシアンは巻鍵を手に取ると、ティナの出ていった扉を見つめた。


主人の命令に背き、管理者の指示に従わなかったことで、その責任がニコに向かうことを恐れたティナは、彼を探した。

けれど、一日中探してもニコを見つけることはできなかった。

翌日、日課になっていた窓磨きをしていると、外へ出ていくニコの姿を見つけた。ティナは慌てて彼の後を追った。

「こっちに来たと思ったんだけど」

屋敷の裏手に回り、荒れた庭を歩きながらニコを探す。ここも以前は美しい庭だった。しかし、今は草木が伸びたまま放置され、雑草が花壇を埋め尽くしていた。

ニコを追って離れの屋敷まで来てしまったティナは、本館に戻って彼を待つことにした。

だが、踵を返そうとした瞬間、背後からガシャンと窓ガラスの割れる音がして足を止めた。

次に聞こえてきたのは男性の怒鳴り声だった。

「なぜ俺の命令に従わない！　新しい使用人を連れてこいって言っただろ！」

体が震え上がるほどの怒声だった。ティナは恐ろしくなって身を竦ませたが、続けて「なんとか言ったらどうだ、ニコ！」と聞こえて、弾かれたように視線を上げた。

気になって割れた窓から覗き込むと、二つの影に囲まれながら床で蹲るニコの姿があった。

「大変……っ！」

ティナはそこに探していたニコを見つけ、気づいた時には走り出していた。無我夢中だった。

「ニコっ！」

離れの屋敷に入り、彼らの部屋を目指して勢いよく飛び込んだ。部屋には二十代後半の男女と、ニコがいた。

「なん、で、お前……」

床に倒れ込んでいたニコは、ティナの声を聞いて上体を起こした。その体は顔以外血だらけで、とくに衣服の破れた背中は酷い傷だった。

「あっれ〜君が新しい使用人？」

「まあ、自分から飛び込んでくるなんて賢い娘ね」

明らかに人を見下したセリフを吐いたのは、大人に成長したリリティアの異母姉弟――ミランダの血を濃く受け継いだエルザとルイスだった。

記憶にある幼い頃の面影は、すっかりなくなっていた。

だが、二人もまたケイシュトン公爵家の人間だ。

エルザとルイスは目をギラつかせ、現れたティナを迎えた。二人の手には鞭や、小型のナイフがあり、おぞましい記憶が蘇って血の気が引いた。

「つ、う……ルイス、様……エルザ様、彼女は違い、ます……罰なら俺が……」

顔を真っ青にするティナの前で、ニコがルイスの足元にすがりついて懇願した。刹那、ルイスは「靴が汚れるだろ！」と、ニコの顔を蹴り上げた。

「顔はいけないわ、ルイス。お兄様に見つかったら叱られてしまうでしょう？」

「でもエルザ、こいつが僕の靴を……」

姉に叱られたルイスが、首を引っ込めて申し訳なさそうな表情を浮かべる。そんな弟に、エルザは近寄って頭を撫でた。

とても演技とは思えない光景に、ティナの恐怖心は増した。すでに三十歳近いのに、子供がそのまま大人になってしまった不気味さを感じる。

「だから、ね？　罰を与えるなら体にしないと。お母様だって、あの子にはそうしていたでしょう？」

クスクスと笑ったエルザは、持っていた鞭をルイスに手渡した。ルイスの手元からナイフが落ちて床に転がる。エルザの声は、ミランダそのものだった。

「ああ、リリティア——罪深き、僕のもう一人の姉上」

鞭を手に持ったルイスはにたりと笑い、ニコの背中に向かって勢いよく振り下ろした。バシッと弾く音がした瞬間、ティナは震え上がった。

痛い、やめて、と言っても聞いてもらえなかった悲しさ、恐怖、怒り、悔しさ……それらの感情が一気に溢れ出す。

「僕の姉上は！　自分を産んでくれた母親！　それから僕たちの母上を殺したっ！　この世で最も憎むべき悪女だ！」

言葉が途切れるたびにニコの背中に鞭が打ち付けられ、鮮血が飛び散った。

青ざめて声も出ないティナの横で、エルザが薄笑いを浮かべながら「次は貴女の番かしら」と言ってきた。

「やめ、やめてください……！　その子は、関係ない！」

「はは、そうやって自分以外の使用人を守ったところで、何になる！　どうせすぐに辞められて、また別の使用人がやって来るだけだっ」

誰もお前に感謝しない。誰にも必要とされない——ルイスがニコの存在すら否定した時、ティナの体は無意識のうちに動いていた。

「もう、やめて！」

涙で視界が霞んでも、ティナはニコとルイスの間に割って入った。瞬間、振り下ろされた鞭がティナの二の腕を切り裂く。

「きゃっ！　痛……っ」

久しぶりに味わう痛みだった。ティナの体では初めてだが、その痛みだけは忘れることができなかった。

「……んで、なんで飛び出して……ティナ！」

袖がぱっくりと割れた箇所から血が滲み出ていた。

ティナが痛む腕を押さえると、ニコが動揺しながらも支えてきた。

一方、ルイスは驚きつつも愉悦の表情を浮かべ、エルザは楽しそうに笑い出した。

「これは傑作だわ！　ようやくニコにも救世主が現れたってことかしら！　――ルイス、鞭を貸して」

ニコを庇うティナを見て、エルザはルイスから鞭を奪い取ると、ティナの頬に鞭の先端を押し当ててきた。

「誰も彼を庇えなんて、命じてないわよね？　使用人の分際で、主人の命令にも従えないなんて。――躾が必要ね」

ミランダによく似た声と顔で酷薄《こくはく》な笑みを浮かべたエルザが、鞭を振り上げた。

――なんて罪深い娘なのかしら。もっと躾けないと分からないようね……リリティア。

「あ、あっ……さい、ごめんな、さい……」

母親の仮面を被った悪魔に虐げられていた記憶が、頭の中で走馬灯のように流れ、ティナは震えながら謝っていた。

あの時は、そうするしかなかったからだ。少しでも罰が早く終わるように、地獄のような時間が短く済むように。ただ、謝ることしかできなかった。

しかし、エルザの鞭がティナにぶつかることはなかった。

「ティナ……っ！」

恐怖で戦慄くティナの前にニコの腕が伸びて、強い力で抱き寄せられた。直後、エルザの振った鞭はニコの顔に当たった。

初めて誰かに庇ってもらった。

肩を抱き締めてくるニコの手のひらが熱かった。温もりのこもった懐が頼もしかった。切なさと嬉しさが込み上げて涙が滲み出る。

刹那、部屋の扉のほうから声がした。

「お前たち、何をしている」

反射的に振り返ると、ルシアンが立っていた。彼はキッチンの主である痩せ細った男に支えられながら、公爵家の当主らしく堂々とした姿で、エルザとルイスを鋭く睨みつけていた。

「……お兄様、こんな所までいらっしゃるなんて」

「もう僕たちのことは、お忘れになっているのかと」

彼らでもルシアンの存在を脅威に感じている様子だった。エルザは鞭を後ろに隠し、ルイスは落ちていたナイフを踏みつけて隠蔽していた。

「問題を起こすたび他国へ留学させてきたが、やり方が甘かったようだ。エルザはお前の母親が行くはずだった修道院に行かせよう。三度も嫁ぎ先から追い出された女を、妻にしてくれる男はいないだろう」

「お兄様……!?」

「ルイスはいくつもの犯罪記録がある。他の国からも、お前を差し出せと言われている」

「まさか兄上！　そのような野蛮な要求をしてくる国に、僕を差し出したりしないですよね!?」

ルシアンが淡々と二人の処罰を述べていくと、エルザとルイスは彼の足元に膝をついて尋ねた。自分より上の立場の者が現れた途端、彼らの姿は滑稽だった。

「処分が決まり次第、お前たちに知らせよう。それまで大人しく部屋で謹慎しているんだ」

ルシアンが二人に向かって冷たく言い放つと、エルザとルイスはお互いの手を握り合って泣き出した。本当に大人になり切れていない子供だ。

ティナはニコに声を掛け、肩を貸した。それから部屋を出ていくルシアンに続き、ティナたちも離れの屋敷を後にした。


本館に戻る途中、ルシアンは体調を崩し、痩せ細った男に支えられながら部屋に戻っていった。

同じく屋敷に戻ったティナは、ニコを支えながら彼の部屋に向かった。ニコの部屋はティナが使っている部屋より狭く、最低限の荷物しかなかった。

ただ、机には包帯や塗り薬や消毒液が置かれ、頻繁に使われていることが嫌でも分かる。

「ベッドに腰掛けて……ください」

「気楽に話してくれていい。俺もそのほうが助かる」

訊けばニコもティナと同じ十六歳だった。寡黙なところが余計に大人びて見えてしまったのかもしれない。

ティナはニコをベッドに座らせ、机の上から消毒液とガーゼを手に取った。

「服を脱いで。背中の傷が一番酷いわ」

ニコの隣に腰を下ろしたティナは、消毒液をガーゼにしみ込ませた。

「俺は平気だ。それよりお前の傷のほうが先だ」

そう言いながら、ニコはティナの二の腕に触れてきた。申し訳なさそうにする表情や、他人の心配ばかりする性格が、やはり忘れられない人と重なる。

「わ、私のことはいいから！　早く後ろを向いて！」

これまで同じ年の男性と話す機会もなければ、優しくされることもなかったせいか、急に気恥ずかしくなる。

ティナは無理やりニコの向きを変え、彼の背中にガーゼを押し当てた。

「うっ、……くぅ！」

「しみると思うけど我慢して。感染症を起こしたら大変だわ」

「……詳しいんだな」

医学の知識があることを褒められて、ティナは嬉しくなった。

リリティアとして、最期を病院で過ごす時間が長かったせいもある。けれど、悪いことばかりではなかった。寝たきりになっても、家族のような親友が様々な治療方法を教えてくれたからだ。

日常を語ることもできなくなったリリティアを気遣ってのことだろう。ユアナはそういう人だった。

包帯の巻き方だって、目の前でやって見せてくれたから完璧だ。

「……ニコはなぜこの屋敷に来たの？」

傷の消毒を終わらせ、ニコの体に包帯を巻きながらふと彼に尋ねた。

全体に消毒をしながら気づいたことは、新しい傷の下にいくつもの同じ古傷があったことだ。何年にもわたって拷問を受けてきたような傷に、ティナは何度も手を止めた。それは、リリティアの時に付けられた傷痕と同じだったからだ。

するとニコはしばらく沈黙した後、枕の下から無造作に切り取られた紙と、古びたハンカチを引っ張り出してきた。

「――俺はこの人のおかげで、路頭に迷わずに済んだんだ」

おもむろに差し出されたのは、破られた肖像画の一部だった。そこには家族たちに囲まれて、一人笑顔を失ったリリティアがいた。

しかし、亡くなった時期を考えると、ニコと縁があったとは思えない。それでも、リリティアの肖像画を見つめるその眼差しには、ティナが戸惑うほどの熱がこもっていた。

「ご主人様は妹さんを亡くしてから、彼女とゆかりのある人を屋敷に呼んでは、生前の彼女について尋ねていた。どんな些細なことでもいいから、教えてくれって。中には、拒否する人もいたようだけど……」

ルシアンがそんなことをしているとは思わず、ティナは驚いた。彼にはもう見向きもされない妹だと思っていたから。

その一方、皇室とも縁のある公爵家の招待を断った人たちは、リリティアの事情を知る者なのだろう。断るには、かなりの勇気が必要だったはずだ。

自分が亡くなった後も想ってくれる人たちがいたことに、胸が熱くなった。

「その延長で、俺は運よくご主人様に拾ってもらった」

「旦那様が貴方を……？」

話を聞きながらニコの正体を知りたいと思うのと同時に、聞いてしまったらいけないような気がして閉口した。

けれど、ニコは肖像画のリリティアに触れながら、話を続けた。

「俺の親父と少しだけ面識があったらしい。母さんと出会う前、あれほど美しい女性を見たことはないって、一度だけ話してくれたのを覚えてる」

「貴方の、お父さんは……」

「国境の警備についていたんだ。隣国との衝突で命を落としたけど。母さんも俺が生まれてすぐに亡くなったから、俺は十歳で一人になった」

そして天涯孤独になった少年は、たった一人で生き延びるしかなかった。だが、そこに救いの手が差し伸べられた。

「ご主人様が来てくれなかったら、俺はスラム街で死んでたと思う。だから、屋敷に連れてきてもらっただけでもありがたいのに、学もない俺を使用人として雇ってくれた」

死んでしまえば終わりだと思っていた。けれど、リリティアとして亡くなった後、多くの人たちの人生に影響を与えていたのだと気づく。

妹弟だったエルザとルイスには負の連鎖を。

ニコには救いを。

良くも悪くも広がっていく繋がりには、ティナも含まれていた。

「このハンカチの花、何だか知ってるか？　親父が彼女から貰ったたって言うんだ」

背中の手当てを終えて、体の向きを変えたニコと並んで座り直す。すると、彼は持っていたもう一つの物を差し出してきた。

その色あせた古いハンカチには、薄くなった紫色の花の刺繍がされていた。

――その昔、初めて好きな人に渡したハンカチだ。

「……ライラックね。花の色がピンクなら『思い出』、紫なら『初恋』という意味があるわ」

「初恋、か……」

ライラックの花弁は通常四枚だが、先が割れて時々五枚に見えることがある。その花を見つけたら誰にも言わず飲み込むと、愛する人と結ばれるという恋のおまじないがあった。

政略結婚が当たり前の貴族令嬢の間でも流行っていたものだ。

リリティアの時は見つけることはできなかったけれど、次に飲むのは「死」を望む毒ではなく、「希望」を持った花でありたいと思いながら、ハンカチに針を通した記憶がある。

「親父からこのハンカチを渡された時、親父が母さんを裏切っていたようで嫌だったけど、ここに来て違ったんだなって思えた。今では、俺にとっても大切な人だ」

「――……」

ニコはそう言って照れくさそうに笑った。初めて見せてくれた笑顔は、初恋の相手であるカールにそっくりだった。

愛した人の息子が目の前にいる。彼にそっくりな顔立ちに、よく似た声で。

不思議な巡り合わせに驚きつつ、好きだった彼がもうこの世にいないことに込み上げてくるものがあった。

ティナは指先が震えるのを堪え、ニコの手当てに集中した。

「俺のほうは終わったな。次はティナの番だ」

「えっと、私は自分でできるわ……」

「片手でどうやって？　ったく、遠慮するなよ。俺の体にはべたべた触ってきたくせに」

「ちょっと、妙な言い方しないでっ」

誤解を招くようなセリフに耳まで真っ赤になったティナは、ベッドから立ち上がって反論した。その直後、ニコに腕を掴まれ、彼の膝元に座らされる。

向かい合うようにして密着すると、心臓が大きく跳ね上がった。

「すぐに終わる」

さっきまでリリティアの肖像画に見惚れていたくせに、ニコはティナの傷を確認すると、手際よく消毒して包帯を巻いてくれた。

手当てを受けている間、ティナは暴走する鼓動の音が彼に伝わらないよう、必死で息を止めるのだった。

ニコの正体を知ってから数日、屋敷の中は異様なほど静かだった。誰かが息を潜めて、こちらの様子を窺っているような不気味さがあった。

あの日からティナはニコと一緒に過ごすことが増えた。傷が化膿しないように、清潔な包帯に取り替える必要があったからだ。

ただ、それだけではない。双子のエルザとルイスの動向が気になり、屋敷内では共に行動するようにしたのだ。

――互いが、互いを守れるように。

部屋も鍵のついたところへ移った。ニコの部屋の近くだ。

朝は支度が終わるとニコが迎えにやって来て、食堂で一緒に朝食をとるようになった。それが終わると、彼はルシアンの元へ朝食を運んでいき、ティナは今日の掃除場に向かった。

あれからリリティアの部屋には入っていない。見つかれば今度こそ、メイドを辞めさせられるだろう。双子がいるうちは、この屋敷から追い出されるわけにはいかなかった。

ルシアンからの処罰もなく安堵していたところへ、突然呼び出された。

「ご主人様がティナを呼んでこいって」

「分かったわ。……そんなに心配しなくても大丈夫よ」

不安そうに伝えてくるニコに、ティナも無理やり笑顔を張り付けて誤魔化すしかなかった。

ティナはニコに案内されながら、ルシアンの部屋に向かった。昔はリリティアと同じ二階を使っていたのに、今は一階の一番奥にある部屋だ。日当たりの悪いそこは、全体的にどんよりとして空気が淀んで見えた。

「ご主人様、メイドのティナを連れてきました」

ニコが先に中へ入り、ベッドで横たわるルシアンに声を掛けてから、ティナも室内に足を踏み入れた。

部屋の中は、リリティアの時に嗅ぎ慣れた、薬品の臭いが充満していた。それほど体調が悪いのか。痛みを和らげるお香の香りもして、不安になりながらベッドに近づいた。

ここまで連れてきてくれたニコは、ティナを案内した後に部屋を出ていった。部屋に残されたティナは、ルシアンから「そこに座りなさい」と言われ、大人しく従った。

横たわるルシアンは顔色が悪く、一気に老け込んでしまった気がする。

「お前とはまだ、話をしていなかったな……」

「話、ですか？」

「ああ。お前の両親から、私の妹……リリティアという女性の話を、してもらったことはないか……？　もし何か知っていたら、何でもいい……話してくれ」

「……」

何と答えるべきか。自分がそのリリティアだと答えたところで、信じてはもらえないだろう。馬鹿にしているのかと怒られそうで、ティナは口を噤んだ。

その時、ベッド脇の棚に見覚えのあるオルゴールが置かれていることに気づいた。

「このオルゴール……」

ティナは手を伸ばしかけたが、ルシアンの反応を恐れて手を止めた。しかし、ルシアンは「構わない。鳴らしてくれ」と許してくれた。

ルシアンの反応は予想外だったが、ティナはオルゴールをそっと持ち上げ、そばにあった巻鍵を取って、慣れた手つきで鍵穴に差し込んだ。

オルゴールの蓋を開くと、静寂な室内に優雅なメロディが流れた。幾度となくこの音に救われてきた。

その一方で、幸せだった記憶があったからこそ、耐え難い寂しさと悲しみに襲われることになった。父も兄も大好きだったから。

だから、伝えたくなったのかもしれない。ルシアンの知りたがっている、彼の知らないリリティアを。

彼女の最期は、幸せそのものだったと。

「……リリティアお嬢様が入院している病院に、私を身ごもった母が夫婦揃って訪れたことがあるようです。それまでなかなか子供ができず、流れてしまうこともあったので。皇宮医もされていたペイン先生の元へ訪ねたと言っていました」

「彼に救いを求める患者は多かっただろう。彼は優秀な医者だった。……私も、妹を助けてくれた彼には感謝してもし切れない」

毒を飲んだリリティアを、死の淵から救ってくれた名医だ。そして、最期を看取ってくれた父親のような存在だった。

リリティアの死後、ルシアンが何度もペインの元を尋ね、妹の話を聞こうとしたが叶わなかったことを、ティナは知らなかった。

ぽつり、ぽつりと両親の話をしたティナは、オルゴールを見下ろしながら続けた。

「妊娠経過も良好で、そろそろ出産の時期に入ろうとした時、母がリリティアお嬢様に声を掛けたようです。お嬢様は驚かれた様子でしたが、膨らんだお腹を撫でてくれたのだと仰っていました」

「そうか、あの子が……」

「お嬢様は感極まったのか、撫でながら泣いていたようです。母はそれが嬉しかったのか、またお嬢様のように美しい女の子に育つように、お嬢様のお名前から一字とって私にティナと名付けたと教えてくれたことがあります」

それが余計に強い縁を結び付けてしまったのかもしれない。幼くして命を落とした本物のティナに、リリティアの魂が入ってしまった。

そこまで教えるつもりはなかったが、ティナの話を聞きながら唇を震わせて涙ぐむルシアンの姿に、本当のことを話したい衝動に駆られたのだ。

なぜ、リリティアのことは邪魔者扱いだったのに、大切な妹を亡くした兄のように振る舞うのか。

なぜ、リリティアの時は見せてくれなかった後悔を、今になって見せるのか。

全てが遅いのに――どうして、リリティアの痕跡を辿るような真似をしているのか。

この屋敷へ戻ってきた時も、怒りや恨みは浮かんでこなかったのに、ルシアンと言葉を交わしているうちに眠っていた感情が胸いっぱいに広がる。

ティナはオルゴールを握り締め、溢れ出しそうになる気持ちを落ち着かせた。

「話してくれて、感謝する。……お礼に、そのオルゴールはやろう」

「いいえ。お気持ちは嬉しいのですが、これはリリティアお嬢様の物ですから」

ルシアンから再び同じオルゴールを贈られそうになって、ティナは持っていたオルゴールを棚に戻した。

――自分はもうリリティアではないのだ。

話を終えたティナは椅子から立ち上がり、ルシアンに向かって頭を下げた。

ルシアンはまだ何か言いたげな表情を浮かべたが、ティナは見なかった振りをして彼の部屋を後にした。

やはり来るべきではなかったのか。リリティアとして戻ってきたわけではないのに。

一度大きく深呼吸したティナは、扉の前から離れた。

こちらから言わなければ、正体に気づかれることはないだろう。

肩の力を抜いたティナは、ニコの迎えを待たずに掃除場へ戻ろうとした。

刹那、横の廊下から飛び出してくる影に後ろから襲われ、口に布を押し当てられた瞬間、目の前が暗転した……。


妹のリリティアが亡くなったという報告を受けてから十五年――ルシアンは、空虚な生活を送っていた。

ルシアンもまた皇太子のライハルト同様に、妹の行方を探したが見つけることはできなかった。

そして、リリティアがいなくなってから三年後、皇宮医だったペインから皇帝を通じて妹の私物が送られてきた。――死を告げる知らせと共に。

その中には、亡くなるまでの経緯が事細かに書かれた報告書もあった。毒を飲んだことにより臓器の損傷が激しく、リリティアの気持ちとは裏腹に、無残な死に方が記されていた。

とくに最後の半月は、臓器が腐敗して腐った臭いが病室に充満し、痛み止めがなくては眠りにつくこともできなかったようだ。

それが自分の知らないところで継母から虐待を受け、自ら毒を飲むも死に切れず、最後の最後まで痛みに苦しんで亡くなった妹の最期だった。

ルシアンは妹に対する申し訳なさと、悔しさと、怒りで泣き叫ぶことしかできなかった。二度と、自分の元へ帰ってくることはないと分かっていても、リリティアの私物を抱えながら、謝り続けることしかできなかったのである。

後悔だけが残り、広い屋敷に一人取り残されたルシアンは、ふと思い立ったようにリリティアが飲んだ毒を手に入れていた。

これでリリティアと同じ痛みや苦しみが味わえるなら、何でもよかった。いっそ命も尽きてくれれば、合わせる顔もあるだろうかと考えた。

しかし、その毒でルシアンが命を落とすことはなかった。後継者教育で、幼い頃から微量の毒を摂取していたせいか、毒への耐性ができていたのである。

なぜ、死ですら思い通りにいかないのか――。

その日からルシアンは帝国中のあらゆる毒をかき集め、体内に取り込むようになった。

そして、妹を失ったショックから奇行に走るルシアンを、人々はいつしか「毒喰らいの公爵」と呼ぶようになっていた。

次第に狂っていくルシアンに恐れをなし、周囲の者たちは公爵家に寄り付かなくなった。

そんな時だ。リリティアが亡くなって数年、父親が失踪してから十年という年月が経った頃、一人の男が屋敷を訪ねてきた。

がりがりに痩せ細った男だった。ルシアンは自分より病弱そうな男を見るのは初めてだった。

男は、ルシアンの父親から手紙を託されたと言ってきた。

読めば、復讐が終わったという報告だった。そして、自らも命をもって償うと書かれていた。

「父上は、己の復讐を全うしたのだな」

リリティアを長きにわたって虐待し、死に追いやった女への復讐を。その女を妻にしてしまったことが最大の過ちだと、後悔の文字と涙の跡が手紙にあった。

「……父上」

父親の行いは許されるものではないにしろ、生きた屍《しかばね》のように過ごしてきた自分とは違い、復讐を成し遂げた父親が羨ましかった。

手紙を運んできた男に、さらに詳しい事情を尋ねると、男はミランダの双子の弟だと答えた。

今頃になって明らかになるミランダの出生に、ルシアンは乾いた笑いしか出てこなかった。

それから男を屋敷で雇い入れ、これまで目を向けてこなかったリリティアの痕跡を辿ることにした。

父親が復讐なら、己は妹と繋がりのある者たちが苦境に立たされていれば救いになろうと決意した。

それがせめてもの罪滅ぼしになってくれることを願ったのだ。

「――……さま、旦那様」

オルゴールの曲を聴いているうちに、いつの間にか眠ってしまっていたようだ。呼ばれて目覚めると、ミランダの弟が立っていた。

普段はキッチンから出てこない男が珍しいこともあるものだと思ったが、悲壮感を漂わせつつも覚悟を決めた目に、ルシアンは悟った。

「……どうやら、終わりが近づいているようだ。最後まで見届けてくれるな」

「かしこまりました、旦那様」

刹那、部屋に流れていたオルゴールの音が止まった。

リリティアと自分を繋ぐ、唯一の思い出。その音色を、二度と聴くことができないことだけが、少し寂しくもあった……。

強烈な睡魔に襲われ、眠っていたティナは、体に違和感を覚えて目を開いた。

見上げた天井は薄暗く、辺りを見渡せば黒いカーテンが引かれ、周囲には火のついた蝋燭を載せた燭台が至るところに置かれていた。

「ここは……」

何が起きているのか分からず起き上がろうとしたが、両手と両足を縄で縛られ、ベッドの上で拘束されていた。

縄はきつく結ばれ、動かすたびに手首に食い込んで痛みが走った。周囲をよくよく見渡せば、病院とは真逆で、人を痛めつける道具がいくつも目についた。

怖くなって息を呑むと、音を立てて壁の一部が開かれて二つの影が入ってきた。

「……にしても、使用人のくせに貴族の部屋を荒らして回るなんて。余程このメイドが大切なのね」

「どうせ、この隠し部屋は見つかりっこないよ」

現れたのはエルザとルイスだった。二人の後ろでは、再び扉が閉じて壁と同化した。

離れに隠し部屋があった記憶はない。二人が私欲のために造らせたのだろう。

一体ここで何人の使用人たちが、彼らの憂さ晴らしに使われたのか。犠牲になった人を思うと怒りが湧いてくる。

彼らを鋭く睨みつけると、二人と目が合った。

「あは、起きたんだ？　眠っていたほうがよかったんじゃないかな？」

「全く、こうなったのも貴女のせいよ！」

二人がベッドに横たわるティナに近づいてくる。

すると、怒りを露わにしたエルザに頬を叩かれ、顎を鷲掴みにされた。指が食い込むほど強く握られて、ティナは眉根を寄せた。

「お兄様は貴女に目をかけているようだから、交渉の材料にさせてもらうわ。――もちろん、五体満足とはいかないけど」

そう言って再びティナの頬を張ると、エルザはベッドから離れた。一方、ルイスはベッドを軋ませながら、這い上がってきた。彼は、ティナの足元に膝をつき、覆い被さった。

「ねぇ、知ってる？　処女の血を浴びると、永遠の若さを保てるんだって」

悪戯な笑みを浮かべたルイスは、いきなりティナの赤くなった頬を舐めてきた。唾液を滴らせた舌で舐められ、頭が真っ白になる。

しかし、その間にもルイスの手はティナの体を撫で回してきた。

「エルザ、このメイドに僕の子を孕ませるのはどうかな？　そしたら兄上も、僕を他国へ渡したりしないと思うんだ」

「ふーん、それもいいわね。このメイドが子供を産んだら、どちらも私たちの玩具にできるじゃない。逃げられないようにしっかり首輪をつけて、足枷も必要かしら？」

とても同じ人間とは思えない言葉に戦慄した。

――一体誰が、彼らを悪魔にしてしまったのか。

蘇ってくるのは、ミランダに放置された幼い二人の姿だった。ミランダはリリティアを痛めつけることに夢中で、彼らに目をかけることはなかった。

「頑丈なのを買ってこないとね」

その光景を想像してうっとりと頬を綻ばせたルイスは、ティナの首元に顔をうずめ、胸元に触れてきた。

無遠慮な手で胸を鷲掴みにされて、痛みと同時に吐き気が込み上げる。ティナが嫌がれば嫌がるほど、ルイスの行為はエスカレートしていった。

「や、やめ……ん、あっ！」

胸元の服を引き裂かれ、露わになった乳房を強く吸われる。逃げようにも手足を固定されて、身をよじることしかできなかった。

その間にもスカートの裾から忍び込んだ手が、太股を撫でてきた。

「ほら、もっと声を出してくれないと、盛り上がらないだろ？」

「いっ、いや、……っ」

唇も奪われそうになって必死で抗う。ルイスの膨らんだ下腹部を布越しに押し当てられ、全身の毛が逆立った。

「――ニコ！　ニコっ！　私はここにいるわっ！　ニコーっ！」

ティナは自然と溢れてくる涙をぐっと堪え、ニコの名前を大声で叫んだ。今の状況から救ってくれるのは、彼しかいなかった。

今も諦めずに探してくれているような気がして、何度も呼んだ。

「はは、いくら叫んでもあいつには聞こえないさ。この部屋に辿り着くことも……」

できない、とルイスが言い切る直前だった。ゴゴゴ……と音がして、エルザとルイスが現れた時と同じく、壁の一部がスライドして光が差し込んだ。

「――ティナ！」

隠し扉が開かれると、ニコが駆け込んできた。エルザとルイスは酷く慌てていた。

「なっ、どうやって……!?」

ニコの声を聞いた瞬間、ティナは安心して泣き出しそうになった。

暗かった部屋に光が差し込み、ニコはベッドに寝かせられたティナを見つけてすぐに来てくれた。

「二人がこの部屋から出てこなかったから、ティナもここにいるに違いないって思って……！くそっ、なんでこんな酷いことを！」

そこで何が行われていたのか。両手足を縛られたうえに着衣が乱れていれば、嫌でも分かってしまう。怒りに震えるニコを見て、ティナは視線を合わせることができなかった。

しかし、その場に留まっている暇はなかった。

「もう生かしておけないわっ！」

「ニコ、危ないっ！」

エルザは近くにあったナイフを手に取ると、ニコの背中に向かって振り下ろした。

ニコは間一髪のところで避けると、エルザの手首を掴んで捻り上げた。

「いっ、たあああ！」

エルザの手からナイフが落ちると、ニコは彼女の体を突き飛ばした。衝撃を受けたエルザの体は、置いてあった燭台を巻き込みながら転がっていった。

瞬間、エルザのドレスに蝋燭の火が燃え移る。

「ああっ、火が！」

「エルザ！」

数か所から飛び移った火は、瞬く間にエルザのドレスを真っ赤に染めた。

ルイスは双子の姉を助けようと、彼女の火を素手で払い落とそうとした。けれど、火の勢いは止めることができず、ルイスの衣服にも移った。

「……ティナ、縄を切るぞ」

ニコは火に巻かれる二人に目もくれず、落ちていたナイフを拾ってティナの手足を縛っていた縄を切ってくれた。

「ありがとう、ニコ」

「ここで話している時間はない、逃げよう」

乾燥していた室内は驚く早さで火の手が回り、家具やカーテンも燃え始めた。

ティナはニコに支えられながら部屋を出ようとした。瞬間、体の半分まで火に巻かれたルイスが、ティナたちに迫ってきた。

「よくもエルザを！　お前たちも道連れにしてやるっ！」

ルイスの後ろでは、炎に包まれてのたうち回るエルザがいた。バチバチと火花が散り、煙が充満してきた部屋は息苦しかった。

ルイスに腕を掴まれたニコは、必死に引き剥がそうとしたが、目を血走らせて道連れにしようとするルイスの力は想像以上だった。

その時、横から振り下ろされた杖がルイスの頭に直撃した。

「がっ、あ！」

頭部を強打したルイスはその場に倒れ込み、火が彼の体を覆い始めた。

「ご主人、様……」

「何をしている、さっさと逃げるんだ！」

助けに現れたのはルシアンだった。彼は、立っていることもやっとの状態で、ティナたちに加勢してくれた。ティナは咄嗟にふらつくルシアンの体を支えた。

「私のことはいい！　お前たちは早く、この屋敷から離れるんだっ」

ティナを押し退けたルシアンは、その場に膝をついて激しく咳き込んだ。口を覆う手には、吐き出された血がついていた。

「そ、そんなこと、できませんっ！」

救える命が目の前にあって、それが兄であった人ならなおさら、ティナは彼を置き去りにすることができなかった。

「お願いです、旦那様っ！」

ティナはルシアンの前に跪いて懇願した。

すると、ルシアンはその時になってティナのあられもない姿に気づき、自身が着ていたジャケットを脱ぐと、肩に掛けてくれた。

その間にも二人の人間を飲み込んだ炎は勢いを増し、ティナたちのすぐそばまで迫っていた。

「私はどうせ長くない。本館も間もなく火の手が上がるだろう。……気にせず、行きなさい」

姿かたちは変わってしまっても、それはリリティアの知る優しい兄だった。どんなに冷たくされても、心から憎むことも、嫌うこともできなかった。

――大好きな、自慢の兄だった。

「……っ、にい、さま……ルシアンお兄様！」

「な、に？」

目にいっぱいの涙を溜めたティナはルシアンの片手を取り、自分の頬に押し当てた。

「信じてくれないかもしれませんが、私はリリティア――貴方の妹です……っ」

「――……ばか、な」

「お兄様が誕生日にくれたオルゴールは、いつだって私の宝物でした！　どんなに辛いことがあっても、あの音色が私を励ましてくれたのです……っ」

突然の告白に、こんな状況で冗談を言うなと、突っ撥《ぱ》ねられてもおかしくなかった。けれど、あのオルゴールを誕生日の贈り物として貰ったことは、当人たちしか知らないことだ。

一瞬の静寂に包まれた後、ティナの頬に触れたルシアンの手が小刻みに震え出した。

「……私は、毒のせいで幻を見ているのか？　本当に、お前なのか……リリティア……」

「ごめ、……さいっ。私が、あんな選択をしていなければ……っ。お兄様に相談していれば、こんな風には……！」

愛する父と兄から恨まれていると思い、虐待されていることも伝えられず、苦痛から解放されるために毒を飲んだ。

しかし、早くから二人に伝えられていたら、もっと違う未来があったかもしれない。ミランダの支配から逃れて助けを求めていたら、今頃は家族揃って笑い合っていただろう。

視界が涙で滲んでくると、ルシアンは上体を起こしてティナの体を抱き締めてきた。

「それは違う、リリティア。お前を気に掛けていたら気づけたことだ。私が、お前を追い詰めてしまった。すまなかった……ティア」

「お兄様……！」

ルシアンの心からの謝罪に、ティナは胸が熱くなった。後悔と無念が込められた思いがひしひしと伝わってくる。

兄の腕に抱かれながら、自分たちはもっと話し合う必要があると思った。他人に奪われてしまった時間を、取り戻すために。

だが、ルシアンの背後に迫っていた炎から、真っ黒に焼け焦げた二つの影がルシアンに襲いかかった。

「きゃああ、お兄様！」

気配に気づいたルシアンがティナを突き飛ばしたことで、一緒に巻き込まれるのを防いでくれた。

「――行くんだ！　ニコ、彼女を連れていけ！」

ルシアンにしがみついた黒い影は、もはやどちらがどちらか分からないほど焦げたエルザとルイスだった。炎を纏った二人はルシアンを同じ火の中に引きずり込んだ。

「リリティア……お前を心から愛している、私の可愛い妹――」

「いあ、いやあああ、お兄様！　ルシアンお兄様っ！」

ティナはルシアンを助けるために飛び込もうとするが、ニコがそれを許さなかった。

「いや、放して！　私のお兄様が……！」

後ろから抱きかかえられて暴れるも、ニコはティナを部屋から連れ出した。廊下に出ても、肌がちりちりと焼けるほど熱かった。

「どうして、ニコ……！　ルシアンお兄様は、貴方の主人じゃない！」

「……ごめん、ティナ。俺だって、二度も救ってくれた恩人を失いたくないんだ」

ニコは肖像画でしか見ることのできなかった少女と、酷い仕打ちを受けていても身を挺して守ってくれた少女に、二度も助けられていた。尽きかけの命を、壊れかけの心を。

何度も謝ってくるニコに、彼もまた大切な主人を失うことになるのだと気づいて何も言えなくなった。

屋敷が真っ赤に燃えていく中、二人は命からがら屋敷から抜け出すことができた。

――一方、ティナたちのいた部屋では、仰向けになったルシアンの体に、二つの影が覆い被さっていた。

ギロリと見下ろしてくる二つの双眸には、激しい怒りと憎しみの色が込められていた。

彼らもまた血を分けた妹弟だったのに、目を向けてやることができなかった。

「お前たちも、すまなかったな。きちんと愛してやれず……兄の役目も果たせず、放置してしまった。最後は家族として、一緒に逝こう――」

ルシアンが二人に腕を伸ばして抱き寄せると、二つの影は驚いて目を見張るも、最後は初めて味わう温もりに身を委ねていた。

ルシアンの頬にぽつり、ぽつりと冷たいものが降ってきたが、それが二人の涙だったのか、確かめることはできなかった。

そして三つの影は炎に包まれ、崩れ落ちていく建物の中に消えていった――。


離れの屋敷から離れると、ティナとニコの前に一人の男がやって来た。ニコは警戒したが、見覚えのある男に二人は安堵した。

「旦那様から全てを見届けるように言われておりました」

キッチンの主はそう言って二人を安全な場所に導いた。話せるとは思っていなかったティナは、先を行く彼の背中を見つめた。

「……ティナ、本館の屋敷が」

本館に近づくと、こちらも離れの屋敷同様に火柱が上がり、激しく燃え広がっていた。ティナは怖くなって繋いでいたニコの手を、強く握り締めた。

「お二人は、こちらの馬でお逃げください。馬の荷袋に最低限の物は入れています。当面の生活資金も問題ないでしょう」

男に案内されるまま馬小屋に向かうと、そこにはすでに一頭の馬が用意されていた。初めからティナとニコのために準備された馬は、男によく懐いていた。

「貴方は――」

どうするのか尋ねる前に、男はニコに手綱を渡すと、屋敷のほうへ向かって踵を返した。

「私の役目は終わりました。ようやく、安心して眠れそうです」

悪夢に魘されることのない、永遠の眠りに。

そう言って男は、黒煙と赤い炎に包まれる屋敷に続く道を歩いていった。

「ティナ……」

「……大丈夫よ。騒ぎが大きくなる前に離れましょう」

ティナは肩に掛けられたルシアンの上着を握り締めた。リリティアの思い出として唯一残ったのは、兄の温もりだけだった。

男を見送ったティナとニコは、馬に乗ってケイシュトン公爵家の屋敷を後にした。

公爵家が一夜にして没したことは、しばらく帝国中を騒がせた。

屋敷から離れた二人はあてもなく馬を走らせていたが、ニコの腕に抱かれたティナが、ふと思い立ったように口を開いた。

「ニコ、連れていってほしい場所があるの。……昔、私の両親がお世話になったお医者さんのいる領地に行きたいのだけれど」

「どこでも付き合うさ。ティナが望む場所なら、どこまでも――」

ニコが手綱を強く引くと、馬は目的地に向かって走り出した。
目を開いて辺りを見渡せば、自分の知らない景色が広がっていた。
どんなに悲しく、辛いことがあっても、生きている者は前に進まなくてはいけない。
——だから、もう過去は振り返らない。
しがらみも全て脱ぎ捨て、前だけを見て突き進む。
新たな出会いと、繋がりを求めて。
今度こそ、何者でもない「私」を生きる——。

【END】

今日、離婚します。さようなら、初恋の人。

形ばかりの結婚式であっても、純白のドレスを着て、夫となるその人に最も美しい姿を見せることができた。

婚姻が決まるずっと前から慕っていたことも伝えられないまま、一方的に嫌われていようとも……。

あの瞬間だけは、人生の中で一番幸せだった。


――そして、今。

夫婦となった二人の関係は、一枚の書類で終わろうとしていた。

結婚をする時は数か月かけて準備をしたのに、離婚する時はなんて簡単なのだろう。

コゼット・ルーベンは署名する箇所に、自分の名前をサインした。

「これを旦那様にお渡しください」

「かしこまりました」

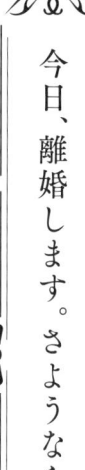

初老の執事は顔色一つ変えず、コゼットから渡された書類を受け取ると、部屋から出ていった。

そこに、落ち着かない様子で見守っていた侍女が口を開いた。

「本当に宜しかったのですか、奥様」

「ふふ、もう奥様ではないわ。……とは言っても、そう呼んでくれたのはナタリーだけね」

「それは……」

「いいのよ。ここでは誰も、私を女主人としては見てくれなかったのだから」

無理やり笑顔を張り付けた顔を向けると、侍女のナタリーは悔しそうに白いエプロンを握り締めた。

専属侍女として長く仕えてくれたナタリーは、コゼットが嫁いだ先にも一緒についてきてくれた。

栗色の髪に、愛らしい顔立ちを引き立てる桃色の双眸。

どんな時も穏やかな笑みを浮かべて励ましてくれた彼女の存在が、どれほどコゼットを元気づけてくれたか分からない。

――誰からも認めてもらえない女主人であり、夫から一度も愛されなかった妻だった。

それなのに、自分の立場が悪くなることも気にせず、ナタリーの忠誠心は揺るがなかった。

だから今も、コゼットは心が壊れずに堪えていられる。独りではなかったから。

……愛する人に捨てられたとしても。

侯爵家で生まれ育ったコゼットには、幼い頃に決められた婚約者がいた。

ベルナック王国――王位継承権第三位、第三王子のキースだ。

同じ年齢だった二人は、貴族の子息子女が通うアカデミーでも一緒だった。

子供の頃は仲良く遊んでいた記憶がある。

けれど、思春期を迎えた頃からキースは自我を強く持つようになり、選り好みするようになった。

それは女性に対しても同じだった。

王子の婚約者として所作はもちろんのこと、規律や規則を守るコゼットは、キースの好みのタイプではなかったようだ。

彼はアカデミーで知り合った男爵家の令嬢と仲良くなり、彼女と一緒に過ごす姿が校舎内でたびたび目撃されるようになった。

さらに彼らが男女の関係であるという醜聞が流れてきて、自分の耳を疑った。

コゼットは真相を確かめるために、男爵令嬢の元を訪れた。

しかし、その行いが彼女を虐めているとキースに咎められ、彼の婚約者であることが恥ずかしくなった。

次第に彼らの行動はエスカレートしていき、自分たちの仲が公認であるかのように振る舞うと、今度はコゼットを陥れようと画策した。

アカデミーの帰り道、コゼットの乗った馬車がならず者たちに襲われた。幸いにも近くを通りかかった騎士たちが助けてくれたおかげで、コゼットは事なきを得た。

金で雇われたならず者たちは、邪魔が入らなければコゼットを拉致して、二度と表舞台に出られないように傷物にする手はずだったようだ。それが依頼主との取引だったと白状した。

その依頼主こそ、婚約者のキースと男爵令嬢だった。

結局、キースの悪事は暴かれ、王位継承権は剥奪、廃籍が決まって男爵令嬢と揃って平民に降格された。

その後、キースは海に囲まれた島に送られ、自給自足の生活を送ることになり、男爵令嬢は劣悪な環境の娼館に送られ、多くの男性の慰みものになっていると聞く。

王室も揺るがすこの事件は、大きなスキャンダルとして国内外に広まり、多くの民が知ることとなった。

婚約者を失ったコゼットには、悲しみこそなかったが、事件の被害者であるにもかかわらず次の縁談がなかなか巡ってこなかった。

そこに王室から罪滅ぼしとして、申し分ない縁談を持ちかけられた。

――青獅子の騎士、マリウス・ルーベン。

国境を任されたルーベン伯爵領の現当主で、女性なら誰でも知っている男性だ。

三年ほど前に攻め込んできた隣国の軍勢を国境付近で食い止め、国への侵略を許さなかった最強の騎士である。

王都で凱旋式が行われた時は多くの民が押しかけ、割れんばかりの歓声が上がった。

誰もが彼に酔い痴れ、恋をした。

そして彼は、先の戦争で重傷を負って当主の座を退いた前伯爵の跡を継ぎ、若くして伯爵となった。

社交界には数えるぐらいしか現れなかったが、それでも彼が姿を見せれば、あっという間に女性たちに囲まれた。

整った顔立ちに深い青色の髪、漆黒の瞳と、鍛えられた逞しい肉体。

戦場では青獅子と恐れられた騎士。

その一方、戦争で失った仲間を思って涙する繊細さも持っていた。

その全てが高潔で美しかった。

婚約者がいながら、コゼットもまた彼に恋していた。

……初恋の相手だった。

コゼットに持ち上がったのは、その彼との婚姻だった。

他からの縁談も絶えないだろうに、密かに想いを寄せていた相手の元へ嫁げると知った時、コゼットの心は舞い上がっていた。

マリウスが治める領地は国境近くとあって王都からかなり離れた場所にあったが、その距離も彼に会えると思ったら苦ではなかった。一緒についてきたナタリーはげっそりしていたが。

マリウスとは一度だけ——戦争の勝利を祝う祝賀会で、言葉を交わしたことがある。

それは偶然だった。

会場の熱気から逃れるように外の空気を吸いに向かうと、月光が差し込むテラスで、目頭を押さえるマリウスを見つけた。

月明かりの下でたった一人、失った仲間を思い出して涙する彼の姿に、祝いの席だと浮かれていた自分が恥ずかしくなった。

その時、気配に気づいたマリウスは振り返って「誰だ!?」と、鋭い声を飛ばしてきた。身が竦むほど恐ろしい声に、コゼットは慌ててカーテンの後ろに隠れた。

「もっ、申し訳ありません……！　私は何も見ていません！　すぐに離れますから！」

「……貴女は？」

「あのっ、ここに、その……ハンカチを置いていきますので、どうかお使いください、青獅子の騎士様」

最強の騎士が、弱っている姿など誰にも見られたくないはずだ。

コゼットはハンカチを近くの銅像の足元に置くと、逃げるようにして離れた。

しかし、後になって置いてきたハンカチが、青い薔薇と黒い蔦を刺繍したものであることを思い出して、悲鳴を上げた。

それではまるで「貴方のことを慕っています」と、告白しているようなものではないか。

コゼットはしばらくそのことを思い返しては、真っ赤になる顔を両手で押さえた。

名乗らなかったのは不幸中の幸いだった。

どうせ、叶わない恋。

コゼットは最初で最後の思い出と胸に刻んで、胸の奥底にしまい込んだ。

――だから、舞い上がってしまっていたのだ。

初恋の相手である青獅子の騎士マリウスと、結婚できることに。

先の婚約では王室にも謝罪され、周囲からも随分同情された。

悪いのは婚約者だったキースであって、コゼットではない。自分は何も悪くないと。

けれど、勘違いしていた。

地方は王都にいる民より愛国心が強く、王室を絶対的な存在として崇拝していた。

普段から王城を見上げている王都の者たちと、遠く離れたところで王室を日々敬っている地方の者たちとでは温度差があったのだ。

第三王子とはいえ、キースもまた王家の血を引いた者だ。

その彼を廃籍に陥れたコゼットを、真実はどうであれ許せなかったのだろう。

――王子を廃籍に追いやった悪女。

ルーベン伯爵領に辿り着いた時、コゼットは歓迎されなかった。

「君の話はジェライス王太子殿下より聞いている。もちろん、君の立場も理解しているつもりだ。――だが、王太子殿下の友人である私にとって、キース殿下は弟も同然だった」

「はい……」

「我が領民は君を受け入れないだろう。王室からの命令と、王太子殿下の推薦がなければ、私もこの結婚は断っていた」

「――」

「婚姻は結ぼう。だが、一年経ったら離婚してほしい。きっと君には馴染めない場所だ。早々に王都へ戻れるように手配しよう」

そう言って、青獅子の騎士マリウスは妻となるコゼットの名前を一度も呼ぶことなく、彼女に婚姻の書類を渡した。

しっかり教育を受けている使用人たちは、コゼットに対して酷い仕打ちをしてくることはなかったが、それでも冷たい視線だけは降り注いだ。

そして、コゼットは本邸ではなく、離れの別邸に住まいを用意された。

ナタリーは代わりに怒ってくれたが、コゼットは涙も出なかった。

初恋の人に嫌われ、妻として扱われることなく、一年後には捨てられる。

一体、何を悲しんだらいいのかも分からなかった。

自分の浮かれた気持ちが、いかに愚かだったのか思い知らされた。

ただ、ここまではっきりと拒絶されたおかげで、マリウスへの気持ちを断ち切ることができた。

形ばかりの華やかな結婚式を挙げてから一年――離婚の書類にサインをした時、コゼットは驚くほどすっきりしていた。

別邸で過ごしている時、これからの人生を思い描き、やりたいことが見つかったおかげかもしれない。

コゼットの中で、離婚した後の人生をすでに歩み始めていたのだ。

「挨拶もいらないって言っていたわ」

「あのクズ男が！　元々好きな女性がいて、ずっと結婚を避けていたというではありませんか！　何が、奥様が領民から嫌われている、領地に馴染めないからですって⁉　初めからこの結婚に乗り気ではなかっただけじゃない！」

「ナタリー落ち着いて」

「ですが、奥様！　いいえ、コゼットお嬢様！」

コゼットは荷物の詰まったトランクを撫で「もういいのよ」と首を振った。

マリウスのやり方は間違っていたかもしれない。

けれど、妻の役目を押し付けられることもなく、自由に過ごせたのは彼のおかげだ。

これもまた彼の優しさだったのだろうと思うと、恨む気持ちは湧いてこなかった。

「お嬢様にとっては初恋の相手でも、運命の相手ではなかったんですよ！」

「まぁ、ナタリーったら」

怒りが収まり切らないナタリーは、拳を握り締めて力説してくれた。いきなり「初恋」や「運命の相手」という言葉が出てきて、コゼットは気恥ずかしくなり、小さく笑った。

「ふふ、そうね。そうかもしれないわ」

「お嬢様なら、すぐに出会えますよ！　いいえ、気づいてないだけで、すでに出会っているのかもしれません」

仕えている主人が冷遇され、それを間近で見ているのは苦痛だったはずだ。彼女が何もできない歯がゆさから、裏で悔し泣きしているのを幾度となく見てきた。

だからこそ今は、一刻も早くここから離れて解放されたい。

「さあ、行きましょう」

「……はい、お嬢様」

コゼットはナタリーを促し、一年ほど使っていた別邸を後にした。

——見送りは誰もいない。

最初から自分のような者は、来てはいけなかったのだ。

コゼットは振り返ることなく馬車に乗り込んだ。

心残りがあるとすれば、愛する人に直接ハンカチを渡せなかったことだけだ。


国境近くにあるルーベン領は、王都からかなり離れていたが、マリウスはアカデミーに通うため三年間を王都で過ごした。

アカデミーではクラスメイトに王太子のジェライスがおり、剣の腕を見込まれ、友人兼護衛の提案を持ちかけられた。

ジェライスは誰に対しても分け隔てなく、かといって身分や立場を忘れるわけでもなく、しっかり線引きをしながら学園生活を送っていた。

マリウスは、穏やかな笑みを浮かべつつ、相手を竦ませるほどの威圧感を持つジェライスを好ましく思った。

二人は気心の知れた間柄となり、マリウスは頻繁に王宮へ出入りするようになった。

そこでジェライスの弟である第二王子、第三王子とも顔を合わせる機会が増えた。

とくに第三王子のキースは、マリウスによく懐いてくれた。

兄のジェライスより剣術が優れていたからだろう。

我儘で傲慢なところもあったが、マリウスに対しては素直で、出会うと後ろをついてくるような子供だった。

姉と妹しかいなかったマリウスも、キースを実の弟のように可愛がった。

しかし、アカデミーを卒業すれば領地へ戻らなければいけない。国境を守る父親を支え、爵位を継ぐ者としてさらに多くのことを学ばなければいけなかった。

王都との別れは寂しかったが、マリウスは泣きじゃくるキースを宥め、親友のジェライスにも挨拶を済ませて領地へ帰った。

それから二年後、隣接するグナク王国が干ばつによる食糧難に陥り、戦争の準備をしていると聞かされた。

すると、王都からもジェライス率いる大軍が駆けつけてくれ、久しぶりに親友と対面した。

その直後、グナク王国の軍勢が一斉に攻め込んできた。

グナク王国にどんな作戦があったのか分からない。だが、始まる前から勝敗は決まっていた。

マリウスたちは圧倒的な軍事力で、グナク王国の軍を制圧した。

勝利はしたものの、戦争に駆り出されたグナク王国の兵士たちは、皆が痩せ細っていた。その中には年端もいかない少年までいた。まるで、死ぬために剣を持たされたようだった。

この悲惨な戦争は、マリウスの心に影を落とした。

それでもグナク王国の侵略を国境で食い止めたマリウスの戦いぶりに、多くの者が彼を称えた。

髪色と同じ色のマントを靡かせて戦場を駆けるマリウスは、いつしか「青獅子の騎士」と呼ばれるようになっていた。


戦争が終わると、王宮で凱旋式と祝賀会が開かれた。

誰もが国の英雄である「青獅子の騎士」を一目見ようと、路上から手を振った。

だが、マリウスは本心から喜べなかった。

圧勝だったとはいえ、戦争によって仲間を失った。

その一方で、兵士一人ひとりが戦える状態になかったにもかかわらず、子供まで出兵させるグナク王国の現状を思うと胸が痛んだ。

国王から労いの言葉を掛けられた時も、女性に囲まれて挨拶された時も、マリウスの気持ちは晴れなかった。

一人になりたくて人気のないテラスに出ると、言いようのない感情に視界が滲んだ。

戦争では多くの者が命を落とした。

グナク王国はなぜ戦争という道を選んだのか。何より、グナク王国の民たちはどうして戦ったのだろうか。早々に投降すれば、命は助かったかもしれないのに。

それとも、飢え死にするより戦って死ぬことを名誉と考えたのだろうか。

そんなことを考えていた時、小さい物音がして反射的に振り返った。

「誰だ!?」

戦争ではいつも気を張っていなければいけなかった。潜んだ敵に、いつ襲われるか分からなかったからだ。

「もっ、申し訳ありません……！　私は何も見ていません！　すぐに離れますから！」

けれど、マリウスの耳に届いたのは弱々しい女性の声だった。

「あのっ、ここに、その……ハンカチを置いていきますので、どうかお使いください、青獅子の騎士様」

貴女は、と尋ねたが彼女はマリウスを気遣い、姿を見せることなく去ってしまった。

すぐに後を追おうとしたが、金髪を揺らして走り去っていく少女の姿を、ただ見送ることしかできなかった。

ふと視線を下げれば、銅像の足元にハンカチが置かれていた。

それを拾い上げると、白いハンカチには青い薔薇と、黒い蔦の刺繍がされていた。

青い獅子の騎士を思わせる刺繍の見事な出来栄えに、思わず見入ってしまう。

見ていないと言いながらも、ハンカチを置いていった少女。偶然なのか、それともマリウスを探していたのかは分からないが、少女は他の女性と違って名乗らなかった。それが妙に愛らしかった。

先ほどまで、深い悲しみとやるせなさに襲われていたのに、少女のおかげで心が温かくなった。

マリウスはその後もしばらく、名も知らない少女の存在を忘れることができなかった。


ルーベン領、領主邸――。

午前中の訓練を終えたマリウスは、昼食を取った後、執務室でいくつかの書類に目を通していた。

戦争が終わっても、騎士たちには訓練を怠るなと伝えている。

敗戦したグナク王国は我がベルナック王国に吸収され、ジェライスと第二王子はその処理に追われていた。

第二王子は、兄ジェライスに第一子が生まれたことで王位継承権を放棄し、臣下になって公爵位を授かったばかりだ。

剣の腕前はからきしだが、他では専門家も唸らせるほど頭脳明晰で、アカデミーでは常に主席だった。

もしかしたら、第二王子がグナク王国のあった場所を新たな領地として治めるようになるのかもしれない。問題は山積みだが、優秀な彼ならば安心だ。

一方、グナク王国と隣接していたマリウスの領地には難民が押し寄せ、これまでにないほど人で溢れ返っていた。

元より難民の受け入れは王室と決めており、国境近くでは彼らを迎え入れる準備が進められていた。

ただ、グナク王国が新たな領地となって落ち着けば、彼らを故郷に帰すつもりだ。

今回は戦争が長引かなかったおかげで町の被害も少なく、復興にも時間はかからないはずだ。

国は滅んでも、生まれ育った場所は失われていない。現に、グナク王国の民だった者たちにベルナック王国の民として迎え、元いた場所に帰すことを約束すると、彼らは泣きながら歓喜した。

当然、戦争を先導したグナク王国の国王をはじめとする上層部は早々に粛清した。空腹に喘ぐ民に武器を持たせ、国を捨てて逃げ出そうとした貴族たちも同様に。

そして、グナク王国での安全が確保された今、マリウスの領地は人の出入りが多くなった。おかげで領内での収益も倍に増え、どこも目まぐるしい日々を送っている。

だが、喜んでばかりもいられない。

人が増えれば、必然的に犯罪も増加する。マリウスは各地に騎士を派遣し、警備体制の強化を図った。

戦争で見せられた光景が忘れられず、自分の領地はどこよりも安心できる場所にしたかったのだ。その思いは周囲にも伝わり、若いながらも領主として認められるようになっていた。

そうやって慌ただしい毎日に没頭していると、自分のことは二の次になってしまう。

最後の書類にサインをしたところで、執務室のドアが叩かれた。

マリウスが返事をすると、入ってきたのはルーベン家に長く仕えている初老の執事だ。

「当主様、コゼット様より離婚状をお預かりしてきました」

「……そうか」

「見送りは不要とのことです。すでに馬車を手配しておりましたので、すぐに出ていかれるでしょう」

執事は表情一つ変えず淡々と教えてくれた。

マリウスは渡された一枚の紙を確認した。

離婚証明書には丁寧な文字でコゼット・ルーベンのサインが入っていた。

一年ほど妻になっていた女性の名だ。

「……最後ぐらい挨拶はしておきたかったんだが」

挨拶もしたくないほど、彼女は早くここから出ていきたかったのかもしれない。

――それもそうだ。

彼女には馴染まない場所だった。

スピナ侯爵家の長女コゼット・スピナは、第三王子のキースと婚約していた。

政界では常に中立を貫いていた侯爵家の令嬢と、国王夫妻から溺愛されていた末弟王子の婚約は皆が歓迎した。王位継承を巡って、余計な争いを生まずに済むからだ。

当の本人たちも同じ年齢とあって、婚約が発表された時からお似合いの二人だと祝福の声が上がっていた。

しかし、キースに好きな女性ができ、二人の関係は一変した。キースは婚約者であるコゼットを蔑ろにし、付き合っていた女性と共謀して、彼女を陥れようとした。

最初に聞かされた時は何かの間違いだと思った。

マリウスの中では今も、キースは「剣術を教えてほしい」と、後ろをついて回ってくる弟のような存在だった。

会わないうちに何があったのか、王都から届いた報告に衝撃を受けた。

マリウスはそれら全てを信じることができず、王都にいる家臣と連絡を取り、秘密裏に調べさせた。

王室が関わっているため調査には時間を要したが、出回っている内容より詳しい情報を得ることができた。

キースの目に余る行為は当初の報告通り、嘘ではなかった。好意を寄せていた女性と結託し、大勢の前で婚約者を辱め、陥れようとした。

もちろん、キースのしたことは許されるものではない。あれだけ可愛がっていた子供を、国王夫妻ですら見放したぐらいだ。

その一方、今回の被害者であるコゼットにも、心から慕っている相手が他にいるという噂があった。婚約者であるキースを強く戒めなかったことから、出回った話なのかもしれない。

ただ、それが本当であれば今回の婚約解消を最も喜んだのは、コゼット自身ということになる。

しかし、王都ではキースだけが悪者となり、王子の身分を剥奪されて島流しになった。

マリウスの領地でもこの醜聞は話題となった。

唯一王都と違っていたのは、領民が廃籍となったキースに同情的だったことだ。

辺境の地に住まう彼らにとって、王族は神に近い存在だ。国が安泰でいられるのも王室のおかげなのだ。

結果的に領民の間では、王子であるキースの心を引き留められず、格下の貴族令嬢に浮気を許したコゼットに批難の声が集まった。

――王子を廃籍に追いやった悪女。

マリウスは賛同することはなかったが、反論もしなかった。好き勝手に騒ぐ領民も、しばらくすれば落ち着くだろうと規制もしなかった。

だが、ある日――マリウスの元へ、コゼットと婚姻するようにと、王命が届いた。マリウスは言葉を失った。

――どうして、自分なのか。

若くして爵位を継ぎ、戦争の事後処理もあって縁談を断ってきたのは事実だ。

しかし、なぜ弟のように可愛がっていたキースと婚約していた女性と、婚姻しなければいけないのか。

それに、彼女には好きな相手がいるのではないか。

マリウスはしばらく混乱し、何度か王室に確認の連絡を取ったが、ジェライスからは「お前が適任だ。王室を助けるためと思って、コゼット嬢と結婚してくれ。お前にとっても悪い相手じゃない」という返事が届いた。

納得はできなかったが、マリウスでも王命には逆らえず、渋々コゼットとの結婚を受け入れた。

領民や使用人たちからは反対の声もあったが、準備は着々と進んでいき、コゼットは王都から半月ほどかけて無事にルーベン領へと辿り着いた。

歓迎する雰囲気ではないものの、マリウスは屋敷の使用人たちと彼女を出迎えた。

馬車から一人の女性が降りてきた時、その場にいる全員が驚きを隠せなかった。

透き通るような白い肌に、腰まで伸びた金髪とアメジスト色の美しい瞳。青いドレスを身に纏った、息を呑むほど美しい女性だった。

とくに金箔を散りばめたような金糸の髪は、あの日ハンカチを置いていった少女を思い出させた。

キースの件で、彼女には悪い印象しかなかっただけに、気持ちが揺らいだ。

――その髪に触れてみたい。

そう思いながら、手を伸ばしそうになる自分を何度か叱咤した。

彼女は本当に「第三王子を廃籍に追いやった悪女」なのだろうか。

コゼットの容姿には驚かされたが、紫色の瞳が輝く愛らしい顔に、誠実そうな印象を持った。

元より侯爵家の令嬢であり、王子の婚約者だけあって所作も非の打ちどころがなく、噂されているような悪女には見えなかった。

だが、領内ではマリウスとコゼットの結婚に反発の声が相次いだ。こんな環境で、彼女が幸せになれるとは思えなかった。

領主となったばかりのマリウスは、領民の声を無視することができず、コゼットと婚姻を結ぶ前に期限付きの関係を提案した。

一年だけの、形ばかりの夫婦だ。

それを聞いたコゼットは悲しむわけでも、取り乱すわけでもなく、ただ静かに「分かりました」とだけ言って頷いた。

不思議と落ち着いた様子に、やはり彼女もこの結婚に乗り気ではなかったのだと理解した。

安心する一方、どこか虚しくなる。

それでも過ちが起きないように、コゼットには離れの別邸を用意した。もし出来心で足が向いてしまっても、途中で我に返るはずだ。

それとは別に、王命によって決められた婚姻とはいえ、自分の妻になった以上、敬意を払うようにと使用人たちに言い聞かせた。

——けれど、気になる存在ではあった。

結婚式では口づけまで交わした仲だ。夫婦として顔を合わせるぐらいは問題ないだろうと、何度か食事に誘った。

しかし、コゼットは体調不良を理由に断り続けてきた。それらは使用人を通じて報告され、直接の謝罪もなかった。

夫婦同伴で参加する行事の際も、コゼットは別邸から出てこなかった。結局離婚するまで、彼女と顔を合わせたのは数えるぐらいだ。

——だが、それももう終わった。

コゼットのサインが入った離婚証明書が手渡された今、自分たちの繋がりは完全になくなったのだ。

彼女は今度こそ好きな相手と一緒になれるだろう。

執事を下がらせたマリウスは、机の引き出しを開けて一枚の白いハンカチを取り出した。

このハンカチの持ち主を探したが、一向に見つからなかった。

ジェライスにも協力を頼んでみたが、金髪の少女というだけではどうしようもなかった。

さっさとこの気持ちを断ち切らなければいけないのに、いつまでも抜け出せずにいる。

——せめて、お礼ぐらいは伝えたい。

あの日、少女がくれた親切と気遣いは、沈んでいたマリウスの心を癒してくれたのだ、と。

コゼットが屋敷を出てから数週間が過ぎた。

離婚証明書の提出は済んでいるが、正式に受理されるまでは時間がかかるだろう。

マリウスは変わらず多忙な毎日を過ごしていた。

しかし、妻だったコゼットがいなくなったことで、「新しいルーベン伯爵夫人を迎えるべきだ」という声が聞こえてくるようになった。

悪女を妻に迎えた英雄騎士や、王室の尻拭いをさせられているといった悪い噂を、さっさと払拭したい思いがあるのかもしれない。

だが、離婚して日が浅いため、次の女性を迎える気持ちにはなれなかった。

——しばらく結婚する気はない。

一人になるとふと思い出してしまう、あの少女が忘れられないうちは。

マリウスは引き続き仕事に没頭し、余計なことは考えないように努めた。

そこへ、グナク王国の領土を視察していた王太子のジェライスが、王城へ戻る前にルーベン領地に立ち寄るという報告が入った。

国から離れていたジェライスは、マリウスとコゼットが離婚したことを知らない。

元々、この結婚を推していたのはジェライスだ。

その彼に直接伝えるのに、ちょうど良いタイミングだったのかもしれない。

マリウスはジェライスがいつ到着してもよいように準備を整えた。使用人たちも王太子の訪問に浮き足立っているように見えた。

そして、選りすぐりの騎士を率いたジェライスがルーベン領に到着すると、大勢の領民が彼を出迎えた。

次期国王とあってジェライスの人気は凄まじく、熱烈な歓迎を受けていた。

金髪碧眼の、物語に出てくるような王子様という外見も魅力の一つだろう。

割れんばかりの歓声を受けたジェライスは、マリウスの屋敷に着くまで上機嫌だった。嬉しそうに緩んだ顔を隠そうともしない。

マリウスは使用人たちと共に、その浮かれた親友を出迎えた。

しかし、二人が握手を交わそうとした時、ジェライスは何かに気づいて首を傾げた。

「コゼット夫人はどうした？」

——何気ない一言だった。

だが、ジェライスの問い掛けにマリウスはもちろん、その場にいた執事や使用人たちは一斉に表情を強張らせた。

コゼットと結婚してうまくやっているだろうと、信じて疑わないジェライスに良心が痛む。

マリウスは「その話は中に入ってからしよう」と声を掛け、彼を屋敷に招き入れた。

ジェライスを応接間に案内したマリウスは、まず彼を労ってから、コゼットについて重い口を開いた。

「――離婚した、だと？」

長い脚を組んで優雅にお茶を飲んでいたジェライスは、マリウスの報告に目を見開き、手にしていたカップをテーブルに戻した。

それまで笑顔だったジェライスの表情はだんだん険しくなっていく。

その場にいた使用人たちは自然と背筋を伸ばした。

「なぜ離婚など……っ。一体何があったというのだっ⁉」

「王都ではコゼット嬢に対して同情的だと聞いたが、こちらの領地では王子殿下を王室から追い出した悪女として見られていた。結婚に反対する声も多く、彼女に対する悪評ばかりが目立っていた」

「そんな馬鹿な、彼女は何一つ悪くないというのに！」

普段は穏やかで飄々としているジェライスが、珍しく怒りを露わにした。

マリウス自身もそれには驚き、両手を上げて「落ち着いてくれ」と言った。

しかし、ジェライスはテーブルを叩いて立ち上がり、腕を伸ばしてマリウスの胸倉を掴んだ。

「私はお前に、コゼット嬢のことを任せると伝えたはずだっ！」

「ジェ、……ジェライス……っ」

「私の愚弟は、好きになった相手と一緒になるために、邪魔になった彼女の命まで奪おうとしたんだぞ⁉」

「ま、待ってくれ……っ、そんな話は」

「言えるわけがないだろ！　民の模範となる王子が婚約者を蔑ろにして、他の女性と付き合っているなどと、それだけでも王家の恥さらしだというのに！」

激しい剣幕で声を荒らげるジェライスに、掴まれた胸は熱くなるどころか冷たい水をかけられた気分だ。

報告では、キースとその恋人から、婚約者の地位を脅かされそうになったとしか聞かされていなかった。

そのため、王位継承権もあるキースに対し、廃籍という処罰は重すぎるんじゃないかと思っていた。

まさか、命まで狙われていたとは知らなかったのだ。

「いいか。コゼット嬢は他の女性にうつつを抜かす愚弟に文句も言わず、酷い目に遭いながらも最後まで毅然としていた。幼い頃に交わした婚約のせいで彼女自身、多くのものに犠牲を払ってきたというのに」

「……ジェライス」

不運にも、それだけのことがあっても落ち着いたコゼットの態度に、実は彼女にも他に慕っている方がいるのでは、という尾ひれがついてしまったのだと理解した。

「それでも、私たちの家族になれることを心待ちにしていてくれた。我が妃も、コゼット嬢が妹になることを楽しみにしていたのに、あの馬鹿が！」

「――――」

噂で聞いていたコゼットとはあまりにかけ離れた姿に、マリウスは言葉を失った。

領地では、言葉にするのも憚《はばか》られるような噂まで流れていた。それがコゼットの本性なのかもしれないと、彼女が嫁いで来る前から良い印象は持っていなかった。

――だが、今になって考えれば、自分は一体コゼットの何を知っていたというのか。

妻となってから、ろくに顔を合わせなかった。

会話らしい会話もしなかった。

呆然とするマリウスに、ジェライスは掴んでいた胸倉をさらに締め上げた。

その時、見かねた執事が主人を守るためにジェライスの足元に跪き、「王太子殿下……どうか、どうか、怒りを鎮めてください……！」と、頭を垂れて懇願した。

他の使用人たちは恐怖のあまり真っ青な顔になっていた。その中でも、別邸を行き来していたメイドは今にも倒れそうだ。

止められたジェライスはマリウスの服から手を離し、近くの椅子に腰を下ろした。

「ここにいる連中は、誰も出ていくコゼットを引き留めなかったのか」

「――――」

「屋敷にいる全員で、彼女を冷遇していたというわけか。ハッ、お前の使用人どもは主人思いで泣けてくるな」

皮肉を吐いてもジェライスの怒りは収まらず、マリウスの使っていたカップを掴んで握りつぶした。

飛び散ったお茶がテーブルや床を濡らしたが、誰一人として動ける者はいなかった。

割れたカップの上に、ジェライスの手から鮮血がぽたり、ぽたり……と滴り落ちる。

張り詰めた室内と沈黙するジェライスに、誰もが喉元に剣先を突き付けられているような恐怖を感じていた。

すると、ジェライスはハンカチを取り出して血を拭い、呆然と立ち尽くすマリウスに座るように命じてきた。同時に、使用人には部屋から出ていくように指示する。

二人きりになると、廊下からは人の倒れる音や泣き声が聞こえてきたが、他の者を気遣っている余裕はなかった。

「私は、お前だから頼んだんだ」

「……なぜ」

先ほどとは打って変わって、冷たいながらも親友を思いやる口調に、マリウスはジェライスに視線を合わせた。

――どうして自分だったのか。

マリウスは妙な不安を覚えて、戦争では一度も動揺を見せなかった黒い瞳が、今は冷静さを失っていた。

震える唇で訊ねると、ジェライスは一瞬躊躇った後、溜め息混じりに言った。

「コゼットが、お前の探していた女性だからだ」

「なん、だと？」

マリウスは目を見開き、信じられないという表情で親友の顔を凝視した。

一方、ジェライスはそんなマリウスの反応に、「やはり知らなかったのか」と、悔しそうに頭を掻いた。

――コゼットが、あのハンカチを置いていった少女だというのか。

マリウスは膝に置いた両手の拳を強く握り締めた。

「コゼットが、あの時の……。なぜ教えてくれなかったんだ」

「それは彼女が、愚弟の婚約者だったからだ。万が一にも間違いが起きてはならない」

「それならば、そうと……っ」

言いかけてマリウスは口を閉じた。

王子の婚約者であるコゼットが他の男性にハンカチを渡していたことが知られれば、立場が悪くなっていたのは彼女のほうだ。

それこそ根も葉もない噂を立てられて、社交界でも孤立していたはずだ。

ジェライスもまた、親友の頼みであっても弟の婚約者を紹介するわけにはいかなかっただろう。

自分にしても、少女のことを長い間忘れられなかった状況を考えると、挨拶だけで終わっていたかどうか怪しいところだ。

「コゼット嬢からも、このことは話さないでほしいと頼まれていた。婚約者がいる身で、青獅子の騎士を慕っていることが知られたら、お前に軽蔑されるかもしれないと」

「……彼女にも慕っている相手がいるという噂は、本当だったのか」

そして、その相手がマリウスだった。

コゼットはどんな思いで自分のところへ嫁いできてくれたのだろうか。

彼女なりに、自分との結婚生活を期待してくれていたのだろうか……。それなのに、慕っている相手から期限付きの婚姻を提案され、それをどんな思いで受け入れたのだろうか。

頭の中で、金髪を揺らして走り去っていく少女が、コゼットに塗り替えられていく。

その時になって、ようやく己の愚かさに気づいた。

「話せなかったことについては悪いと思っている。だが、こうなると分かっていれば、お前にコゼットを任せたりはしなかった」

「ジェライス、私は――」

婚約者に浮気されて、殺されそうになったコゼット。

――今度こそ幸せになるために嫁いできてくれた彼女に、自分は何をした？

婚姻を交わす前に離婚の契約を交わし、本邸ではなく別邸に住まわせた。

彼女を毛嫌いする使用人たちに世話を頼み、彼女の本当の姿を知ろうともせず目を背けていた。

食事に誘っても来なかったのは、そもそも彼女の元までマリウスの言葉すら届いていなかったのかもしれない。

ここでは、コゼットの味方は一緒に来た侍女だけだった。

そして、最後は離婚届にサインをさせて、別邸からも追い出した。

去っていくコゼットに別れや労いの言葉すら掛けず、これほど酷い夫がいるだろうか。

あのハンカチにたくさんの想いを込めてくれた女性に。

思い返せば思い返すほど、マリウスは自分のしてきた仕打ちに愕然とする。

「……コゼットがお前の探していた女性ではなかったとしても、彼女はお前の妻になった女性だ。それなのに、一年で離婚して追い出すなど……私には到底考えられない」

「────っ！」

「何が、お前をそのような冷たい人間に変えてしまったんだ……？」

本気で心配しているジェライスに胸が締め付けられ、彼の顔を直視することができなかった。

コゼットが探していた女性だと分かっていたら──きっと、全力で守っていたはずだ。

噂など揉み消して、自分だけは彼女の味方になっていた。

金糸の美しい髪に触れ、あの日彼女がくれた気遣いに感謝を伝えれば、自然とこの胸に宿った気持ちにも気づくことができた。

──私はコゼットを、心から愛することができた。

しかし、誰よりも近くにいた彼女はもういない。

慕ってくれていた彼女を蔑ろにして追い出したのは、マリウス自身なのだから。

「お前には失望したが、伝えられなかった私にも非はある。お前は王命に従ってコゼットと婚姻を交わしてくれた。その事実がある以上、処罰が下ることはない」

「……王命」

「二人の離婚が直ちに承認されるよう、私からも父上に伝えておく」

コゼットとの婚姻は王命に従っただけ。その言葉がさらに、マリウスを後悔の渦へと突き落とす。

確かに、命じられなければ結婚することはなかった。彼女は悪女扱いされていた。領民や使用人たちからも良く思われていなかった。

しかし、それはコゼットが探していた女性であることと、本来の彼女を知らなかったからだ。

知っていれば――。

頭を抱えるマリウスの前で、ジェライスは溜め息をついて部屋から出ていこうとした。

気配に気づいたマリウスは慌てて立ち上がり、彼を引き留めた。

「待ってくれ、ジェライス……っ。私は彼女にっ！」

「……離婚を強要したお前が、いまさらコゼット嬢に会ってどうしようというんだ」

「それは……！」

「謝って許されるものではない。我が愚弟のこともある。コゼット嬢にはこれ以上、辛い思いをさせたくないんだ」

ジェライスにとってコゼットは、本来なら義理の妹になる女性だった。子供の頃から本当の兄妹のように接してきた。それだけ身近な存在だったのだ。

その彼女が酷い仕打ちを受けてきたことに、ジェライスは胸を痛めていた。

コゼットの幸せを願って最も信頼できる親友に託したと思ったのに、ここでも冷遇されていたと知って、言いようのない怒りと失望を感じた。

「王子との婚約解消に加え、国の英雄である青獅子の騎士からも一年で離婚されたことで、コゼット嬢の立場は最悪だ。彼女のことを思うなら、しばらく顔を合わせないほうがいい」

——できることなら、一生。

二度と会うな、と言われた気がしてマリウスは歯を食いしばった。

どんなに願っても過去には戻れない。たった一年の間に、取り返しのつかないことをしてしまった。

それでも、コゼットに会って謝りたかった。

こんなはずではなかった、と。

ずっと前から貴女を探していたのだ、と。

今度こそきちんと話して、ハンカチのお礼が言いたかった。

しかし、会うことさえ許されないのか。

うな垂れるマリウスに、ジェライスは背中を向けて廊下へ出ていった。そこに、待機していた護衛の騎士たちがそばに寄ってきた。

「ここでの滞在はなくなった。至急、王都へ出発する。護衛の騎士は最小限に、他の者たちは予定通りに戻ってこいと伝えろ」

「かしこまりました」

騎士の一人が何か言いかけたが、ジェライスのただならぬ雰囲気に頷くことしかできなかった。

屋敷に入る時まで穏やかだったのに、今は戦場にいるような息苦しさだ。

周囲にいた使用人たちは、滞在するはずだった王太子が急きょ予定を変更したことに、顔を真っ青にさせた。

すでに複数のメイドが倒れて運ばれている。

彼らはジェライスの怒りを買ったのだと震え上がり、無礼と知りながらも廊下を塞ぐようにして床に膝をついた。

「お待ちください、王太子殿下！　我々が偽りの噂を鵜呑みにしてしまい、コゼット様に酷い態度を取りました！　ですが、マリウス様だけは違います……っ」

「当主様はコゼット様を食事に誘い、不便なく過ごされるよう気遣っておりました！」

「マリウス様とコゼット様が近づかないようにしていたのは私たちです！　ですから、どうか！　処罰なら我々にっ！」

使用人たちが一斉に跪き、床に額を擦り付ける。

その異常な光景にジェライスは顔を顰め、剣を抜こうとした騎士たちには手を上げて彼らを制した。

「――謝る相手が違うようだな。主君に対する忠誠心から起こした過ちとして、今回は大目に見てやるが……。女主人に対して適切だったか、己の行動をしっかり見つめ直すといい」

威圧感のある言葉に誰もが戦慄いた。

それでも国境に近い領地に暮らし、戦争があれば先陣を切ってくれる主君に、彼らは常に謝恩の気持ちを持って仕えていた。

主君のために命を投げ出すことも厭《いと》わない者たちだ。

だからこそ、悪い噂が流れていたコゼットと、清廉潔白なマリウスでは不釣り合いだという先入観が勝ってしまったのだろう。

——もっとルーベン領地のことを調べて、気に掛けてやればよかった。

ジェライスは振り返り、魂が抜けたような様子で現れた親友を鋭く睨みつけた。

「お前が騎士としても、領主を務める伯爵としても素晴らしいことは知っている。これからもそのように務めてくれ。——王太子である私からは以上だ」

「……ジェライス」

友としてではなく、王太子として。

最後に放たれた言葉が何を意味しているのか、マリウスは察した。

これからは親友としてではなく、一介の臣下としか見てくれなくなるだろう。

壊れてしまった友情にマリウスは唇を噛み「お言葉、確かに承りました。ジェライス王太子殿下」と、静かに頭を下げた。

それから、数十人の騎士だけを率いて王都に出発するジェライスの背中を見送った。マリウスは遠ざかる親友を前に、立ち尽くすことしかできなかった。

ひと月が経った頃、マリウスの元には正式に受理された離婚証明書が届いた。

これでコゼットとの繋がりは完全になくなった。

真実を告げられた時から、マリウスは虚無感に陥っていた。

もう二度とコゼットに会うことも、話すこともできない。それでも、少ない記憶の断片から彼女のことを思い浮かべてしまう。

あのままでよかったのか。本当に何もせず終わりにしてしまってよかったのか。何度も自問自答しては、後悔の念に駆られる。

そんな時、マリウスの元に届いた手紙に、彼は表情を険しくさせた。

「……馬鹿な、コゼットが戻ってきていないだと？」

それは、コゼットが王都の屋敷にも、実家にも帰ってきていないという、スピナ侯爵家からの知らせだった。

娘を心配したスピナ侯爵夫人からの手紙によると、二人が離婚したことについて、王室から正式な通達があるまで知らなかったようだ。

侯爵家は慌てて真相を確かめようとしたが、そこへジェライスが屋敷に訪れた。

彼は離婚の件も含め、直接謝罪しにやって来たと言ったが、まさか肝心のコゼットが帰っていないとは思わなかったようだ。

ジェライスは直ちに捜索隊を派遣したが、コゼットがマリウスの屋敷を出てから日にちが経っており、簡単には見つからなかった。

そんな中、侯爵夫妻の元にコゼットから手紙が届いたという。

『このたび、マリウス・ルーベン様と離婚致しました。お父様とお母様には多大なるご迷惑をおかけし、また家門に泥を塗ってしまい申し訳ありません。コゼットは実家には戻りません。私は市井に降りて、一人で生きていきます』

まるで、離婚の承認が下りるのを待ってから送られてきたかのような手紙に、侯爵夫妻は酷く打ちのめされた。

貴族令嬢が市井で生きていくことなど、不可能に近い。誰かの協力がなければ難しいだろう。コゼットについてきた侍女がそばにいたとしても、女性二人で何ができる。

――コゼットは、王都に戻ったところで自分の居場所はないと思ったに違いない。

侯爵夫妻はジェライスから「マリウスには知らせるな」と言われていたが、一向に行方の知れない娘の安否を心配して、マリウスにも連絡したのだと書かれてあった。

きっとジェライスがコゼットと会わせないために命じたのだろう。

コゼットの居場所を奪ったのはマリウスだ。市井に追いやって、一人で生きることを選ばせてしまったのも。

「……くそっ、なんてことだ！」

マリウスは机を叩き、すぐに執事を呼んだ。

もっと早く知っていれば。

否、屋敷を出ていったコゼットが、無事に王都へ戻ったのを確認しなかったのは自分だ。形式上とはいえ、夫婦になる誓いを交わした女性なのに、彼女に無関心だった自分がこの結果を招いたのだ。

後悔の波が何度も押し寄せてくる。

「当主様、お呼びで」

「すぐにコゼットが屋敷を出ていく時に使った馬車と御者を調べろ！　可能であれば連れてこい！」

「――承知致しました」

新しくやって来た執事は若い青年だった。

隠居しているマリウスの父親に仕えていたが、今回の騒動を報告すると叱りの言葉と共に彼を送ってきた。

屋敷にいた使用人の大半は、ジェライスの言葉通り己の行動を見つめ直し、非を認めて自ら辞めていった。

初老の執事も「老いたせいで、知らず知らずのうちに頭が固くなってしまっていたようです」と謝罪し、マリウスの元を去っていった。

おかげで使用人たちを新しく雇うことになり、屋敷の中はしばらく慌ただしかった。

ただ、前執事の仕事を引き継いで、新たに執事となった青年が見事に取り仕切ってくれた。

後に、その青年がグナク王国の高貴な血筋だったことを知る。マリウスの父親に怪我を負わせたのも彼だ。

剣を交えることが好きな父親は、剣術に優れた青年にすっかり惚れ込み、殺さずに連れてきてしまったようだ。そのように教えられた時は、さすがに眩暈がした。

しかし、この時ばかりは人手が足りず、使えるものは使うしかなかった。

どこにいるか分からないコゼットを、早く見つけ出さなければ。

——手遅れになる前に。

必ず見つけて、今度こそ彼女に伝えるのだ。

自分たちはやり直せる。

あの日の出会いから、もう一度——。


失踪したコゼットを探すため、マリウスは自ら彼女の足取りを辿った。だが、広大な国からたった一人を探し出すのは、厳しいものがあった。

屋敷から出ていく時、コゼットは紋章の入っていない高級馬車に乗り込んでいた。てっきり、こちらで準備すると言った馬車は断り、スピナ侯爵家が寄越した迎えの馬車を使ったのだと思った。

——だが、違っていた。

使用した馬車は、マリウスの領地内でも有名な商会の馬車であったことが分かった。

マリウスは居ても立ってもいられず商会へ赴き、商会長にかけ合って馬車を貸した経緯と、使った馬車について、御者を呼んで話を聞いた。

商会長は、突然現れた領主のマリウスに随分驚いていたが、それ以上に馬車を貸した相手が、噂のルーベン伯爵夫人だったことに目を丸くしていた。どうやら「王子を廃籍に追いやった悪女」とは、とても思わなかったようだ。

商会長曰く、身なりの整った二人の女性が「故郷に帰りたいので馬車を貸してほしい」と、商会にやって来たという。

とくに片方の女性は、目を見張るほど整った顔をしていた。とても平民には思えず、貴族か裕福な家の娘が、両親に内緒で遊びに来たのだろうと思ったようだ。

マリウスが結婚するまで、青獅子の騎士を一目見ようと、この領地まで押しかけてきた女性は大勢いた。

今回もその類いだと思い「金さえ払ってくれれば」と答えたら、両手いっぱいの金貨を渡してきた。受け取った金額が金額だけに断ることもできず、商会長は馬車を貸し出したと話してくれた。

その後、商会長が女性たちに御者を紹介すると、少し話し合った後、すぐに去っていったようだ。

彼女たちに不審なところはなく、商会長は膨らんだ懐に満足して二人の素性を調べなかった。

本当に貴族だったら、下手に調べて痛い目に遭うのは自分たちのほうだ。

支払うものは支払ってもらったのだ。

そして約束通り、馬車は決められた時刻に彼女たちを乗せて、決められた場所へ向かって運んだ。

——そのような馬車なら目撃情報も得られるはずだ。

マリウスが商会長と話していると、そこへ体格の良い男が現れた。

その時の御者です、と教えてもらわなければ、商会で雇っている護衛か用心棒だと勘違いしただろう。

実際のところ、男も商会で扱っている荷物を運ぶ途中、盗賊などに襲われた時に、自分の身は自分で守れるように鍛えているようだ。なんとも心強い。

男は商会長からマリウスを紹介されると、急に「ああ」と声を上げた。

「この間、領主様の屋敷から女の使用人を二人乗せやしたよ！」

「……彼女たちは何か言っていたか？」

「へい。何でも仕事を辞めて、故郷に帰るんだって言ってやした」

気前よく教えてくれた男に、マリウスは顎を撫でて頷いた。どうやら、コゼットの乗った馬車の御者はこの男で間違いないようだ。

さらに詳しく話を聞くと、男は素直に答えてくれた。

屋敷を出た馬車は休憩を挟み、一晩だけ宿に泊まった後、翌日には目的地に到着したという。

ルーベン領地から王都までの距離で、ちょうど三分の一を越えたぐらいだろうか。

栄えた街に辿り着くと、彼女たちは何度も男にお礼を言ってきたという。

「とくに金髪の嬢ちゃんはべっぴんで！　うちの怖い嫁さんがいなかったら、付き合いたいぐらい……」

「――そうか」

冗談で言ったつもりなのだろう。

しかし、一刻を争うマリウスには笑えない話だった。

マリウスが男を睨みつけると、室内の空気が一気に張り詰めた。男はマリウスの機嫌を損ねてしまったことに青ざめ、両手と首を振りながら謝ってきた。

今こうしている間にも、身の程を弁えない男に誘われて、危険な目に遭っているかもしれない。

――コゼット……。

君にもしものことがあれば、今以上の後悔に苛まれるだろう。

貴女を手放すんじゃなかった、と。

マリウスは御者の男から街の名前を聞き出し、数名の騎士だけを連れて馬を走らせた。戦場でもないのに、先を急ぐ顔には鬼気迫るものがあった。

――どうか、無事でいてくれ。

そう祈るマリウスの胸ポケットには、コゼットから貰ったハンカチが収まっていた。

御者から教えられた街に着いたマリウスは、連れてきた騎士と手分けしてコゼットを探した。

宿を一軒、一軒回り、他にもレストランや服飾店に入って聞き込みをしていく。

すると、平民が利用する宿にそれらしい女性が二人、数日連泊していたことが分かった。

貴族令嬢が寝泊まりするような場所ではなかったが、確認したところ安全面に問題はなかった。

他にも、宿の近くにある飯屋に、彼女たちがよく出入りしていたという。

すでに日にちが経っていたにもかかわらず、彼らが覚えていたのは、やはりコゼットの印象が強かったからのようだ。

あれだけ人目を惹く顔立ちだ。だからこそ危ない目に遭っていないか不安になる。

コゼットたちは宿で数日過ごした後、迎えに来た馬車に乗って出ていったようだ。

馬車に紋章はなく、行き先は誰も知らなかった。

スピア侯爵家ではないのだとしたら、一体誰が彼女たちを迎えに来たというのか。

王都付近はすでにジェライスが捜索しているはずだ。

だが、見つかったという報告はない。

ここからどこへ向かったのか。

マリウスはその街を中心に、コゼットの捜索にあたった。

こういう時、青獅子の騎士の名前は役に立った。

それぞれの領地で「重要参考人を探している」と伝達すれば、領主だけでなく街の警備隊なども協力してくれた。

それでも、街から離れたコゼットの足取りは掴めなかった。

しばらく領地を離れて捜索を続けていると、優秀な執事から「そろそろお戻りになって、仕事をしてください」と、苦情の連絡が届いた。

一方、ジェライスからは「コゼットはこちらで探すから、お前は何もするな」という命令が出された。

だが、マリウスは全てを無視してコゼットを探し続けた。

何かに取り憑かれたかのように。

目を閉じれば瞼の裏に、金髪を揺らした少女の姿が浮かんでくる。

寝ていても少女はマリウスの元に現れ、どうして探しに来てくれなかったのかと言ってきた。

——なぜ私を追い出したのか、と。

泣きながら訴えてくる少女に、マリウスはベッドの上で跳ね起き、冷や汗の滲んだ額に手を当てた。

夜な夜な続く悪夢はマリウスの心を蝕んでいった。

けれど、コゼットを探し始めてから一か月、二か月……と過ぎていき、一年経っても彼女を見つけることはできなかった。

もちろん諦めるつもりはない。

しかし、手掛かりのない状態で闇雲に探し回っている状況に、肉体的疲労より精神的な負担のほうが大きかった。

せめて何か手掛かりがあれば……。

遠くの領地まで足を運んでいたマリウスは、コゼットから貰ったハンカチを手に取り、刺繍がされた箇所を撫でた。

何度も見てきた刺繍は、細かい箇所まで覚えてしまった。

――もっと早く分かっていたら、今頃こんなことにはなっていなかった。

あれほど近くにいたのに。

手を伸ばせば、いつだって触れられる場所にいたのに。

「……まさか」

その時、ふと浮かんだ考えにマリウスは目を見開いた。

ジェライスも公務の合間を縫って懸命に探しているが、それでも見つかっていない。マリウスも同様に。

だが、一箇所だけ探していない場所があった。

なぜならジェライスも、そしてマリウス自身さえ、それはないと思っていたからだ。

「私の、領地か……」

確信はなかったが、マリウスの体は無意識のうちに動いていた。

あそこは領民全員が「王子を廃籍に追いやった悪女」を歓迎していなかった。だから一度出ていったら、二度と戻ってくることはないだろうと思っていたのだ。

しかし、見知らぬ土地で一から始めるより、一年でも住んでいた場所で暮らし始めたほうが安全だろう。領地の事情も分かっているはずだ。

身分を捨てて一人で生きていくために。

どちらにしろ、可能性があるなら探す必要がある。

マリウスは逸《はや》る気持ちを抑え、ルーベン領地へと舞い戻った。


息を切らしながら屋敷に戻ってきたマリウスを、若い執事は涼しい顔で出迎えた。

「ようやくお戻りですか、旦那様」

「すまんが、急いで……っ」

「こちらも取り急ぎ、確認していただきたい書類がございます」

淡々と喋ってはいるが、落ち着き払った態度には有無を言わせない迫力があった。

前の執事なら、マリウスの気持ちを汲んで好きにさせてくれただろう。だからこそ、当主であるマリウスに意見を述べる者も、諭す者もおらず、使用人の大半が追従してしまったのだ。

それを痛感しているからこそマリウスは拳を握り締め、渋々執務室に向かった。

本当は今すぐにでも探しに行きたい。

コゼットは無事なのか。危険な目に遭っていないか。辛い状況に陥っていないか。考えれば考えるほど不安が押し寄せてくる。

――あと少しで見つかるかもしれないというのに……。

山積みになった書類を前にしても、仕事が手に付かず集中できなかった。

「……仕事を頼みたいんだが」

「どういったご用件でしょうか」

「人を探してほしい」

自分が動けないなら他の者を使うしかない。

幸い彼は優秀だ。優れた剣術と、驚くほどの洞察力と掌握術を持っていた。

銀灰色の髪に、金色の目をした青年――名を、アルフ。

彼は来たばかりだというのに使用人たちを取りまとめ、あっという間に屋敷全体を統括していた。年配の使用人ですら、アルフに従っているところをよく見かける。試すには打ってつけの機会だ。

マリウスは紙にコゼットの外見を書き込み、半分に折ってアルフに手渡した。

「なるべく早く探してくれ。私の領地内で他所の貴族令嬢が事件に巻き込まれたとなれば、大きな問題になる」

「かしこまりました」

アルフは貴族令嬢という言葉に一瞬眉根を寄せたが、詳しくは訊ねてこなかった。

彼がどこまで知っているか分からないが、当主自ら血眼になって探している相手だ。マリウスが考えているよりずっと、多くの情報を得ているかもしれない。

貴族令嬢とはマリウスの元妻で、地方ではベルナック王国の第三王子を廃籍に追いやった悪女と噂された女性だ。

その彼女が、この屋敷でどのような仕打ちを受けて過ごしてきたのか――。

「なるべく早く見つけてくれ」

「仰せのままに」

マリウスに命じられて、アルフは踵を返した。

「それから……」

直後、咄嗟に彼を呼び止め、咳払いをしてから口を開いた。

「別邸を取り壊すように手配してほしい」

「壊してしまって宜しいのですか？」

「ああ。元々国境の視察にやって来た来客用に建てたものだが、それはこの屋敷だけで事足りる。何よりグナク王国がベルナック王国の領土になった今、国境の垣根もすぐに取り払われるだろう」

「……承知しました」

「あと、伯爵夫人の使う部屋だが……そちらも内装を変えて、いつでも使えるように。使用人たちにもそのように伝えておいてくれ」

全てはコゼットを見つけた時のために。

連れ帰った時、別邸を取り壊しておけば嫌な記憶も薄れるだろう。

流れている批判的な噂も規制して、今度こそ妻になるコゼットを幸せにするのだ。

用件を伝え終えるとアルフは部屋を後にし、一人になったマリウスは重ねられた書類に手を伸ばした。

――本当にこれでよかったのだろうか。

その時、ふと浮かんだ疑問に手が止まる。

今の行動に間違いはないだろうか。ジェライスの命令に、従うべきだったのではないだろうか。コゼットを散々傷つけてきた自分が、いまさら必死になったところで、彼女は許してくれるだろうか。

自問自答するたび、言いようのない不安が押し寄せてくる。それと同時に、コゼットへの想いが増していった。

できることなら――コゼットが初めて屋敷に訪れたあの日に戻りたいと、願わずにはいられなかった。

屋敷に戻ってから十日が過ぎた頃、アルフがいくつかの報告書を持ってきた。

ちょうど急ぎの仕事も片付き、マリウスにも余裕が生まれていた。それを確認してから持ってきたのではないかと疑ったが、渡された書類に目を通しているうちに、その考えはなくなった。

書類に書かれていたのは、コゼットの特徴に似た女性たちの情報だった。

ただ報告書の中には、どうやって調べたのか恐ろしくなる内容まで事細かに書かれていた。

――これをたった十日で調べたというのか。

マリウスは目の前で飄々と立っているアルフに、一体何者なのかと勘繰ってしまう。

「どちらから探しに行きましょうか」

「……いや、その必要はない」

丁寧に書かれているだけでなく、要点だけ纏められた報告書を確認したマリウスは、その中から一枚を抜き出して机に置いた。

「この女性で間違いない。住み始めた時期といい、何より彼女のいる場所は国境があった場所に最も近い」

「名立たる商会が競い合うように店舗を出したことで、急激に人口が増えている町ですね」

「ああ。そこを足掛かりに、新たな領地にも拠点を置く腹づもりなんだろう。商人は鼻が利くからな。人の流れが多くて早いからこそ、人目に留まりにくく、顔も覚えられずに済む」

隠れて生活するには最適だ。だが、人との繋がりが薄いからこそ治安も悪くなりがちだ。

マリウスは人口増加や流入を見越して、各所に配置した治安部隊の強化を図っている。とくに国境付近はより多くの警備隊を配置していた。

おかげで、領主自ら出向くような事件は起きていないが、女性が一人で暮らすような場所でもない。

「ご苦労だった。早速だが、私はしばらく留守にする。屋敷のことは任せたぞ」

「仰せのままに。どうぞお気をつけて」

さすがに今度は引き留められなかった。マリウスは報告書を持って、すぐに屋敷を出た。

馬を走らせれば半日で辿り着くだろう。

勝手知ったる領地だけに護衛はつけず、外套のフードを深く被って、マリウスは目的地の町へと急いだ。

——ようやく、貴女に会える。

コゼットが失踪したという報告を受けてから一年と半年が過ぎていた。その間に何度も悪い考えが頭をかすめ、彼女の無事を祈り続けた。

どうしてあんなことをしてしまったのか。

優しい気遣いをくれた彼女に、自分の行いがいかに愚かだったか、思い出すだけで吐き気がしてくる。

会ったらまずは謝罪しよう。許してもらえるまでずっと。

安否も分からない彼女を探している時のほうが、遥かに気の遠くなる時間だった。それに比べれば短く感じるだろう。

もう何も知らずにいた以前とは違う。

コゼットが隣にいてくれさえすれば、きっと尊い時間になるはずだ。

休むことなく馬を走らせたマリウスは、町が近づいてくるにつれ、期待で胸がいっぱいになった。

アルフに渡された報告書の内容は頭の中に入っている。

コゼットらしき女性は、店や住宅が密集した区画から外れた、小高い丘の上にあるパン屋で働いているという。

貴族令嬢が平民のように動き回って働くなど、王都ではまず考えられない。とくにコゼットは侯爵家の、上級貴族の娘だ。

座っているだけで料理が運ばれてきて、日常ではナイフやフォークより重い物を持つことはない。

それなのに、彼女は慣れ親しんだ王都には戻らず、平民に交ざって生活していた。

——離婚しなければ、こんな苦労をさせることもなかったはずだ。

彼女の人生を狂わせたのは自分なのだ。

マリウスは馬から下りて、夕焼け色に染まる町の中心を抜け、丘の上にあるパン屋を目指した。


ゆっくりした足取りで近づくと、焼き立てパンの良い匂いが漂ってくる。

その時、こぢんまりとした店のドアが開き、一人の女性が出てきた。肩の上で切り揃えられた金髪に、薄い桃色と茶色の質素なワンピースを着た女性だ。

女性はドアを開けたまま、店の外に出ていた看板を中へ片付けていた。

「……コゼット」

いくら格好を変えても、その顔立ちだけは隠しようがない。

平民に紛れたところでコゼットの美しさは際立ってしまう。

——ああ、やっと見つけた。

再び外へ出てきたコゼットを見つけた瞬間、視界が滲んだ。

会いたくて仕方なかった。

ハンカチを拾い上げた、あの日から。

マリウスは馬の手綱を放し、店に向かって一歩ずつ近づいていった。

名前を呼んだら、コゼットは気づいてくれるだろうか。

どんな反応を見せてくれるだろうか。

不安と期待が押し寄せてきて不思議な感じだ。探し続けてきた彼女が、目の前にいることを実感できてないせいかもしれない。

「コゼ……」

まだ距離はあったが、マリウスはコゼットの名を口にした。

瞬間、店の奥から突然赤子の泣き声がして、マリウスの声は掻き消されてしまった。

反射的に立ち止まると、泣き出す赤子を抱えた男が店から飛び出してきた。シェフの格好をした青年だった。

すると、男はコゼットを見つけるや否や、助けを求めるように駆け寄っていく。

掃除に取りかかっていたコゼットは作業する手を休め、慌てふためく男から泣きじゃくる赤子を受け取った。

首が据わっていない様子から、生まれて間もないだろう。

コゼットが優しく抱きかかえて左右に揺らすと、赤子の泣き声はぴたりとやんだ。

——あの男は、誰だ……？

コゼットの両手に抱かれた赤子は、一体誰の子供なんだ。

家族構成まで細かく調べられた報告書には、それらの詳細は一切書かれていなかった。敢えて書かなかったのか。……それとも、書けなかったのか。

男に向かって柔らかく笑うコゼットの横顔を見れば、なんとなく察しがついてしまう。

とても昨日今日出会ったばかりの仲ではない。もっと親しい間柄だ。

赤子をあやすコゼットに男は寄り添い、二人は幸せそうに笑みを溢した。

まさに、理想の夫婦像がそこにあった。

『いまさらコゼット嬢に会ってどうしようというんだ』

ふとジェライスの言葉が蘇ってきた。

ジェライスはマリウスに、コゼットには二度と辛い思いをさせたくないと言っていた。

彼女に申し訳なかった、と。

すまなかった、と。

これまでの行いを謝りたかったが、今の自分にその資格があるのか。眩しく輝くコゼットの笑顔を、自分はまた奪おうとしているのではないか。そんな気がして、足が動かなくなった。

刹那、マリウスの中で、膨らんでいた期待が一気に弾け飛んだ。

「私は、何を期待していたんだ……」

ジェライスの言う通りだ。

結婚生活では、好意を寄せてくれていた妻に対して、優しさや気遣いの欠片もない夫だった。

自分でも理解できないほどの仕打ちをしてしまった。

そんな自分がいまさらコゼットの前に現れて、謝る以外の何を伝えようとしていたんだ。

自分の元に戻ってきてほしい？

もう一度、妻になってくれ？

彼女の心を粉々に打ち砕いた本人が、どの口でそれを言うのか。

もう一度など、あるわけがない。

マリウスは震える唇を噛み締めようとしたが、込み上げてくるものを抑え切れず、片手で口を塞いだ。

鼻の付け根がツンと痛み、次第に視界が滲んだ。

こんな思いを、コゼットも経験したのだろうか。

――なんて馬鹿だったんだ。

コゼットの世界に、もう自分の存在は必要ない。

現実を突き付けられたマリウスは、その場から逃げるようにして体を翻し、パン屋のある丘から離れた。

無意識に胸ポケットに入ったハンカチを、外套ごと鷲掴みにする。

怪我をしたわけでもないのに、身が引き裂かれそうに痛かった。

その後、どうやって屋敷まで帰ったのか覚えていない。

アルフや使用人たちが出迎えてくれたが、マリウスの思考は停止していた。

今は何も考えられない。

それでも、はっきりさせておく必要があった。

——終わったのだ、と。

想いを募らせて、愛する気持ちを自覚したばかりなのに、コゼットにはすでに自分ではない相手がいた。

彼女は初めて好きになった女性だった。

だが、この気持ちは告げることなく終わった。

寝室に向かったマリウスは、そのままベッドに倒れ込んだ。

もし、コゼットに少しでも優しくしていたら。

自ら声を掛けていたら。

同じ本邸に住まわせていたら。

そんなことばかり考えてしまう。

いつだって一歩踏み出せば、お互いの関係は変わっていたかもしれないのに。自分はそれをしなかった。

「…………」

残ったのは、口の中が苦くなるような後悔だけだ。一方で、幸せそうに笑うコゼットの顔が脳裏に焼き付いて離れなかった。

——あの笑顔を守るために。

そして償うために、自分ができることは一つしかない。

コゼットがなぜこの領地を選んでくれたのかは知らないが、彼女が最後までいたいと思える場所にすることはできる。

マリウスは仰向けになり、暗闇の中で見つけた一筋の光に手を伸ばした。


その後、マリウスはこれまで以上に領地の治安に力を入れ、王都から国境まで続く道を整備し、それぞれの町の繁栄に尽力した。

コゼットと離婚してから三年後には、軍事力を誇る名家の伯爵家の娘と政略結婚をした。

マリウスの領地は第二の王都と呼ばれるようになり、領主としても、国の英雄である青獅子の騎士としてもその名を轟かせた。

しかし、妻との間に一人の男児をもうけたが、夫として、また父親としての評判だけは最後まで聞こえてくることはなかった——。


マリウスの妻となって過ごした最後の日。

離婚証明書にサインをしたコゼットは、侍女のナタリーと共に馬車へ乗り込んだ。

執事から、王都へ戻る馬車の手配をすると言われたがコゼットは断った。迎えにきた馬車はとある商会から借りたものだ。

――王都に戻るつもりはなかった。

第三王子キースとの婚約解消に加え、英雄と称えられた青獅子の騎士から一年ほどで離婚された女など、王都に帰ったところで居場所はない。

社交界に出れば後ろ指をさされ、次の縁談は期待できないだろう。

それなら平民になって自由に生きるほうが、遥かにいい。

幸い、マリウスの屋敷では別邸に追いやられるも、行動を制限されることはなかった。

そこでコゼットはナタリーと外へ繰り出し、市井で暮らす平民の生活を学んだ。

ナタリー自身も男爵家の娘ではあるものの、彼女の暮らしは裕福な平民より下だったという。

侯爵家に雇われて、コゼットの専属侍女になってからも、ナタリーは質素な暮らしを好んだ。

彼女が平民の暮らしを知り尽くしていたおかげで、コゼットは覚悟を決めることができたのだ。

ただ、理由は他にもある。

コゼットとナタリーは一度ルーベン領地を離れ、目的地の街に着いた。

そこで今後の計画をしっかり話し合い、合流することになっている人物を待った。

留まっている間、コゼットは長い髪を切って、貴族であることを捨てた。驚くほど頭が軽くなると、心まですっきりした気分になった。ナタリーは泣いてくれたけれど。

コゼットは清々しい顔で前を向いていた。

しばらく街に留まっていると、落ち合う約束をしていた相手が古びた馬車で迎えに来てくれた。

コゼットとナタリーはその馬車に乗り込み、いくつか他の領地を巡った後、再びルーベン領地に戻ってきた。

やはりどこの領地よりも治安が良く、平民の生活水準は高く、何より隠れて暮らすには最適の場所だった。

コゼットはそこで全財産をはたいて土地を購入し、住居も備えた店を建てた。

そして小高い丘の上にできたパン屋は、コゼットにとって自由の象徴になった。


忙しい午後の時間帯から解放され、最後の客を見送ったところでコゼットは店の看板を片付けた。

店を始めてから一年余り。

人の流れが激しい町は、瞬く間に様々な店舗が立ち並び、大きな市場もできて以前より賑やかになった。

おかげで、手探りで始めたパン屋は上々で、売上も右肩上がりだ。

コゼットはドアを開けたまま、店先の掃除に取りかかった。

多忙な毎日を送ってきたことで、過去を振り返る余裕もなかった。ここが元夫の領地だということも忘れていたぐらいだ。

その時、店の奥から赤子の泣き声がした。

「……またかしら」

コゼットが体を伸ばして、呆れたように店内へ視線をやると、案の定泣きじゃくる赤子を両手で抱えた男が飛び出してきた。シェフの格好をした青年だ。

「おおおお、お嬢……！　助けて！」

「落ち着いて、ジャック。そんなに慌てて、赤ちゃんを落としたらどうするの」

赤子を抱いて走ってきた青年――ジャックは、半泣きになりながらコゼットに赤子を渡してきた。

両手に赤子の重みがずしりと乗る。しかし、貴族令嬢だった頃とは違い、今は腕力もついて慣れた重さだ。

赤子はコゼットの腕の中で軽く揺らされると、すぐに泣きやんだ。

「俺の時は、少し持ち上げただけで泣くのに……っ」

「いつも不安そうに抱き上げるから、それが伝わってしまうのよ」

コゼットにあやされた赤子は、再び気持ちよさそうに眠り始めた。その寝顔に、こちらまで幸せな気持ちになっていく。

ジャックも音を立てないように近づいてきて、すやすやと眠る我が子に目尻を下げた。

「お嬢、いつも面倒見てもらってすいやせん」

「いいのよ、貴方とナタリーの子供だもの。私にとったら我が子も同然だわ」

この赤子はナタリーとジャックの子供だ。

コゼットの実家である侯爵家で侍女をしていたナタリーと、見習い料理人だったジャックはずっと前から付き合っていた。

コゼットが侯爵家を出る時ナタリーもついてきたが、まだ見習いだったジャックは一人前になったらナタリーの元に駆けつけると約束していた。

二人の仲を見守ってきたコゼットは、誰より彼らの結婚を祝福した。二人の間に子供が生まれた時も、一緒に泣いて喜んだ。

コゼットが市井で暮らす覚悟ができたのも、二人のおかげだ。

とくにジャックは、今でこそパンばかり作っているが、彼の作ってくれる食事はどれも素晴らしかった。いつかパン屋の売上を資金に、飯処も提供できたらと夢を抱いている。

「ナタリーの調子はどう？」

「出産後の疲れですかね。なのに、赤ん坊とお嬢の心配ばかりしてますよ」

「ゆっくり休ませてあげましょう。後で消化の良いご飯を作ってあげて」

コゼットがジャックに頼むと、彼は幸せを絵に描いたような表情で頷いた。

実家にいた時は、ナタリーとジャックは仲の良い使用人だったが、今ではかけがえのない家族だ。腕に抱いた赤子も。

自然と口元を緩めて微笑むと、隣で見つめていたジャックが首の裏を撫でながら訊ねてきた。

「……あの、お嬢は本当によかったんすか？　ここの領主様のこと、好きだったんすよね？」

ナタリーが聞いていていたら大暴れしていただろう質問に、コゼットは切なげに笑った。

コゼットがマリウスに恋をしていたことは、ナタリーとジャックだけが知っている。それが初恋であったことも。

だから、マリウスとの結婚が一年の期限付きであることを伝えると、彼らは本気で心配してくれた。

ナタリーの怒りはもちろん、侯爵家に残って修行していたジャックは、ルーベン領地まで飛んできそうな勢いだった。

今だって、そういう話には随分気を遣ってくれている。

けれど、市井に降りて新しい人生を歩み始めてからは、過去の悲しみはどこかへ消えてしまった。忙しさを理由に、思い出さないようにしているだけかもしれない……。

「とっくに吹っ切れたわ。私にとって旦那様は初恋の相手だけど、運命の相手ではなかったよ。ナタリーに言われて納得してしまったわ」

運命の相手ではなかったから、この恋は実ることなく散ってしまった。

「お嬢……」

「でもね、好きになったことは後悔してないの。誰かを好きになる経験をさせてくれたんだもの。旦那様には今でも感謝したいぐらい」

恋心は期待と共にズタズタに引き裂かれ、辛い記憶の一部になったことは確かだ。

それでも、悪いことばかりではなかった。

――本気で、誰かを好きになった。

この想いだけは、マリウス本人にも踏み躙《にじ》ることはできない。

心から慕っていたのだ。ふとした瞬間に、何度も思い出してしまうぐらいに。

彼が他の女性と話しているだけで、自分だけを見てほしいと嫉妬してしまうほど。……婚約者がいたにもかかわらず。

――だから、罰が下ったのだ。

慕っていた相手に冷遇されて、ようやく目が醒めた。

もしかしたらマリウスは、自分の本性を見抜いていたのかもしれない。コゼット・スピナが悪女だという噂を信じていたのだから。

それでも、彼の妻でいられた。夫婦になる誓いだって交わせた。

幸せではなかったけれど十分だった。

もう、未練はない――。

その時、風に乗って「コゼット」と呼ぶ声が聞こえた気がして、振り返った。

コゼットは辺りを見渡したが、周囲には誰もいなかった。不思議に思って首を傾げたが、気のせいだと思ってすぐにジャックに向き直った。

――二度と、期待はしない。

「さあ、早く片付けてナタリーの様子を見に行かないとね」

「お嬢にも美味しいデザートを作りますよ」

「それは楽しみ、お願いね！」

おかしな話だが、少し前までは領主の妻だったのに、今は大勢いる領民の一人になっていた。

けれど、マリウスが守る領地で、彼の妻だった頃より穏やかに過ごしている。

先のことは誰にも分からないが、過去の辛い出来事もいつかは笑い話になっているのだろう。

それまでは、前だけを向いて歩き続けよう。

「好き」も「さようなら」も言えなかった、初恋の人と同じ地で。


赤子の世話をした後、コゼットは店内に戻って接客をしていた。

元グナク王国の入口にもなっているこの町では、多くの者が食料や武器などを調達してから検問を抜ける。パンの売上が伸びているのもそのおかげだ。

歩きながら食べられるパンは、連日完売になるほどよく売れていた。もちろん、ジャックの腕前があってこそだが。

その日も忙しく働いていると、週に一度訪れる客が現れた。

「こんにちは、コゼットさん」

「アルフさん、いつも来てくださってありがとうございます！」

銀灰色の髪に金色の目をした美丈夫は、店を始めて間もない頃にふらりとやって来た。

なんでも多忙な主人のために、美味しいパンを求めて渡り歩いていたという。ここへ辿り着いてくれたのは、お互いにとって幸運だった。

アルフと名乗った青年は、とある屋敷で働く下っ端の使用人だと教えてくれたが、彼からは貴族のような気品が感じられた。

「ここのパンは美味しいですからね」

「嬉しいです！」

「それに、若くて美しいオーナーさんにお会いできるなら、いくらでも通います」

「お世辞がお上手ですね」

「本心ですので、ご遠慮なさらず」

最初はアルフの素性を疑いもしたが、その後も定期的にやって来て、毎回三日分の売上に相当するパンを一度に購入してくれた。それが一年も続けばアルフに対する警戒も薄れ、今では冗談も言い合える常連客というわけだ。

事前に依頼されたパンを袋に詰めている間、アルフは厨房のジャックに声を掛けていた。誰にでも隔たりなく接する彼は、コゼットの目から見ても好青年だ。

「ところで、コゼットさん。私からの告白は考えていただけましたか？」

「あれ、本気だったのですか？　てっきり冗談かと」

作業をしているコゼットのそばに近づいてきたアルフは、手を休めることなく尋ね返してきた彼女にがっくりと肩を落とした。

すると、周囲から失笑が漏れる。厨房で見ていたジャックも、腹を抱えて笑っていた。

前回も皆がいる前で「コゼットさん、好きです！　僕と付き合ってください！」と告白してきたアルフは、周りから笑われていた。

これまで、この手の告白はいくつもあった。アルフだけではなく男性から「恋人になってほしい」「結婚を前提に付き合ってほしい」と迫られたのは、一度や二度ではない。

けれど、コゼットはのらりくらりとかわしながら、断り続けてきた。

「私が初恋であれば考えてみますけど……」

「初恋、ですか。……その理由を伺っても宜しいですか？」

「――真剣に恋をしている証拠ではないですか」

ここまで言えば、大抵の人は大人しくなる。コゼットに対する気持ちが本気であれば、初恋に関係なく引き下がったりはしないからだ。

しかし、軽い気持ちで告白してきた人は、初恋の相手を思い浮かべると自ら辞退していった。

それだけ「初めての恋」は、甘くて、切なくて、苦くて、誰にも穢されたくない思い出なのだ。

なのに、アルフは顎を撫でた後、背筋を伸ばして再び口を開いた。

「なるほど。そういうことでしたら、僕はコゼットさんが初恋なので問題ないです」

いつになく真剣な表情と、熱を孕んだ瞳で見つめられて、コゼットは咄嗟に顔を背けた。

「まっ、また、冗談ばかり。アルフさんほどの方なら、周りの女性たちが放っておかなかったと思います」

「……残念ながら、そのような環境にいなかったので。それに、一つの出会いがその人にとって全てだった、ということもありますから」

「え――？」

さすがに手を止めたコゼットに、アルフは誤魔化すように笑った。

どこまでも捉えどころのない人だ。

初めて店に訪れた時も偶然とは思えず、また初恋というのも信じ難いのに、嘘をついているようには思えなかった。

「こちらが依頼分のパンで宜しいですか？」

「あ、はい」

テーブルの上には茶色の紙袋が六つ、中にはパンがぎっちり詰まっている。それらを三つの布袋に入れて、アルフの乗ってきた幌馬車まで運んだ。

二つをアルフが、残りの一つをコゼットが持って荷台へ積むと、彼は布袋から漂ってきたパンの香りに感嘆の声を上げた。

「ああ、良い匂いです。これで私のご主人様も元気になってくれるでしょう」

「何かあったんですか？」

「それが最近、失恋してしまったようで……」

素性に関わる話はあまりしてこなかったアルフが、珍しく口を滑らせた。

それどころか主人の失恋を告白すると、彼は自分のことのように肩を落として見せた。

「まあ、そんなことが。うまくいかなかったんですね」

「──ええ。いくつものすれ違いがあったようです。二人が一緒になるのは、初めから無理だったのかもしれません」

コゼットにも身に覚えがある話に「次の方とはうまくいくといいですね」と伝えると、アルフは唇を薄く開いて金色の目を細めた。

「そうですね。ご主人様には早く、次の相手が見つかってくれることを願っています」

一瞬、寒気を感じたのは気のせいだろうか。

しかし、すぐに人懐っこい笑みを浮かべたアルフに、コゼットもつられて口元を緩めた。

「それでは、コゼットさん。また来ますね。その時に改めて、告白の返事を聞かせてください」

「……諦めてはくれないんですね」

「もちろんです、貴女が僕の初恋ですから。そう簡単に引き下がれません」

そう言って幌馬車に乗って去っていくアルフを見送り、コゼットは仕事に戻った。

焼き立てのパンを次々に並べていくと、今度は商人と思われる二人の男が入ってきた。彼らはパンを選びながら、お互いの話に夢中になっていた。

「いまだにグナク王国の連中が、生死の分かってない第一王子を探しているようだ」

「ああ、長い間幽閉されていた王子だろ？　今回の戦争だって第一王子だけが反対していたっていうじゃないか」

「ああ、それなのに戦争になった途端、全部の責任を押し付けられて可哀想に。それでも先陣切って民を守ろうとしてくれたんだろ？　……戦争で命を落としたと言われても、遺体が見つかってないんじゃ捜しもするさ」

男たちの会話は、コゼットの耳にも入ってきた。

この町では元グナク王国の噂も一緒に入ってくる。

「第一王子が王太子だったらまた違ったんだろうな。早くに母親を亡くして、新しく王妃になった継母から酷い仕打ちを受けて……一国の王子が、やるせないな」

「生きていてくれればいいが……」

「第一王子もあの戦争に巻き込まれたうちの一人だ。いっそのこと、どこかで幸せに暮らしていてほしいものだ」

彼らの話を聞いて、コゼットはふと昔のことを思い出した。

子供の頃、グナク王国の結婚式に招待されたことがある。当時は両国の親交があり、交易も盛んに行われていた。

前王妃が亡くなって新たな王妃を迎えたグナク国王は、若い王妃のために贅の限りを尽くした盛大な結婚式を執り行った。

華やかな王城の周りでは、その結婚式で税を吊り上げられた民たちが怒りの声を上げているとも知らず。

派手なウェディングドレスを着て現れた王妃に、招待客は皆一様に作り笑いを浮かべながら拍手をしていた。子供だったコゼットには、その笑顔の裏に隠された本音を窺い知ることはできなかった。

披露宴では婚約者のキースと一緒にいたが、彼がグナク王国の子息たちとどこかへ消えてしまい、コゼットは王宮の中を捜して回った。

すると、庭園の奥まった林の中から、子供の泣き声が聞こえた。

『——ねぇ、泣いているの？』

コゼットは近づいて声を掛けた。

てっきり迷子になって、泣いているのかと思った。けれど、蹲った少年は怖くて泣いていたのではなく、悲しくて泣いていた。

これほど華やかな祝いの場には相応しくない涙だった。

けれど、コゼットは少年の涙が印象的だった。

——金のコインが泣いているみたい。

黄金の瞳から零れた涙が、少年の頬を濡らしていた。

『泣いてなんか……』

少年は強がって言い返してきた。しかし、涙は止まるどころかさらに溢れてきて、大変なことになっていた。

コゼットは慌てて持っていたハンカチを少年に差し出した。

その後は、母親に呼ばれて戻らなければいけなかった。記憶もそこで途切れ、少年が一体誰だったのか知ることはできなかった。

「そういえば、どのパーティーにも第一王子は姿を見せなかった気がするわ……」

もしかしたら、気づかないうちに会っていたのかもしれないが思い出せない。

それよりも、泣いている少年のほうが、印象深かった。

金色の目をした——そういえば、先ほどまでいた彼も、同じ色の瞳をしていた。

「……まさか、ね」

アルフがいくら金色の目をしているからと言って、国は滅んでも相手は一国の王子。

それに、ここは青獅子の騎士、マリウス・ルーベンが治める領地だ。見つかったら無事では済まない。

コゼットは気のせいだと首を振り、厨房にいるジャックに向かって「そろそろ看板、片付けるわね」と声を掛けた。

外へ出れば、日が傾いている時間帯。

穏やかな風が吹いて、頬に触れた髪を耳に掛けた。

もし、先ほどの話が本当なら、自分もまた第一王子の幸せを願うだろう。

顔も、姿も分からないけれど。

全く違う人生を歩み出した自分のように。

彼の元にも今日という日が訪れるように、コゼットは祈った。

上機嫌で幌馬車を走らせていたアルフは、林道に入って間もなく馬を止めた。辺りは林に囲まれて薄暗く、鳥の鳴き声だけが聞こえてくる。

アルフは護身用に持ってきた剣に手を伸ばした。

すると、木の陰から三つの人影が現れた。

身を潜めていた彼らは外套を深く被り、今にも闇に溶け込みそうな格好だ。よく訓練されている。それだけで彼らが、その辺の物盗りや山賊でないことは一目瞭然だ。

幌馬車から降りたアルフは、彼らの前に立った。

命を奪うなら、これほど絶好の機会はない。だが、そうでないことはアルフが一番よく知っていた。

「――アルフレッド王子殿下」

彼らはアルフを前に跪き、右手を左胸に当てて頭を垂れた。

「護衛は必要ないと言わなかったか？」

アルフの足元を陣取っている大柄の男に続き、細身の男女が控えている。

「申し訳ありません。ですが、殿下の身に何かあれば、我々は主君を失うことになってしまいます」

そう言って大柄の男は顔を上げた。男には顎から頬にかけて大きな傷があり、右目は潰れていた。

十年ほど前——王宮の庭師だった男は、悪事の限りを尽くした王妃に目を付けられ、薔薇の棘に刺さったという理由だけで拷問を受けた。

それぱかりか、目の前で愛する妻子を殺され、遺体と共に王宮の外へ捨てられた。男は絶望し、自ら命を絶とうとした。

その男に救いの手を差し伸べたのは、当時同じく王妃から酷い仕打ちを受けていたグナク王国の第一王子だった。

アルフ——アルフレッドは、男の切実な言葉に嘆息し、彼らを眺めた。

男の後ろに控えた若い男女もまた王宮で働いていたが、王妃の機嫌を損ねたというだけで焼き印を押され、奴隷のような扱いを受けているところをアルフレッドに救われた。

助けた者たちの大半は国外へ逃がしたが、一部は恩を感じてアルフレッドの影となって仕えるようになった。

「お前たちが忠誠を誓ったグナク王国の第一王子は、先の戦場で死んだ。今はルーベン伯爵家に仕える使用人に過ぎない」

影たちは目の前の男を筆頭に、諜報を主な生業とした組織を立ち上げて暗躍していた。

彼らに依頼すれば、人ひとり見つけることなど容易《たやす》い。

そんな彼らは、ルーベン伯爵家を隠れ蓑《みの》にして、アルフレッド同様使用人に成りすまして生活していた。

「それでも、我々の主君は貴方様だけです」

大柄の男が再び頭を下げれば、後ろの二人もそれに倣った。

けれど、休暇を利用して外出してきたアルフレッドとは違い、彼ら三人は仕事を放ってここへ駆けつけてきたことになる。

アルフレッドは肩を竦めて、天を仰いだ。昔は生き延びることに必死で、空を見上げる余裕もなかった。

「僕は今、好きな時に外を出歩ける。自ら稼いだ給金で欲しい物を買い、誰かの監視もない。食事だって毒に怯えることなく、食べたい物を食べられるんだ。——これ以上の幸せが、あるだろうか」

「殿下……」

今なら会いたい人に会うことができて、好きな人に好きだと告白できる。どこにでもいる普通の青年だった。

「しかし、敵の懐で貴方様の素性が知られれば……っ」

「その時は、その時だ。王子であったことが知られたら、それが僕の運命だと受け入れて、潔くこの首を差し出そう」

すでに最悪の事態を考えて覚悟を決めているアルフレッドに、彼らは息を呑んだ。

「——グナク王国はすでに滅んだ。僕が生き残っていたところで、国が戻るわけでもない。それに、ベルナック王国を信じている。彼らならこの国と同じように、我々の国も豊かにしてくれるはずだ」

だから、生まれ育った国を失っても悲観はしていなかった。血の繋がった者たちが次々に処刑されても、悔しさや怒りもない。

今は、生まれて初めて味わう自由に感動していた。一日、一日がアルフレッドにとって新鮮で、尊いものだった。

「とりあえず、屋敷に帰るぞ。僕に仕える影だと言いながら、堂々と抜け出してくるなんて」

「その辺は問題なく、他の者に代わっていただきました」

「僕が外出するたびに毎回三人ともいなくなっていたら、悪目立ちして仕方ないだろ」

正論を投げかけると、三人は申し訳なさそうに首を引っ込めた。アルフレッドのことになると、冷静でいられなくなるのは考えものだ。

けれど、実の母親が亡くなってから一人きりだったアルフレッドにとって、彼らは家族に近い存在だった。

アルフレッドは馬の手綱を大柄の男に渡すと、荷台に乗り込んだ。その後ろに残りの二人が続く。

床に腰を下ろすと、幌馬車がゆっくりと動き出した。

「ところで、アルフ様！　コゼット様とはうまくいきましたか？」

しばらくすると、アルフレッドの前に影の一人が近づいてきた。小柄な女性で、伯爵邸では下級メイドとして働いていた。

被っていた外套を外すと、彼女の顔には額から頬にかけて大きな火傷の痕が残っていた。

「……時間はたっぷりあるよ」

「あ、振られちゃったんですね」

「まだ振られてない」

明るく茶目っ気たっぷりの彼女もまた、王妃の怒りを買って火炙りにされかけ、全身に一生残る傷痕を負わされた。

今でこそ楽しそうに笑っているが、彼女は火を見るたびに怯えるようになった。

グナク王国の民を虐げ、前王妃から生まれた第一王子を幽閉して虐待し、ベルナック王国との戦争を扇動した稀代の悪女である王妃は、王城の広場で生きたまま磔《はりつけ》の刑にされたと聞く。

王妃を裁くのはグナク王国の民だと、ベルナック王国の王太子ジェライスが宣布し、王妃は自国の民たちによって生き地獄のような苦痛を味わいながら死んでいった。

それによって一つの悪と、復讐が消え去った。

アルフレッドはふと、片隅に座るもう一人の影に視線をやった。

元々近衛の騎士だった彼は、掠れた声がみっともないからと、喉を潰されて解雇された。

それを大柄の男が仲間に引き入れ、伯爵邸で大柄の男と共に庭師をしながら、アルフレッドの最も身近な護衛役を担っていた。

その彼と目が合うと、声が出るわけでもないのに「心中お察しします」と言われた気がして、アルフレッドは「違うからな」と、念を押した。

静かだった荷台はあっという間に賑やかになって、一人きりで泣いていた頃とは違った光景が広がっていた。

アルフレッドはポケットから色あせた紫色のハンカチを取り出した。

実母を失って悲しみに暮れるアルフレッドの前にふらりと現れた少女は、彼にとって唯一の光のようなものだった。

「戦場では青獅子の騎士と恐れられた人が、恋愛に関しては不器用でよかったよ」


『——ねぇ、泣いているの？』

迷路のように入り組んだ王宮の庭園で、蹲って泣く少年に、幼い少女が声を掛けてきた。

『泣いてなんか……』

初めて見かける女の子に強がってみるも、一度溢れ出した涙は少年の頬を伝い落ちた。

母親が亡くなって間もなく、新しい王妃を迎えることになったグナク王国では、他国の王族や貴族を招いて大掛かりな結婚式を催した。

しかし、それは少年にとって、実母の死を受け入れることに他ならなかった。

母親が亡くなる前から父親と不倫関係にあった令嬢が継母になり、王妃になることは耐え難い屈辱だった。

『あのね、男の子はかなしくても涙を見せちゃいけないんだって』

『……じゃあ、あっち行ってよ』

『だからね、これあげる』

泣きじゃくる少年に冷たくされても、少女は引き下がらなかった。

代わりに小さな手で自分の目を覆いながら、ポケットから取り出したハンカチを差し出してきた。

ハンカチを渡すのに、指の間からしっかり見えている紫色の瞳は、少女が渡してきたハンカチと同じ色だった。

少年が受け取ると、遠くから女性の声が聞こえてきた。

『きみ、は』

『お母さまだわ。わたし、行かないと』

『あ、待って！』

少年は呼び止めようとしたが、少女は金色の髪を靡かせながら声のするほうへ走り去ってしまった。

少年にとって一瞬の――けれど、一生忘れられない出来事だった。

母親が亡くなった後、この国で少年に手を差し伸べてくれる人は、誰もいなかったから。

『――……コゼット』

少年は、彼女の母親が呼んでいた名前を口にした。

再び会えるなら、会いたい。ハンカチをくれたお礼がしたい。そのためなら、どんなことでも乗り越えられるだろう。

君に、もう一度。

それがアルフレッドにとって、初めての恋だった——。


【END】

植物令嬢は心緒の花を咲かす

階段から突き落とされた少女は、三年間ずっと寝たきりだった。

孤児院からとある男爵家に引き取られた少女は、貴族令嬢とは程遠い生活を強いられていたが、彼女には他人を癒す特別な能力があった。

十五歳になって学園へ通うようになると、少女の持つ癒しの能力が多くの者の目に触れるようになった。

少女の存在を知ったその国の王は王命を下し、少女は寝る間も惜しんで国中の病人や怪我人を癒して回った。

すると、いつしか少女は【聖女】と呼ばれるようになり、皆から敬愛された。

——しかし、それを妬む一人の少女がいた。

彼女は公爵家の令嬢で、王太子の婚約者だった。

ところが、肝心の王太子は聖女と呼ばれた少女に心を奪われ、婚約者である彼女を蔑ろにした。

公爵令嬢は、王太子の気持ちがどんどん離れていくのを感じた。

学園のパーティーでは少女をエスコートして現れ、公爵令嬢との婚約は解消されるのではないかという噂が囁かれるようになった。

下級貴族である男爵家の令嬢に立場を追われ、居場所を失った公爵令嬢は、次第に心を蝕まれていった。


そして、ある日――。

公爵令嬢は学園の校舎内で少女を階段から突き落とした。派手に転がり落ちていく少女の姿に、公爵令嬢は甲高い笑い声を上げた。

悪魔にでも取り憑かれたように笑い狂う彼女を見て、集まった者たちの間に戦慄が走った。

公爵令嬢はその場で取り押さえられ、事態を重く見た王室はすぐに貴族裁判を開いた。

本来なら公爵家の令嬢で、王太子の婚約者という立場から減刑もありえたが、公爵令嬢には極刑の判決が下った。

公爵夫妻が、実の娘を早々に除籍したことが大きい。

他にも、狙われたのが聖女であったことから、民の怒りが自分たちに飛び火するのを恐れた王室の判断もあったようだ。

公爵令嬢は毒杯を与えられ、地下の牢獄でもがき苦しみながら死んでいった。

一方、階段から突き落とされた少女は頭を強く打ち、命は助かったものの、目を開けて話すことも、立ち上がって動くことも、自ら排泄をすることもできなくなってしまった。

――それでも呼吸はしている。

きっと目覚めてくれるだろう。少女の家族や王太子、少女を慕う者たちは皆願っていた。

今も……。


「やあ、今日の調子はどうだい？」

貴族病院の一室に入ってきた青年は、ベッドで眠る少女に話しかけた。

金髪碧眼の整った顔立ちをした青年だった。名はアンドレ、この国の王太子だ。

「殿下、水を入れた花瓶をお持ちしました」

連れてきた護衛騎士が花瓶を持って戻ってきた。

アンドレは「後は私がやるから、お前は部屋の外で待っていてくれ」と言って、花瓶を受け取った。

護衛騎士が病室を出ていくと、室内にはアンドレと寝たきりの少女だけになった。

室内は医薬品の独特な臭いがする一方、僅かに腐敗した死臭がした。

「今日も綺麗な花を持ってきたよ。君は花が好きだからね。そうだろ、ヘレナ」

アンドレはベッドサイドのキャビネットに花瓶を置いて、摘んできたばかりの真っ赤な花を生けた。

王太子自ら花瓶に花を生けて飾ってやるほどの相手は、きっとこの少女だけだろう。

三年間、一度も目を覚まさない聖女と呼ばれた少女だ。

寝たきりになってすっかり痩せ細ってしまったが、少女――ヘレナと過ごした記憶は、アンドレの中で今も鮮明に残っている。

聖女として幾人もの民を癒してきたヘレナは、王太子の心までも虜にした。

「ああ、今日もピンクの花かい？　これは感謝の色だね」

再びヘレナに近づくと、彼女の骨ばった腕から薄い赤色の花が咲いていた。

少女が目を覚ましたわけではない。

これは少女の持つ癒しの力だ。

国でも珍しい聖魔法を使うヘレナは、自分の体から花を生み出すことができる。

その花は時にどのような怪我も治癒し、病魔に襲われ死の淵に立たされた者を救い、多くの者たちに奇跡を運んだ。

孤児だった少女が聖女と呼ばれ、敬愛されるようになった理由がそれだ。

ヘレナの祈りと共に蔦が生え、美しい花を咲かせた。それは寝たきりになっても変わらなかった。

ヘレナの心は今も慈愛に満ちている。

――しかし、最近は力が衰えたのか、花を生み出すことはできても、癒しの力まで宿ることはなくなっていた。

「ありがとう、大切に貰っていくよ。この頃は忙しくて、君のそばについていてあげられなくてごめんね？　また来るよ――」

アンドレは淡い色の花を摘み取って、少女の長く伸びた白い髪に触れた。

それから名残惜しそうに、指の間から落ちていく髪を見つめ、彼は病室を後にした。

「はぁ……聖女と呼ばれるだけあって、なかなかしぶといな。花に塗った毒だけでは、死に至るまで時間がかかりすぎる」

病室を出たアンドレは、お忍びでの見舞いにもかかわらず護衛の騎士を従えて堂々と院内を歩いた。

貴族病院とあって入院している患者からも気品が感じられる。そして、そこに居合わせた皆が、王太子のアンドレに頭を垂れた。

正面入口に向かえば、目の前に王族の紋章が入った馬車が止まっていた。

これで王族が今も聖女の元を訪れ、見舞っていることが分かるだろう。

ヘレナはこの国の救世主なのだから。

王族だって蔑ろにはできない相手だ。

しかし、いつまでも寝たきりの無能な聖女を囲ってやれるほど、王室は寛大ではなかった。

以前と同様に役立つ花を咲かせてくれるなら、生かし続ける理由もあっただろうが。

一度はヘレナを愛したアンドレも、今は違う。

そろそろ自分に釣り合う女性を伴侶に迎える必要があった。

王位を継承する者として、当然の義務だ。

「ベッカー男爵を突いてみるか」

そう言うと、アンドレは手にしていた花をくしゃりと握り締め、白い手袋ごと地面に捨てた。

地面に落ちた花は、馬車に乗り込むアンドレや騎士たちによって踏みつけられ、その姿はベッドで横たわるヘレナの姿と重なった。


アンドレが聖女を見舞った翌日、派手に着飾ったベッカー男爵夫婦がヘレナの元を訪れた。

血の繋がらないヘレナの両親である。それぞれの首元や指には、宝石の装飾品が光っていた。

「まあ、まあ。私たちの前に王太子殿下が来てくださったのね」

「毎回綺麗な花を持ってきてくださる」

「ええ、愛されている証拠だわ！」

ヘレナの枕元に立った二人は、花瓶に生けられた花を見て大袈裟に喜んだ。

彼らの声は間違いなくヘレナに聴こえている。

二人は明るく振る舞うことで、寝たきりの娘を励ましているのだ。

来る日も、来る日も。

両親は孤児院から引き取ってきたヘレナを、愛していた。

彼女のおかげでベッカー男爵家の名は広く知れ渡り、裕福な生活が送れるようになったのだから。

ところが、その娘が三年前に階段から突き落とされて、植物状態になってしまった。

その時、どれほど嘆いたことか。

悲しくて涙が止まらなかった。

生きていたのは奇跡だと言われた。

「目が覚めればきっとよくなるわ」

少女の母親は、少女の白くなった髪を撫でた。

以前は、桃色の綺麗な髪だった。皺だらけの肌だって、三年前は瑞々しく艶があった。

どうして、こんなことになってしまったのか。

すでに裁かれてこの世にいない公爵令嬢を恨んでも仕方ないのに、今も恨まずにはいられなかった。

「可哀想に……」

つい本音が漏れてしまう。

それを咎めるように、ベッカー男爵が「おい」と叱咤してきた。

男爵夫人は、宝石の指輪がずらりと並んだ手で口を覆った。

「……そ、そうだわ！　今日はヘレナに贈り物があるのよ。ねぇ、貴方？」

「あ、ああ、そうだったな」

今も生きようと頑張っている娘の前で、暗い話はしないことになっている。

男爵夫妻は慌てて話題を変え、ヘレナの顔を覗き込んだ。

「お前に似合えばいいんだが、ブレスレットを買ってきたぞ」

そう言って男爵はヘレナの骨ばった手首を持ち上げ、金色のブレスレットを嵌めた。

女性用のブレスレットなのに、今のヘレナでは二の腕まで上がってしまいそうだ。決してサイズを見誤ったわけではなく、それだけヘレナが痩せてしまったのだ。

男爵は明らかに似合っていないブレスレットに冷や汗を流したが、ヘレナの腕から取り外すことはしなかった。

「だ、大丈夫よ、きっといつか似合うようになるわ！」

男爵夫人が必死にその場を取り繕い、ヘレナの手を握り締めた。優しい母親の温もりが、娘にも伝わっているだろう。

すると、ヘレナの手の甲から蔦が生えて赤い花が咲いた。

愛を意味する色――もちろん、その花に癒しの効果はない。

「いいのよ、こんなことに力を使わなくても」

「そうだぞ。お前はもっと人の役に立つ力を持っているんだ」

それでも男爵夫人は赤い花を摘み取って、再びヘレナの頭を撫でた。

男爵夫妻はしばし無言になると、お互いの顔を見合わせてから「また来る」「また来るわね」と言うと、ヘレナのいる病室から出ていった。

一人きりになったヘレナの元には、男爵夫人のきつい香水の臭いだけが残った。

「シッ、誰かに聞かれていたらどうするの」

「せめて癒しの花でも咲かせてくれたら、利用価値もあっただろうに」

「ええ、あれでは王太子殿下の気持ちが離れていくのも無理ないわ」

「――老婆のような姿だ」

病室を出た男爵夫妻は、落胆した足取りで廊下を歩いていた。

彼らの隣を看護師が通り過ぎていく。多くの貴族が出入りする病院では、医者も看護師も皆上品だ。

それだけに、娘にかかる治療費は高額だった。

「ここでは治療費も馬鹿にならん」

寝たきりになって二年目までは王室が出してくれていたが、三年目からは男爵家が支払うように通達があった。

それは、ヘレナのおかげで潤っていた資金が底を尽きそうなほど高額だった。

それでも世間の目があって、無理やり屋敷へ連れ帰ることもできない。

治癒効果のある花でも咲かせてくれたらまた潤うのだが、ヘレナの肉体は限界だった。

最初こそ寝たきりになっても癒しの花を咲かせてくれた娘を、両親が搾取した結果だ。

「あのブレスレットがしっかり役目を果たしてくれるわ」

「……そうだな」

これ以上、自分たちの資金が減っては困る。

そこで男爵夫妻は、毒を塗ったブレスレットをヘレナに贈った。

――どうせ、物言わぬ娘だ。

何が起こっても分かりはしない。

男爵夫人は嘆息し、ちょうど横を通った看護師を呼び止めた。

「そこのお前、これを捨てておいてちょうだい」

「……分かりました、奥様」

まだ綺麗に咲いている花を渡されて、看護師は一瞬眉根を寄せたが、何も言わずに受け取った。

男爵夫妻がそのまま行ってしまうのを見つめ、看護師は花を見下ろして肩を竦めた。

「その花、私が貰うよ」

「あ、ウィル先生……」

そこに白衣を着た、若い男性の医者が現れた。

彼は優秀な腕を見込まれ、地方の病院から異動してきたばかりの医者だった。

看護師は助かったとばかりに、赤い花を彼に渡した。

「――君はこのまま傍観しているだけかい？」

花を受け取った医者は、花びらに唇を寄せて小さく囁いた。

すると、赤い花は一瞬にして灰となり、彼の指先から零れ落ちた。


リーデル公爵家の嫡男ウィリアムは、医者の夢を諦め切れず後継者の道を捨て、家を飛び出した。

生まれた時から公爵家の跡継ぎとして育てられ、両親は一度として息子の意思を尊重してくれたことはなく、家を出ても申し訳ないという気持ちは微塵もなかった。

けれど、そんな彼にも唯一心残りがあった。

それは三つ年下の妹だった。

クラウディアと名付けられた妹は、どこの令嬢より美しく、公爵令嬢としての矜持を持っていた。

王太子アンドレとの婚約が決まった時、賢いクラウディアには不釣り合いな相手だと思った。

けれど、クラウディアはアンドレのことを心から慕っているように見えた。婚約者のことを嬉しそうに話すクラウディアは、普段の大人びた雰囲気とは違い、あどけなさの残る少女だった。

お互い忙しく、ゆっくりお茶をして過ごす時間も取れなかったが、兄妹仲は良かった。

それに、クラウディアだけは医者になりたいという夢を理解してくれた。ウィリアムにとって、クラウディアだけが何でも話せる相手だった。

しかし、隠れて医者の勉強をしていることが両親に見つかると、ウィリアムはこれまで集めてきた医療の教材を奪われた。それらは、その日のうちに燃やされ、二度と手元に戻ってくることはなかった。

このまま両親の元にいても、医者になることはできない。そう確信したウィリアムは、家を出る決心をした。

最後に顔を合わせたクラウディアは、どこか悟った様子で「お体に気をつけて、お兄様」と言ってきた。

ウィリアムは返す言葉が見つからず、頷くことしかできなかった。自分が家を出れば、それらの皺寄せが妹にいくことを理解していたからだ。

それでもウィリアムは、クラウディアに全てを押し付けて逃げたのだ。

その後は、あらかじめ準備していた身分と資金で暮らしながら勉学に励み、厳しい試験をクリアして医者になることができた。

王都とは程遠い地方の病院で雇われることになったが、ウィリアムは幸せだった。身分に関係なく医者として他人と触れ合い、命を救えることに満足していた。

だが、王都とは違い医療器具も十分に揃っていない地方の病院では、最善を尽くしても救えない命がたくさんあった。

あの時もそうだった。村の近くで山崩れが起こり、村人たちが犠牲になり、多くの怪我人が病院に運び込まれた時のことだ。

重傷患者から診ていったが、とても人手が足りなかった。軽傷者も長く放置すれば危険な状態になる。しかし、応急処置に回せるだけの医薬品がなかった。

目の前に救える命があるのに諦めなければいけない時が、医者として最も無力さを感じる。

病院内に絶望と悲愴感が漂う中治療にあたっていると、突然現場の雰囲気が変わった。

「怪我を負った方は、こちらですか？」

入口から声がして振り返れば、妹のクラウディアと同じ制服を着た少女が駆け込んできた。

少女の他にも神官と思われる者たちが現れ、患者の具合を確かめていた。すると、彼らは手遅れだと判断されて治療を受けていない者たちを見つけ、少女に伝えた。

「大丈夫です、皆さんは私が助けます！」

「あの少女は……」

ウィリアムはいきなり現れた少女に呆然とした。

その一方で、国中を巡って怪我も病気も癒してしまう聖女の話を思い出していた。話を聞いた時は半信半疑だったが、これだけ多くの怪我人を見ても堂々と立っている少女に期待してしまっている自分がいた。患者たちもそうだ。

少女が両手を持ち上げると、彼女の手や腕から緑色の蔦が伸びて、至るところに蕾ができた。

それは瞬く間に花咲き、白い花が生まれた。

聖女の、癒しの花――。

光の粒子が降り注ぐと、患者の傷口はみるみる塞がり、瞬く間に完治してしまった。信じられなかった。

虫の息だった患者が起き上がると、周囲からわっと歓声が上がった。その後も惜しみなく癒しの力を与えて回った少女は、疲れているにもかかわらず感謝を伝えに集まった者たちに笑顔で対応していた。

【聖女】と呼ばれている理由が、よく分かった。

ウィリアムはしばらく少女のことが忘れられなかった。

なぜか漠然と、自分は彼女と出会うために生まれてきたのではないかと、思ってしまうほど脳裏に焼き付いて離れなかった。

医者としては、癒しの力を持つ少女に敵対心や脅威を感じる者もいたはずだ。

だが、ウィリアムは違った。公爵家の子息として出会っていれば、少女と知り合い、気軽に話すこともできたのではないかと。

家を飛び出したことも、地方の病院で働いていることも、自分だけが決められていた不変の道から外れてしまっているような感覚がした。

けれど、それを認めてしまえば医者になった自分を否定することになってしまう。ウィリアムは考えるのをやめて、仕事に没頭していった。ただ、忘れようとしても少女の話は嫌でも耳に入ってきた。

名はヘレナ・ベッカー。

妹と同じ年の娘で、元は孤児だったのを男爵夫妻に引き取られたという。

貴族令嬢として王都にある学園に通い、癒しの能力が開花したことで【聖女】と呼ばれるようになっていた。

本来は帝国にある神殿で洗礼を受け、さらに聖女と認めてもらうための厳しい修行を経て、ようやく【聖女】の称号を持つことを許されるのだが、ヘレナの行いが聖女のようだと広まってしまったようだ。

王室は一人の少女を生贄にして帝国と取引するつもりなのか、王都より遅れて入ってくる情報だけを頼りに、国の動向を探った。

しかし、王室がヘレナを王太子アンドレの妃に迎えるのではないかと噂が立った頃、予想していなかったことが起きた。

アンドレの婚約者である妹のクラウディアが、ヘレナを階段から突き落としたというのだ。

話を聞いて急いで王都へ向かうも、クラウディアには毒杯が与えられ、彼女は短い生涯を終えた。

――妹が、死んだ。

ウィリアムはその事実が信じられなかった。

クラウディアは子供の頃から、アンドレの婚約者だった。彼を慕っていた。

誰よりも賢く、気高く、美しいクラウディアはいずれ、この国の王妃となって民を導いていくと信じて疑わなかった。

それが、なぜヘレナに殺意を抱いて命を落とさなければいけなかったのか。

訊ねようにも、クラウディアはもういない。

いつだって兄思いの優しい妹だったのに。

自分が家を出なければ、クラウディアに押し付けて逃げ出さなければ、そばについていれば、妹を失うことはなかっただろう。

「……ディア……っ、クラウディア……っ」

一つ、ひとつの選択が後悔となって押し寄せてくる。

胸が潰されそうな悲しみと悔しさに、自分が生きていることさえ呪いたくなるほどだった。

声が嗄れるまで絶叫し、涙が乾くまで泣き尽くしても、クラウディアが戻ってくることはないのに。

それから、ウィリアムは独自にクラウディアを中心に何が起きていたのか調べた。

そこでアンドレがクラウディアを蔑ろにして、ヘレナに心酔していたこと、それによってクラウディアの立場が揺らいでいたことを知った。

本気で慕っていたからこそ、クラウディアは許せなかったのかもしれない。他にも、妹の肩にのしかかった重圧は計り知れなかっただろう。

――追い詰められていたのだ。

逃げ場のなかったクラウディアにとって、最善の方法が恋敵であるヘレナの死――もしくは、自身の破滅だったのかもしれない。

一方、クラウディアに突き落とされたヘレナは、頭を打って昏睡状態であることが分かった。

彼女の治療にあたって、多くの医者が申し出てきたと聞く。

だが、どんな名医であってもヘレナが目を覚ますことはなく、多くの医者がやって来ては引き上げていったと言う。

そして二年が過ぎた頃、巡りにめぐってウィリアムのところへ話が飛び込んできた。素性を調べられることを恐れて最初は断っていたが、王室から正式な通達が届き、いよいよ拒否することができなくなった。

けれど、ウィリアムの心配を他所に、すんなりとヘレナの担当医になることができた。

さらに驚いたことに、ヘレナを護っていた王室の護衛も引き上げ、彼女の病室は誰でも出入りができるようになっていた。

王室が眠り続ける聖女に、見切りをつけたのだろう。見捨てられたのだ。

ウィリアムはベッドで眠るヘレナと対面した時、複雑な気持ちになった。

再会できた喜びと、妹を死に追いやられた憎しみが込み上がって、感情をコントロールするのが難しかった。

「君が死にかけていなければ、恨むこともできたのに」

しかし、相手は医者の治療を必要とする患者だ。ウィリアムは悩んだ末、私情を挟まず一人の医者としてヘレナと向き合った。

同時に、自分だけが彼女の行く末を見守ることのできる、唯一の人間だと思った。


アンドレたちが見舞ってから数日、ヘレナの容態が急変した。

病院はそれぞれの場所へ火急の知らせを飛ばした。

しかし、皆が駆けつけた時には、ヘレナはすでに危篤状態だった。

病室では彼女の担当医であるウィルが「手は尽くしたのですが……」と、深刻な表情で伝えた。

室内には重苦しい空気が流れ、ヘレナの母親である男爵夫人は泣き出した。

ウィルは彼らに「最後の別れを」と伝えると、駆けつけた者たちを病室に残して、静かに廊下へ出ていった。

そして病室にはベッカー男爵夫妻、王太子であるアンドレの三人が残った。

「……やっとか」

「お手間を取らせて申し訳ありませんでした、王太子殿下」

部外者がいなくなると、彼らは表情を一変させた。

アンドレはやれやれと嘆息しながら、ヘレナに近づいた。

両親は頭を垂れるだけで、娘の容態を気遣うこともしなかった。

「つい先日、隣国の王女との婚約が決まった。聖女がこのまま生きていれば、相手も素直に受け入れてはくれまい」

「仰る通りです」

両親はさらに深く頭を下げて、アンドレのご機嫌を窺った。

しがない男爵家がどの貴族よりも贅沢に生活してこられたのは、ヘレナの特別な力があったからだ。

それが失われようとしている今、彼らは懇意にしてくれたアンドレにすがる他なかった。

——それが、娘を死に追いやることであっても。

それを知ってか知らずか、アンドレは口の端を持ち上げると、ヘレナの父親である男爵の肩を二、三度叩いて労った。

ここへ駆けつけた誰もが、ようやく役に立たない聖女から解放されるのだ。

ヘレナが息を引き取れば、全てが終わる。

アンドレは上機嫌でヘレナに近づき、最期の別れを告げようとした。

刹那、ヘレナの首元から大きな蔦が生えてきた。

寝たきりになってからは、細い蔦しか生えてこなかったのに。

——最後の力を振り絞った、というわけか。

アンドレが僅かに目を見開くと、長く伸びた蔦の至るところから蕾が生まれ、瞬く間に花を咲かせた。

――真っ黒な、毒々しい花を。

「な、なんだ、これは……⁉」

初めて見る色の花だった。

「馬鹿な！　治癒効果のある花しか、作れないのではなかったのかっ⁉」

アンドレは思わず後ずさり、男爵夫妻も恐怖に顔を引き攣らせた。

不気味なほど黒光りした花は、手のひらよりも大きなサイズになった。

本能で危険を察知するが、それより早く花から強烈な香りが漂ってきた。

一番近くにいたアンドレは突然、自分の喉を両手で掴んだ。

「ぐあ、あああぁっ！」

「で、殿下っ！」

男爵夫妻は反射的にアンドレに駆け寄ろうとしたが、彼らもまた花の匂いを嗅いで喉を押さえた。

喉が焼けるような痛みに襲われ、息ができなくなった。

あまりの苦しみに息ができず、病室にいた三人は揃ってその場に崩れ落ちた。

助けを呼ぼうにも声は出ず、口から白い泡を吹いて視界が揺れた。

「あ、が、がっ……た、ずげ……っ」

アンドレは震える手を伸ばしたが、その手を取ってくれる者は誰もいなかった。

一人、また一人と黒い花の毒牙にかかり、二度と目覚めることのない地獄へと引きずり込まれた。

「――君が生きる選択をしてくれてよかったよ。てっきり、そのまま朽ちていくのかと思ったからね」


どのぐらい時間が経っただろうか。

ヘレナが死の淵から目覚めると、病室にはウィルが立っていた。

他は、何事もなかったように綺麗に片付けられている。

しかし、花や蔦を通じてヘレナは全てを視ていた。

聖女の死を望む王太子のアンドレや、両親の姿を。

彼らは仮面を被った悪魔だった。

「わた、私は……っ」

「君の能力は、あのような者たちに好き勝手させていいものではないよ。君だって十分すぎるほど分かったんじゃないのか？」

「……こんな力、私は望んでないっ！」

「君が望まなくても、君は誰かを救える力を持っているんだ」

強い口調で言われて、ヘレナは灰色の瞳で担当医であるウィルを見上げた。

秀麗な顔立ちに、凛とした佇まいは気品に溢れている。

聖女の治療を巡って、国中の医者たちが名声と富を求めて名乗りを上げたが、回復の兆しを見せないヘレナに、また多くの医者たちが病院を去っていった。そして、最後にやって来たのが地方の病院で働いていたウィルだ。

ただ、優秀な医者であることに間違いはないが、彼の顔には見覚えがあった。

「安心していいよ。王室さえ手が出せない帝国の神殿に連絡しておいたからね。君が目覚めたことを知れば、すぐに迎えが来るはずだ」

「貴方、は……」

「ただの医者だよ。君の能力には何度も世話になってね」

帝国の神殿に行けば自由は奪われ、帝国に限らず大陸中にある国のために生きていくことになるだろう。

だから王室は、帝国からの要請に一度も応じなかった。聖女を奪われるのを恐れたからだ。

けれど、そんな国でも結局、王室の人気取りのために利用されただけだった。

「医者としては、これからも君には、その能力で多くの者たちを救ってほしいからね」

「……っ、貴方も彼らと一緒よ！　そうやって私を癒しの道具としか見てない！」

ヘレナは仰向けになったまま、顔を覆って泣き出した。

すると、また黒い花が手の甲に咲いた。

「それでも君は生きる選択をした」

「……っ！」

「孤児だった娘に皆が群がり、癒しを乞う。君は君で無償の施しを与え、慈悲深い聖女様として国中にその名を轟かせたんだ」

ウィルの言葉にはどこか棘があった。

なぜ、そこまで彼に敵視されなければいけないのか、ヘレナは濡れた瞳で見つめた。

「皆から愛されて当然だよね。あの王太子殿下でさえ、簡単に君の虜になってしまったんだ」

「一体、何の話を……」

「君に嫉妬して恨みを抱いたのは、きっと私の妹だけだろう」

「――っ！」

ウィルの口から告げられた事実に、ヘレナは驚きを隠せなかった。

彼が、自分を階段から突き落とした公爵令嬢クラウディアの兄だというのか。

今日まで、ヘレナの診察を続けてきた医者が。

体調を崩した時は、深夜遅くまで寄り添ってくれた心優しい医者が。常に緊張感を持って面倒を見てくれた有能な医者が。

けれど、見れば見るほどウィルは、ヘレナの知るクラウディアと似ていた。

掛ける言葉も見つからず唖然としていると、ウィルはふわりと笑ってヘレナの頬に触れてきた。

「とりあえず君が生きてくれてよかったよ。妹の過ちで誰かが死ぬのは、寝覚めが悪いからね」

それが聖女ならなおさら――。

すると、ウィルは少女の手の甲にできた黒い花をもぎ取った。

「待っ、それは……っ」

ヘレナは引き留めようとしたが、ウィルは人差し指を口元に押し当てた。

直感で、彼はその花の効果を知っているのだと分かった。

知っていて、敢えて持っていったのだとしたら、ウィルの望みはきっと叶うだろう。

ウィルが出ていった病室では、取り残されたヘレナが一人、声を押し殺して泣いていた。

好きで孤児になったわけじゃない。

希望してベッカー男爵家に引き取られたわけじゃない。

日々奴隷のように扱われ、少しだけ幸せな暮らしができたらと願ったことはある。けれど、人生が一転するような能力を望んだことはなかった。

癒しの能力が開花した途端、男爵夫妻は目の色を変えてヘレナを溺愛した。

周囲からの扱いも変わり、もう殴られる心配も、お腹を空かせることもなくなるのだと安心した。

願ったのは、たったそれだけだったのだ。

けれど、癒しの能力を酷使するたびに体が悲鳴を上げても、ヘレナに助けを求めてくる者は後を絶たなかった。

そして、活躍すればするほどヘレナの名声は高まり、王族をはじめとする高貴な者たちまで群がってきた。

おかげでヘレナの元には、これまで見たこともなければ、手にしたこともない物が溢れ返り、感覚が麻痺していった。

人を助けることの何が悪かったのか。

——一体どこで間違ってしまったのだろう。

階段から突き落とされた時、クラウディアは泣きながら笑っていた。解放される喜びに酔い痴れていた。

自分はそれほど彼女を苦しめてしまったのかと、胸が張り裂けそうになった。

だから、これは自分に与えられた罰なのだと理解している。

癒しの力以外、非力で、優柔不断で、他人の顔色ばかり窺い、決められた道しか歩んでこなかった己への……。

ヘレナの体からは無数の蔦が生えて、今度は悲しみの色を持った花が、彼女を慰めるように咲き乱れた。

数日後、リーデル公爵家の嫡男ウィリアムが、王太子のアンドレとベッカー男爵夫妻を暗殺したことが公になった。

ウィリアム本人は自害しており、代わりに彼の両親である公爵夫妻が捕まった。

彼らは息子とは絶縁していると主張したが、娘に続く息子の悪行であったこと、また王位継承者である王太子アンドレの暗殺とあって反逆の疑いがかけられた。

公爵家は無実を主張したが認められず、公爵夫妻は処刑され、ベッカー男爵家と共に、リーデル公爵家もまた貴族の系譜から除外されて没落した――。


【END】

私の思考は停止致しました、殿下。

身勝手な婚約。
頼んでもいない王子妃の教育。
予期せぬ浮気と、婚約解消。
親友だと思っていた友達の裏切り。
――私は、何のために生きてきたのだろう。
あれこれ考えるのも疲れてしまった。
必死で頑張ったところで全て奪われて。
そう、私は――疲れたのだ。
それから私は、物言わぬ令嬢になった……。

「残念ですが、お嬢様の症状は手の施しようがありません」
白衣を着た初老の男性が、厳しい顔でそう告げた。

固唾を呑んで見守っていた家族は、その表情に悲哀を漂わせた。

王妃の親戚筋にあたる侯爵家の長女レティアナが、ある日を境に一切の呼び掛けに応じなくなってしまったのである。

彼女は王妃の息子である、第二王子の婚約者だった。

見た目は平凡だが、幼い頃から本が好きだった彼女には、他人より秀でた知識があった。

しかし、第二王子フィリップはレティアナを裏切り、彼女の友人である子爵家の令嬢と逢瀬を重ね、事もあろうか妊娠までさせてしまった。

事態を重く見た王室は、レティアナとの婚約を白紙にし、フィリップと子爵令嬢の婚約を発表した。

一方、婚約者と友人の裏切りに心を痛めたレティアナは数日寝込み、目覚めてからも虚ろな目で一点を見つめたまま、何も反応しなくなってしまった。

彼女の両親や、兄と妹は、そんなレティアナの姿に悔しさを露わにした。

こんなことなら、第二王子のフィリップと婚約させるのではなかった……。

王妃の後ろ盾となり、王位継承を巡って対立している第一王子派をけん制するため、半ば強制的に結ばれた婚約だった。

それが、この仕打ちである。

家族や使用人からも慕われ、愛されていたレティアナは、その日から感情を失った人形のようになった。

王室では今、前王妃の息子である第一王子派と、現王妃の息子である第二王子派が激しく対立していた。

王太子の座は長らく保留になっており、決定権を持つ国王も水面下で繰り広げられる熾烈な争いに割って入ることなく、傍観に徹していた。

様々なところで駆け引きが行われ、多くの貴族が闇の中へ葬られてきた。

ただ、第一王子派は優勢であっても、慎重な姿勢を崩さなかった。それは、彼らにとって最も厄介な家門が、第二王子派についていたからだ。

王室に次ぐ軍事力を有し、王妃の親戚でもある侯爵家だ。侯爵家の令嬢が第二王子の婚約者になると、結びつきは強固なものになった。

それによって大きな後ろ盾を得た第二王子派と王妃は、王位継承権は自分のものだと主張を強めた。

しかし、まだ十六歳の第二王子フィリップは、三歳年上の落ち着いた第一王子ヨアンとは違い、彼一人で周囲の誘惑に抗う手段を持ち合わせていなかった。

婚約者であるレティアナの友人で、魅力的な美貌を持つ子爵家の令嬢に傾倒してしまった。

嵌まってしまったと気づいた時には、取り返しのつかない状況に陥っていた。

レティアナとフィリップの婚約解消はすぐに知れ渡り、巨大な後ろ盾を失った王妃は息子に対して怒り狂い、息子を誘惑した子爵家の令嬢にも強く当たった。

この思いがけない事態に、第一王子派と第二王子派の派閥争いは終局を迎えようとしていた。

傷心のレティアナだけを置き去りにして。


「僕の婚約者より、君のほうが綺麗で美しい」

――そう言って、私の友人と仲良く喋っていたのは誰だったろう。

第二王子フィリップと侯爵令嬢レティアナの婚約解消が公になった直後、フィリップと子爵令嬢との婚姻が発表されると、それまで第二王子派だった貴族たちはこぞって離れていった。

国王もまた婚約者を蔑ろにして、他の女性と通じていた息子に呆れていた。

正式な通知はなかったが、誰の目から見ても次期王太子は第一王子のヨアンだろう。

王宮では、散々権力を振るってきた王妃が心労で倒れたという。

それから数日。

混乱も収まらない状況にもかかわらず、侯爵家には追い返すに追い返せない相手が現れた。

「――レティアナ」

今日は天気が良いからと、車椅子に乗せられて屋敷の庭を散歩している時だ。

使用人の慌ただしい声が聞こえたと思えば、やって来たのは元婚約者だった。

すっかり憔悴し切った顔で現れたフィリップは、前回会った時よりも十歳ほど老け込んで見えた。

けれど、自分勝手で傲慢な態度は相変わらずだった。フィリップは侯爵家の護衛や使用人たちを振り切り、レティアナに近づいたのだ。

しかし、レティアナにとっては花壇に咲く花よりも興味が湧かなかった。

本来なら頭を下げて挨拶しなければいけない相手だが、レティアナはフィリップに目も向けず、近くの花を見つめていた。

瞬間、強い力で腕を引っ張られた。

「おいっ、私を無視するなど無礼だろっ!?」

いきなり耳元で怒鳴られ、レティアナはゆっくりと振り返った。

――どうして、この人は怒っているんだろう。

虚ろな目で見つめると、怒りを含んだ瞳が見下ろしてきた。

しかし、何も言わずにいるとフィリップはさらに苛立った様子で、レティアナの両肩を掴んで揺さぶってきた。

近くにいた使用人は悲鳴を上げたが、護衛は王子の肩書きを持つフィリップを取り押さえることができなかった。

そんな中、一番落ち着いていたのはレティアナだった。

彼女は首を傾けたまま、じっとフィリップを見つめた。

「何か言ったらどうなんだ！　お前をもう一度私の婚約者にしてやろうと、わざわざ伝えにきてやったというのに！」

「…………」

「嬉しくて声も出ないか！　安心しろ、あの女の子供は流れた。母上の怒りと、次期王妃というプレッシャーに耐え切れなかったようだ。その程度の女だということだ。やはり、まともに教育を受けていない女に、私の婚約者など務まらなかったんだ！」

「…………」

「その点、お前なら次期王妃に必要な教養と作法を身に付けている。婚約の白紙は撤回する。再び私の婚約者になるんだ、レティアナ」

どのように伝えれば、彼は解放してくれるのだろうか。

これまでの仕打ちまで思い出し、レティアナは激しい頭痛に襲われて体をくの字に曲げた。

「あ、あ……っ、あ！」

「お、おい、どうした……!?」

レティアナは真っ青な顔で自分の頭を押さえると、首を振って呻き出した。

尋常ではない様子に、フィリップはようやく彼女が病人であることに気づいて狼狽えた。

その時、フィリップの後ろから、この場に駆けつけてくる足音が聞こえた。

「……あ、あああぁぁぁっ！」

レティアナは痛みに耐え切れず、絶叫するような声を上げた。

フィリップが驚いた拍子に掴んでいた肩から手が離れる。それでもレティアナは、体を左右に振って嫌がる様子を見せた。

その間に、駆けつけてきた者たちがフィリップを取り囲んで、レティアナから引き離した。

フィリップは怒鳴り続けていたが、救出されたレティアナの意識は遠のいていった。

車椅子から崩れ落ちそうになる瞬間、後ろから誰かに抱き止められたが、それが誰なのか確かめることはできなかった。

それでも、微かに聞こえてきた声には聞き覚えがあった。

酷く甘くて、優しい声だった。

「よくやった、レティアナ嬢──」


レティアナから引き離されたフィリップは、両脇を抱えられるようにして侯爵家の練武場に連れていかれた。

「何をする！　これはどういうことだっ⁉」

普段は剣術の訓練に励む騎士たちで騒がしい場所も、今日に限って妙に静まり返っていた。

無理やり引っ張ってこられた第二王子は、見覚えのある顔に向かって声を荒らげた。

侯爵家の当主と、その長男だ。

彼らは王族に対して誰よりも丁寧に接し、礼儀を弁えていた。けれど、今の二人からはこれまでと違って憎悪が伝わってくる。

最強の軍事力を持つ当主と、次期当主だけに、隠そうともしない殺気に全身が震えた。

そこへ、颯爽と一人の男が現れた。

男の顔を見た瞬間、フィリップは眉根を寄せて不快感を露わにした。

「やあ、弟よ」

「兄上……どうして、こちらに」

父親が同じというだけの異母兄弟。

幼い頃から二人の関係は悪く、今では憎しみさえ持つようになっていた。

そうなるように育てられたからだ。

次期王太子の座を巡って、二人は争っていた。

こうして公の場以外で顔を合わせるのは非常に珍しかった。

すると、第一王子のヨアンは手に持っていた剣を、弟であるフィリップに投げて寄越した。

騎士が使っているよりも、しっかり装飾された高価な剣だった。

「剣を取れ。お前も剣術ぐらい習っているだろ?」

「気でも狂ったのですか？　兄上とはいえ、このような非礼は父上にも報告させて――」

「今から私と決闘し、どちらが王太子に相応しいか決めようではないか」

フィリップの足元に剣を転がしたヨアンは、腰から自らの剣を引き抜いて剣先を弟に向けた。

王族に剣を向けたとあれば、即座に反逆罪で取り押さえられるが、ここにヨアンを止める者は誰もいなかった。

しかし、個人的な決闘を許すことはできず、フィリップは剣を拾わない代わりに口を開いた。

「正式な手順を踏まない個人的な私闘は禁じられております……！」

「なぁに、バレなければいいだけの話だ。最初からこうしていれば、余計な犠牲も出さずに済んだのだ」

淡々と喋っている間も、フィリップに向ける視線は鋭い。

今にも斬りつけられそうな雰囲気に、フィリップは一緒に連れてきた護衛の騎士を探した。

――こういう時の彼らではないか。

だが、いくら視線を走らせても彼らの姿はどこにも見当たらなかった。

その答えはすぐに知れた。

ヨアンが片手を持ち上げると、侯爵家の騎士がやって来て、担いできた荷物を地面に転がした。

それは、胸を一突きされて事切れた護衛の騎士だった。

さらに視線を上げた先では、いくつもの死体が並べられていた。皆、フィリップに同行した者たちだった。

フィリップは悲鳴を押し殺し、込み上げる胃液を辛うじて飲み込んだ。

「さあ、どうする？　この首が欲しかったんじゃないのか？」

「あ、兄上は、間違って、お、ぃ、ます……っ」

「それならば、お前が私に勝ってそれを証明するといい。——生きて帰れたら、の話だがな」

「——っ！」

緊張と恐怖でガクガクと震えるフィリップに対し、ヨアンは容赦なく言い放った。

誰も助けてくれない状況で、自分がやれることは渡された剣を手にして生き延びることだけ。追い詰められた状況で、行きついた答えは単純だった。

フィリップはふらつきながらも剣を拾い上げると、鞘から刃を抜いてヨアンに斬りかかった。

本来の、正々堂々とした決闘とは程遠いものだった。

合図もなく斬りかかってきたフィリップに、ヨアンは口の端を持ち上げて、弟の剣を弾き返した。

「次の王は兄上ではなく、この私だ！　貴様はここで死ねーっ！」

「一人では何もできない奴が大口を叩く」

剣術の訓練をやっているとは思えないお粗末な攻撃をかわし、ヨアンはフィリップの右手首を躊躇なく斬り落とした。

「——、う、っ、あああ！」

ぼとり、と腕から切り離された右手が、地面に落ちる。同時に、鮮血が噴き出してフィリップの足元を赤く染めた。

フィリップは堪らず、右腕を押さえてその場に蹲った。

これまで、王妃の元で大切に育てられてきた彼にとって、初めて味わう痛みだった。全身を駆け巡る激痛に、無様に悲鳴を上げる。

「利き手を失っても剣は握れる。――構えろ」

「あ、が……っ、あ、あ」

右手を失って絶望するフィリップの前に、ヨアンは転がっていた剣を拾い上げて投げ渡した。

真面目な顔で決闘の続きを行おうとしている兄に、フィリップは背筋が凍るほどの恐怖を感じた。

冷静なだけだと思っていた兄は、冷酷で非道な男だった。

助けてくれ、と泣きすがったところで聞き入れてはくれないだろう。

痛みで動けずにいると、ヨアンは剣先をフィリップの肩に置き、二、三度叩いた。

「そうだな。斬られた右手は、機嫌が悪かったという理由で、お前に殺された使用人たちの復讐にするとしよう」

「……っ」

――何が決闘だ。

ヨアンがやろうとしているのは決闘ではなく、見せしめの処刑だった。

それも一気に殺さず、相手を痛めつけてから心までもへし折る卑劣なやり方だ。

フィリップは唇を噛み締め、血が流れる右腕を衣服で止血し、左手で剣を握り締めた。

――こんなところで終わらせて堪るか。

生まれた時から、次の国王になれるのはお前しかいないと教え込まれてきた。

邪魔者は排除し、多くの権力者を味方につけて、母である王妃を幸せにすることが、フィリップに課せられた役目なのだ。

だから、血が繋がっていようとも兄であるヨアンの存在は邪魔でしかなかった。

フィリップは「う、おおおお！」と叫び、再びヨアンに斬りかかった。

いつも、目の前に立ち塞がる兄が煩わしかった。

何度も消えてほしいと願った。兄の死を幾度となく望んだ。

それなのに、ヨアンはしぶとく生き延びている。

今、も。

——憧れるな、羨ましがるな、恐れるな。

兄に対して、呪いのように言い続けてきた言葉を思い出した時、ヨアンの振り払った剣がフィリップの左目を斬りつけた。

片方の視界が奪われた瞬間、今度は右足を斬り落とされる。

「これは私の暗殺に失敗し、全ての責任を押し付けられて死んでいった者たちの分だ」

「が、ぁ、あ、あああ！」

「それから——、困ったことに、ありすぎてどれにしようか悩むな」

片足を失って立っていられなくなったフィリップは、地面に転がった。痛みにのたうち回ると、全身が自分の血で染まった。

赤黒く染まった地面から独特の臭いが漂う。

醜態を晒す弟の姿に興醒めしたヨアンは、フィリップを仰向けにして胸元に右足を乗せた。

その表情は、ゾッとするほど恐ろしかった。

「まあ、いい。最後はもちろん、この世に生まれるはずだったお前の子供の分だ。自分の立場が悪くなった途端、子爵令嬢に無理やり薬を飲ませて堕胎させたな」

「ぐぅ、あ、あに、うえ……っ」

「元々、優秀なレティアナ嬢にお前は相応しくなかった。だから、釣り合いのとれる女性を近づけたんだがな。――王位を諦めていれば、あのまま子爵令嬢と結婚して、生まれてくる子供と三人で幸せになれる道もあったというのに」

残念だ、と。ヨアンの剣が、フィリップの胸元にゆっくり押し入ってくる。

肉を貫き、肋骨の間を通り抜け、心臓に達する。

瞳孔を開いたフィリップは、抵抗もできずただ涙を零し、殺される恐怖に股間を濡らすしかなかった。

最後に「来世では、私たちが兄弟にならないことを祈っておくよ」と吐いたヨアンは、フィリップの脈打つ鼓動に剣を突き立て、長く続いた争いに終止符を打った。

絶命した弟をしばらく見つめていたヨアンは、興醒めした様子で死体から剣を抜いて離れた。

「首を斬って、頭は母親の元へ送ってやれ。残りは山に捨てて、獣の餌にでもするといい」

「――承知しました」

ヨアンは控えていた騎士に命じ、血のついた剣を鞘ごと渡した。

それから緊張した面持ちで立っている侯爵と、長男の元に近づいた。

自分たちも殺されるのではないかと考えても不思議ではないのに、逃げもしないのはさすがだと褒めたくなる。

「今度は忠誠を誓う相手を違えるな」

「仰せの通りに」

王妃の血縁者というだけで、愛する娘を差し出すしかなかった彼らの気持ちを汲み、ヨアンはやれやれと肩を竦めた。

だが、これで長く続いていた争いが終結した。

「さて、レティアナ嬢は目覚めただろうか……」


気絶してから目を覚ました時、割れそうなほどだった頭痛はなくなっていた。

そのまま起き上がろうとすると、横から支えてくる手があった。

「起きて大丈夫かい？」

優しく気遣う声に、レティアナは視線を向けた。

生気が感じられない虚ろな目だった。

他の女性なら目を輝かせて彼の視線を奪い合うというのに、レティアナはヨアンの姿を見ても無反応で顔を背けた。

彼がレティアナの親友だった子爵令嬢を焚き付け、フィリップを誘惑するように仕向けたことを知っている。

他にも、ヨアンが秘密裏に非道な行いを繰り返していることも。

全ては王太子の座を得るために。

彼は、血に飢えた悪魔だ。

優しい仮面の下に隠れたヨアンの本性に気づいている者は、どのぐらいいるだろうか。

隣にいるだけで体が震えてしまう。

「君がこんな状態になってしまって、申し訳なく思っている。だが、君のような有能な女性が、あのような無能な男の婚約者にならなくて安心したよ」

「…………」

「愚弟のことも含め、私個人からも償わせてほしい。君が一日でも早く治るように、こちらで用意した保養所でゆっくり休むといい」

「――――」

信じられない言葉に、レティアナの顔色が変わった。

声を失ったままヨアンを見つめると、彼は口の端を持ち上げてレティアナの頬にそっと口づけてきた。

「まだ、やるべきことが多くてね。準備ができたら迎えに行くよ。君には私の目の届くところにいてほしいんだ」

「――……っ」

まるで愛を囁くように。

しかし、ヨアンはすでに強力な後ろ盾を得るために、他国の皇女を妻に迎えることになっていた。

これは、彼の弟に傷つけられた憐れな令嬢を救うためでもなければ、償いでもない。

――目の届く場所で監視するためだ。

今回の出来事を知っている者たちは、二度と自由に動くことはできないだろう。

今まで抱いていた想いと同じく。

「……どうして」

「君が、レティアナだけが――見返りを求めることなく、私を愛してくれたんだ」

――嗚呼、なんて愚かなことを。

心を病んだ侯爵令嬢の振りをすれば、彼のためになると思った。

先に裏切ったのはフィリップではなく、子爵令嬢でもなく、自分のほうなのだ。

――あとは貴方に、この想いを知られることなく、自らの命を絶てば全てから解放されると思っていたのに。

これからは貴方に愛を捧げるだけの生きた屍になるのだろう。

浅はかだった。

もっと考えて動くべきだった。
――貴方を慕ってしまった瞬間から、私の思考はすでに停止してしまっていたのだ。

【END】

帰る場所のなかった男の話。

男は、森の中にいた。

どうしてこんな場所に倒れているのか覚えていない。

記憶は曖昧だが、真っ先に浮かんできたのは愛する妻の姿だった。

——早く帰らなければ。

彼女のことだ、きっと心配しているに違いない。

男はボロボロになりながら森の中をさ迷い続け、なんとか道らしい道に出ることができた。

その後は偶然通りかかった商人の荷馬車に乗せてもらい、我が家へと急ぐ。

早く、彼女の元に戻らなければ。

——妻が……、前に。


男の名はアントン。

伯爵家の三男として生まれ、子供の頃から何不自由なく暮らしてきた。

おまけに末っ子ということもあり、両親は随分可愛がってくれた。

しかし、三男というのは実に微妙な立場だった。

伯爵家の跡取りとなる長男に、長男の身に何か起きれば取って代わる次男。

その二人がいれば家門は安泰だ。

三男はいてても、いなくても同じ存在。

生まれてきたのが男ではなく、女だったらまだ使い道はあっただろう。

貴族の家では、己の幸せより家門の繁栄と継承が最も重要だ。そういう意味では跡取りの長男以外、生まれてくる子供は女のほうが喜ばれる。政略結婚の道具になるからだ。

だが、伯爵家には見てくれだけは良い三男が生まれてしまった。

幼い頃から甘やかされて育てられたアントンは、次第に「欲しい」と思ったものは手に入れないと気が済まない性格になっていった。

おまけにプライドは高く、横暴な態度で周囲の者を困らせてきた。

それでも愛されていたのは、アントンが甘え上手で、人の懐に入るのがうまかったからだ。

とくに年上の女性は末っ子気質の彼に魅了され、婚約者や夫がいてもアントンの誘惑に勝てなかった。

アントンと関係を持つ女性は後を絶たず、その話は社交界でも有名だった。

けれど、アントンはどんなに高貴な女性を手なずけても満足できなかった。

自分の存在を認めてくれる誰かが欲しかった。

そんな中、彼女と出会った。

王宮で開かれた建国を祝うパーティーで、息抜きに王宮の中庭を歩いていた時だ。

「すまない、エレナ。君は一人で大丈夫かもしれないが、彼女は違うんだ」

「…………」

「婚約を解消させてほしい。僕は心から愛する女性と一緒になる」

一人の女性に向かって高らかに宣言した男は、見るからにか弱そうな少女を腕に抱いていた。

偶然とはいえ、他人の痴情のもつれに立ち会ってしまうとは運が悪い。巻き込まれる前に退散したほうがいいだろう。

けれど、次に聞こえてきた声にアントンは足を止めた。

「かしこまりました。どうぞお幸せに」

一方的に婚約を解消された女性が、喚くどころかあっさり引き下がったことに、アントンは驚きを隠せなかった。

それどころか、さっさと立ち去ってしまう後腐れのなさ。

そんな彼女の行動に驚いたのは、アントンだけではなかった。婚約の解消を伝えた男も、隣にいた少女も唖然としていた。

これが舞台だったら、最高の喜劇になっていただろう。

しかし、アントンは勘違いしていた。

立ち去っていく彼女が気になり、声を掛けようと追いかけたことが良かったのか。それとも悪かったのか。

彼女は庭の通路を離れて、人気のない木の陰に身を寄せた瞬間、突然泣き出した。

さっきまで平然としていたのに。

彼女は体を震わせ、必死で声を押し殺して泣いていた。

……平気なはずがない。

他の女性に婚約者を奪われ、君は一人でも大丈夫だと言われて捨てられた女性が、笑っていられるわけがないのだ。

アントンは深く傷つけられた彼女を見て、今ここで彼女を癒せるのは、自分しかいないと思った。

皆の前では毅然とした態度の彼女が、一人で寂しく泣いているところに寄り添い、幸せにすることができたら。

——自分だけの居場所になる。

アントンは、他の女性に対しては生まれなかった感情を初めて抱いた。

「ご令嬢、よかったらこちらをお使いください」

「——っ！」

アントンは、ひっそりと泣く彼女に近づき、持ち合わせていたハンカチを差し出した。

顔立ちは平凡だが、瞳からぽたり、ぽたりと零れる涙に濡れた泣き顔が美しかった。

アントンは、彼女こそ自分が探していたものだと確信した。

「あ、ありがとうございます。失礼ですが、貴方様の、お名前を……」

いきなり見知らぬ男にハンカチを渡された彼女は、頬を伝う涙を拭いながら尋ねてきた。

「私は……」

普段であれば喜んで答えていただろう。相手に興味を持たれていなければ名前すら尋ねられないことを、アントンは経験から学んでいた。

けれど、この時になって初めて自分の名前を口にするのが恥ずかしいと思ってしまった。

多くの女性と浮名を流している自分の名を彼女が知ってしまった時、軽蔑されたらどうしようと考えた。過去の自分を恥じたのだ。

これまで気にしたこともなかったが、彼女だけには外見だけでなく、今の自分を見てほしいと願ってしまった。

アントンは名前を告げることができず、逃げるようにしてその場を離れた。

全力で走ったわけでもないのに心臓が激しく脈打ち、胸から飛び出すのではないかと心配になった。

これが一目惚れなのだと気づいたのは、もう少し後になってからだ。

それから社交界の集まりがあるたび、彼女を探すようになった。

「エレナ」と呼ばれた女性の素性は、調べるまでもなかった。婚約者を他の女性に奪われ、婚約解消された令嬢の話は、瞬く間に社交界で話題になったからだ。

あの時は知らなかったが、エレナは侯爵家の一人娘で、家督を継ぐ女性だった。おかげで、彼女の婚約解消が知れ渡ると、爵位を継げない貴族の子息たちがこぞって彼女へ求婚するようになった。

アントンも彼女に近づきたかったが、その一人だと思われるのが嫌で堪らなかった。

しばらく様子を窺っていると、アントンの元にハンカチのお礼だという手紙が届いた。

――手紙の送り主はエレナだった。

アントンは飛び跳ねるほど喜んだ。まるで、初恋の相手と文通している思春期の少年ではないか。それでも彼女からの連絡は嬉しかった。

アントンは何時間もかけて、エレナに返事の手紙を書いた。もちろん、最初に声を掛けた時、彼女がどこの誰かも分からなかったことも伝えた。

それが好印象を与えたのかもしれない。手紙のやり取りはしばらく続いた。

社交界では何かと女性関係で話題になっていたアントンだが、エレナには誠実だった。他の女性とは全て縁を切り、エレナだけを愛すると誓った。

そして、二人は人の目を盗んで会うようになり、愛を深めていった。

エレナと過ごしていると、不思議と自分の身分や立場が気にならなかった。この世界に二人しか存在していないような感覚すら覚えた。

逢瀬を重ねていくうちに自然とお互いの気持ちが永遠であることを確かめると、二人は自分たちの関係を公にした。

家族や親族たちはとても驚いていたが、同時によくやったと褒めてくれた。アントンは侯爵家に婿入りすることになり、周りから祝福を受けて自分もようやく認められたのだと顔を緩ませた。

結婚してからもエレナは日々忙しく過ごしていたが、アントンとの関係は良好だった。

アントンもまたいずれ当主となる妻を支え、献身的に尽くした。

その間に、アントンについて回っていた悪い噂は消え、夫としての評判も上々だった。

最初はこの結婚を良く思っていなかったエレナの家族たちも、次第にアントンを認めるようになっていた。

何より二人は深く愛し合っていた。

結婚式を挙げるまでエレナの純潔を守ったアントンは、初夜を迎えると三日三晩彼女を放さなかった。

アントンにとってエレナが全てだった。彼女が隣で笑っていてくれれば、それだけで十分だった。

「……エレナ」

――なのに、どうして自分があんな場所にいたのか思い出せない。

ここ数日間の記憶が曖昧だ。

けれど、戻る場所だけははっきりしていた。

アントンは十日ほどかけて王都に戻り、侯爵家の邸宅に向かった。

そこが自分の帰る家だ。

こんなに離れたことはなかった。早くエレナに会って抱き締めたかった。無事に戻ったと、安心させてあげたかった。

愛していると伝えたかった——。

侯爵家の門に辿り着いた時、アントンは違和感を覚えた。

門構えは変わりないのに、言いようのない感情が押し寄せてくる。

それでもアントンは門番に近づいて声を掛けた。

「私が、アントンが戻ったとエレナに伝えてくれ」

門にいたのは見覚えのない屈強な男だったが、新しく雇われた者だろう。

使用人の全てを把握していた彼女とは違い、アントンは自分に関係がある使用人以外は覚えていなかった。

けれど、門番の男は薄汚いアントンに目を細め、臭ってくる体臭に顔を歪めた。

「なんだ、貴様は」

「——口が悪いな。私はエレナの夫で、この屋敷の若旦那だぞ。立場を弁えろ」

「はぁ!? お前、頭は大丈夫か。侯爵様の旦那はコンラート様だ。アントンなんて奴は知らねぇよ」

「な、何を言って……。エレナはまだ爵位を継いでないし、それにコンラートだって!? そんなわけがないだろっ」

この門番は一体何を言っているんだ。

アントンは嘘をつかれたことよりも、下級身分の相手に馬鹿にされたことが我慢ならなかった。

——こんな門番など、すぐに解雇してやる！

以前の門番だったらすぐに頭を下げてアントンを中に入れたものを、次期侯爵の夫の顔も分からないとは問題だ。

アントンは苛立ちながらも口を開いた。

その時、後ろから一台の馬車が現れた。

重厚感のある紅色の馬車に、侯爵家の紋章が掲げられている。

すると、門番はアントンを押し退けて、深々と頭を下げた。

「——何かあったのか？」

馬車の手綱を握っていた御者が、門番とアントンを交互に見て顔を顰めた。

アントンの格好は見るからに薄汚い奴隷のようだ。

明らかに軽蔑するような目で見てくる御者に、アントンは拳を握り締めた。

——あいつも同じようにこの侯爵家から追い出してやる。

そう思った時、馬車の中から声がした。

「どうかしたの……？」

柔らかい女性の声だった。

確かに聞き覚えのある声に、アントンは胸が熱くなった。

「あ、おい、待て！」

門番が止める間もなくアントンは馬車に向かって走り出していた。

結婚してからずっと一緒に過ごしてきた。顔を合わせなかった日はない。

彼女こそ、自分の愛する妻だ。

「エレナ！　エレナ、私だっ！」

そして自分こそが、彼女に唯一愛された夫だ――。


――幸せはいつだって、長くは続かない。

女の名はエレナ。

由緒ある侯爵家の一人娘だ。

彼女の国では女性でも爵位を継承できるため、エレナは子供の頃から後継者として厳しく躾けられ、様々な教育を受けてきた。

ただ、それを嫌だと感じたり、苦痛だと思ったり、投げ出したいと思ったことはない。

学んだ知識はいずれ自分自身を守る盾となり、攻撃する刃となってくれることを知っていたからだ。

だから、一度も自分の立場を嘆いたことはなかった。厳しさの中にも、両親からの深い愛情があったことも大きい。

次期侯爵という肩書きがなければ、エレナは生真面目なごく普通の貴族令嬢と変わらなかった。

裁縫、剣術、文芸とあらゆる分野を嗜み、招待されたお茶会では人脈を広げ、人並みに恋もした。

残念なことにエレナの恋は実らなかったが、充実した少女時代を過ごしたと思う。

そして十六歳を迎えた頃、両親が縁談の話を持ってきた。

相手は侯爵家と縁のある公爵家の次男だった。

侯爵家を継ぐエレナは、婿養子になってくれる相手を見つけてくる必要があった。

ただ、名門である侯爵家と繋がりを持ちたがる家門は多く、縁談の話は絶えず届いていた。

エレナの夫となる相手は、侯爵家の中で彼女に次ぐ権力と立場を得ることになる。

跡継ぎになれない男性たちは、こぞってエレナに求婚してきた。社交の場に参加すると、群がるようにして声を掛けられるのはそのせいだろう。

けれど、婚約さえしてしまえば、しつこく言い寄ってくる男性たちの相手をしないで済む。

幸いにも、婚約者となる彼とは子供の頃から面識があり、相応しい相手だとエレナも納得していた。

最初こそ愛はなくても、婚約期間中に相手を知り、お互い一緒に過ごしていれば自然と生まれてくるものだ。

貴族ではよくある話だと、あまり深く考えていなかった。

――しかし、彼は違ったようだ。

エレナと婚約したことで、彼が密かに付き合っていた女性の存在が明るみに出て、彼は関係を終わらせるどころか、それを公にするようになった。

彼が想いを寄せていた女性は男爵家の令嬢で、身分も低いことから彼の家ではその交際に反対していたようだ。

だが、いけないと言われれば言われるほど彼の恋心は燃えていき、しまいには越えてはいけない一線を越えてしまった。

なぜ知っているのかと尋ねられたら、それは男爵令嬢自らエレナの元にやって来て、彼と過ごした話を逐一自慢げに報告してくれたからだ。

高価なドレスや宝石をプレゼントしてもらった。

彼と一緒に舞台やレストランに行った。

そして夜は激しくも、甘くて蕩けるような時間を過ごした、と。

男爵家の娘に過ぎない彼女が、侯爵家の令嬢を見下すのは実に愉快だっただろう。

彼に冷たく扱われるエレナとは違い、彼の愛を独り占めしていたのだから。

とくに大勢の貴族が集まるパーティーで、彼にエスコートされた男爵令嬢は、豪華なドレスを身に纏ってとても幸せそうだった。

そして、愛する彼が婚約者に向かって婚約を白紙に戻すと告げ、「愛しているのは君だけだ」と言われたら、誰だって勝利に酔い痴れ、人生最高の気分になったはずだ。

——それが、どんな愚行だったかも知らず。

案の定、男爵令嬢の優越感は長くは続かなかった。

元々、侯爵家と公爵家の縁談は、家同士が取り決めたこと。それを勝手に、好きな相手がいるからという理由で反故《ほご》にし、本人自ら婚約解消を申し出たのだ。

これには両家とも堪忍袋の緒が切れたようで、公爵家は彼を勘当して無一文で追い出した。

男爵令嬢も同じだ。彼女の場合は、強力な権力を持つ両家から圧力をかけられ、男爵家自体が没落に追い込まれた。

貴族の身分を剥奪された二人は、王都から追放される前にエレナの元へ許しを乞いに現れたが、エレナは二人を門前払いした。

その後、彼らがどうなったかは知らない。

男爵令嬢に関しては「彼女に似た娼婦を見かけた」や「とある貴族の愛人になっていた」という噂が流れてきた。

そして、婚約者だった彼は「そっくりな男が奴隷として他国に売られていった」や「川に彼のような死体が打ち上がっていた」——という話を聞いたが、どれが本当なのか分からない。

どんな状況に陥っても幸せに暮らしているなら、彼らは本当に真実の愛を手に入れたことになるだろう。

一方、婚約を白紙にされたエレナは、彼らに構っている場合ではなかった。

婚約者から婚約の解消を宣言されたパーティーで、一人の男性に声を掛けられていた。

彼の名前はアントン。

人懐こい笑顔が印象的で、母性本能をくすぐるようなタイプだった。

泣き顔を見られたのは恥ずかしかったが、彼は全く気にしていなかった。

一方的な婚約解消ではあるものの、やっと婚約者から解放される喜びと、自分の情けなさに泣いてしまったのに、アントンは何も訊かずハンカチを渡してくれた。

後になって、アントンがエレナの立場を全く知らずに近づいてきたことを知って、驚いたものだ。

大半の男性はエレナ自身ではなく、エレナと結婚してから得られる財産に目をつけていたから。

それでもアントンに対する警戒心が完全に消えたわけではない。婚約者に逃げられた弱みにつけ込んで、無理やり婚姻を結ぼうとしてきた相手もいたからだ。

エレナは自分をモノのように扱う男性に嫌気が差していた。

同時に、両親を失望させてしまったことが思いの外精神的に辛く、眠れない日が続いた。

そんなエレナを励まし、笑わせてくれたのがアントンだった。

アントンだけはエレナに、家門やビジネス関連の話をしてくることはなかった。

いつだって他愛のない話をして笑わせてくれた。

ごく普通の、どこにでもいる恋人同士のように。一定の距離を保って接してくれたのも嬉しかった。

急かすわけでもなく、答えを求めるわけでもなく、ただ漂うように寄り添ってくれた。

まるで、エレナが幸せならそれでいいと言わんばかりに。

その優しさに何度も寄りかかりそうになったが、エレナはアントンの良くない噂も耳にしていた。

多くの女性たちを渡り歩いてきた、と。

でも、不思議なことにどの女性も、彼を悪く言わなかった。

自分もその一人になってしまうのかと不安になったが、なぜかアントンは関係があった女性とすっぱり縁を切って、エレナの元に通い続けてくれた。

アントンが愛するのは自分だけなのだと気持ちが舞い上がった。

一人の男性から愛されるのは、こんなにも幸せなことなのか。

どうして男爵令嬢がわざわざエレナの元にやって来て、彼との関係を伝えてきたのか少しだけ分かった気がした。

——彼の愛を独占したい。

アントンと幸せになりたい、ずっとそばにいたい。

そう思うようになってからエレナの気持ちは、蓋をしていても止めどなく溢れ出てくるようになった。

二人は次第に周囲の目も憚らず会うようになり、社交界でも話題になった。両親はあまり良く思っていなかったが、アントンの愛は本物だった。

エレナはアントンと婚約し、半年後には盛大な式を挙げた。

夫婦となった二人は周りが羨むようなおしどり夫婦となり、一年、また一年……と過ぎても、アントンの愛は薄れることなく、エレナを一人の女性として大切にしていた。

次第に侯爵家の人間も彼を認めるようになり、エレナの人生は順風満帆に思えた。

婚姻から五年経っても、二人の間に子供ができないことを除けば。

――あの時、追い詰められていたのはどちらだったのだろう。

本当に傷ついていたのは。

アントンが他の女性と過ごしていると分かった時、エレナは築き上げてきた城が脆く崩れていくのを感じた。

……本気で愛していたのに。

自分だけが愛されていると思っていたのに。

アントンを深く愛していたからこそ、エレナは彼の裏切りを許すことができなかった……。

「エレナ！　エレナ、私だっ！　アントンだ！」

アントンは馬車に駆け寄り、無我夢中で妻の名前を叫んだ。

何が起きているのか分からなかったが、エレナに会えば全てが解決するはずだ。

期待を込めて馬車の窓を見つめると、門番と護衛の騎士がやって来てアントンを取り押さえた。

「やめろ、放さないかっ！　私はエレナの夫で、侯爵家の入り婿だぞ……！」

鍛えられた男二人に地面に押し付けられ、アントンは手足をばたつかせることもできなかった。

辛うじて塞がれずに済んだ口を開いて妻の名前を呼ぶが、エレナは一向に馬車から降りてこなかった。

「エレナっ！」

「――屋敷の前で大声を出さないでちょうだい。立場を弁えていないのは貴方のほうよ」

冷たい地面の感触より、さらに冷め切った声がアントンの心を凍りつかせた。

反射的に視線を持ち上げて馬車の小窓を見ると、エレナがそこにいた。

間違いなく妻だった。

しかし、アントンはその時になって初めて言いようのない違和感を覚えた。

確かにエレナではあったが、記憶にある彼女の顔とは少し異なっていた。そういえば屋敷の雰囲気も、どことなく違っている気がした。

一体、自分はどうしてしまったのか。

悪い夢でも見ているのだろうか。

救いを求めるようにもう一度馬車を見上げると、予想していなかった声が聞こえてきた。

「おかぁたま、ばしゃ、うごかないよ?」

「――――」

エレナの後ろから幼い声がして、アントンはハッと目を見開いた。

お母様……。

今、エレナをそう呼んだのか?

驚いて動けずにいると、エレナは声の主をアントンの目に触れさせないように隠し「馬車を出しなさい!」と強い口調で命じた。

御者は命じられたまま馬車を走らせ、アントンの横を通り過ぎていく。急いで追いかけようにも強い力で押さえ付けられ、手を伸ばすこともできなかった。

「――レナ、エレナっ!」

必死で妻を呼び止めたが、馬車は侯爵家の敷地に入ってしまい、アントンは門が閉まっていく光景をただ眺めているしかなかった。

――どうして、こんなことに。

次期侯爵の妻を持った自分が、なぜ侯爵家の敷居を跨ぐことさえ許されないのか。

アントンはその後も門番にかけ合ったが、相手にすらしてもらえなかった。

だが、諦めることはできなかった。

自分の帰る場所はここなのだ。ここしかないのだ。

エレナの隣こそ自分の居場所なのだ。

そう思って数時間かけて屋敷の周りを歩き、中の様子が窺える場所や、中に入れる場所を探した。

気づけば日も暮れ、辺りは薄暗くなり始めていた。

その時だ。アントンに向かって、一人の男が近づいてきた。

「まだ屋敷の周りをうろついていたのか」

「……誰だ、貴様は」

男は上品な服を着ていた。人の好さそうな顔ではあったが、それは自身の素顔を隠すための貴族特有の仮面であることが分かった。

こいつは笑顔で、人の物を奪っていくような男だ。直観的にそう感じた。

「私か？　私はエレナの夫だ」

「なん、だと……？」

門番は確か、エレナの夫を「コンラート」と呼んでいた。

嘘だと思っていたのに、その男が目の前に現れてアントンは拳を握り締めた。

「君のような下賤の者が、我が侯爵家の周りを野良犬のように徘徊されては迷惑なんだ。早く立ち去ってくれないか」

「ふざけるなっ！　エレナの夫は私だ！　貴様ではない！」

「いまさら何を言い出すかと思えば」

コンラートは白々しく肩を竦めて見せた。

同時に、アントンに向けられた顔には憐れみの色が浮かんでいた。

癪《しゃく》に障る男だった。

こんな奴がエレナの夫を名乗っているとは、本物の夫として許せなかった。

けれど、コンラートは大きく溜め息をつくと、アントンのみすぼらしい姿を眺めながら口を開いた。

「貴方が出ていってから五年は経っている」

「なっ!?　そ、そんな作り話を誰が信じるか！　私は騙されないぞ！」

「作り話だって……？　屋敷のメイドと浮気してエレナを傷つけ、その女性と勝手に出ていったのは貴方ではないか」

――そんなはずはない。

自分がエレナを裏切って、他の女性に心を奪われるなどあるわけがない。

あれほど自分の居場所になってくれる女性は、後にも先にもエレナただ一人だ。

それなのに、この男は何を言い出すんだ。

「エレナを先に捨てたのは貴方のほうだ。まあ……その後の人生がどんなものだったか、今の格好を見ればだいたい見当がつく。だが、あいにくここはもう貴方の戻ってくる場所ではない」

「……だ、嘘だっ！　そんなでたらめを言って、私からエレナを奪ったんじゃないのか⁉」

コンラートの言葉は、全て偽りだ。

エレナと自分の仲を引き裂くために、彼が考えた作り話だ。自分たちは愛し合っている夫婦で、それに子供だって……。

アントンは手を伸ばしてコンラートの胸倉を掴んだ。

エレナはこの男に操られているのかもしれない。彼女を信じたかったが、自分が離れている間に無理やり取り入ったのだろう。

しかし、コンラートの顔に焦りはなく、溜め息をつく余裕さえあった。

「やれやれ、いい加減にしてくれ。平民も同然の貴方に何ができるというんだ？　命まで奪われたくなかったら、大人しく引き下がることだ」

「何を言って、――っ！」

コンラートの目が鋭く光った瞬間、後ろから人の気配がした。

咄嗟に振り返ろうとしたが、それより早く後頭部に激しい衝撃が走った。

殴られたと思った時には、アントンの意識は暗転していた。

「……、レ、ナ」

生涯を共にすると誓ったのに、どうして自分たちは今、一緒にいないんだ……。

手を伸ばせば届く場所にいたのに。

愛する妻が、すぐそこに。

――いや、違う。

先に彼女から離れていったのは自分だ。

あの男が言う通り、夫婦の契りを交わしたエレナを裏切り、他の女性の手を取って離れていったのは、紛れもない自分のほうだった。

後頭部を打たれた衝撃で朦朧とする中、アントンは忘れていた全てを思い出していた。


エレナと結婚してから一年、二年……三年と過ぎた頃、屋敷の中では密かに悪い噂が流れるようになった。

それはアントンとエレナを深く傷つけ、二人の間に亀裂を生じさせるものだった。

二人がどんなに愛し合い、幾度となく体を重ねても、肝心の子供ができなかったのだ。

爵位を継いで当主になるエレナにとって、跡取りは絶対に必要な存在だった。

直系に子供ができなければ、親族との間に余計な争い事を生む。それだけに、エレナには大きな期待が寄せられていた。

だが、数年経ってもエレナに妊娠の兆しはなく、次第に彼女は不安定になっていった。

立派な侯爵になるために教育を受けてきたエレナにとって、初めての挫折だった。

女ではなく男だったら、そんなことで悩む必要はなかっただろう。

世間では、一般的に子供ができないのは女性に責任があるとされており、アントンがいくらエレナを気遣い、支えようとしても彼女は精神的に追い詰められていった。

両親や親族からは急かされ、使用人や他の貴族からは馬鹿にされるようになった。エレナもまた子供ができない歯がゆさから、アントンにまで強く当たるようになり、二人の関係は徐々に壊れていった。

一方、アントンもまた侯爵家の婿養子という立場から、夫としての役割を果たしていない「役立たず」と囁かれるようになっていた。

エレナと自分の間には確かな愛があった。

それなのに、愛だけでは足りないと義理の両親から説かれ、侯爵の爵位を狙う親族たちからは子供ができなければ、今ある居場所さえ失うことになると脅された。

そんな日々が続き、エレナと顔を合わせる日もどんどん減っていった。

あれほど幸せで満たされていたのに、思い通りにならない人生にアントンの心は荒んでいった。

一人の夜が続くと、アントンは毎晩のように酒に溺れ、手当たり次第物を壊すようになった。

穏やかだった性格は暴力的になり、アントンは侯爵家で孤立し始めていた。

そこに、一人の若いメイドが甘い言葉を囁いてきた。

平民だという彼女は、大胆にも服を脱いで酒に酔ったアントンの上に自ら跨がってきた。しばらくエレナと夜を共にしていなかったせいか、若くて美しい彼女に魅せられて一線を越えてしまった。

妻を裏切ってしまったという罪悪感に襲われたが、その日も、また次の日も、アントンはひと時の快感だけを求めて、彼女を抱き続けた。

しかしその快楽も一時で、エレナの夫であったからこそ可能だったのだと理解した。アントンとメイドの不貞はすぐに見つかり、当然エレナにも知られることとなった。

エレナは泣きながらアントンを責め立て、顔も見たくないと口にした。

最初は何度も謝って許しを求めたが、アントンも徐々に自分の居場所を見い出せなくなっていた。

――本当に自分だけが悪いのか。

子供ができなくても、エレナさえいればそれでよかった。

跡継ぎを求めていたのは他の誰でもない、エレナだ。

それなのに、どうして己がこんな仕打ちに耐えなければいけないのか。

「裏切り者」と口にするエレナに、もう自分たちの関係は修復することができないのだと悟った。

だから、同じく屋敷から追い出されたメイドの手を取り、アントンは侯爵家を飛び出していた。

幸い所持金はたくさんあり、一緒に連れてきた彼女も喜んでアントンについてきた。

侯爵家を敵に回してしまった以上、実家に帰ることもできず、もちろん社交界に戻ることもできない。

それならば、と手元にある資金で、彼女と共に平民として生きていく決意をした。

しかし、エレナの元を離れてから数年が経ち、アントンは自分の選択がいかに愚かだったか思い知ることになった。


貴族の家に生まれ、貴族の中でしか生活してこなかったアントンにとって、平民の生活は厳しかった。

まず金銭感覚から違い、何より誰の手も借りず一人で着替えや食事をしなければいけないのが大変だった。

最初は一緒についてきた彼女が手伝ってくれたが、それも資金があったからだ。

侯爵家の追手を恐れて町や村を転々としている間に、手元にあった資金は瞬く間に減っていた。

アントンは節約をせず豪華な宿や借家に金を使い、彼女もまたアントンの目を盗んで服や靴、装飾品を購入していた。

資金がなくなっていくたびに、だんだん自分の首が絞まっていくのを感じた。

だからと言って平民のように汗を流しながら働くという考えはなかった。

やれる仕事といえば侯爵家で回してもらっていた資料の整理や、屋敷の警備体制を確認することぐらいだ。

仕事をもらいにギルドを訪ねたが、そんな気楽な仕事はないと鼻で笑われた。

以来、アントンは仕事を探しに行かなくなった。

代わりに、彼女が宿や飯屋で給仕の仕事に就き、生活を支えてくれるようになった。

だが、それはアントンのプライドを深く傷つけた。役立たず、と言われているような気がしたのだ。

侯爵家で散々言われてきた言葉だ。

愛しているから結婚しただけなのに。

——子供ができなかったから。

たったそれだけのことだったのに。自分は、悪くない。

けれど、やはり一緒に逃げてきた彼女もまた、子供ができることはなかった。

最初はエレナのせいだと思っていたが、もしかしたら自分のほうに問題があったのかもしれない。

そう思うようになってから、アントンの自尊心はさらに傷ついていった。

これでは本当に役立たずになってしまうではないか。

アントンはそれを認めることができず、子供のできない彼女を咎め、毎日のように責め立てるようになった。

最初は若くて美しかった彼女も、精神的に追い詰められ、数年前の面影はなくなっていた。

そして、五年が経ったある日。

町から町に移動している山道で、アントンは泥酔させられ、森の中に置き去りにされた。

荷馬車に乗せてくれた男と彼女が、良い雰囲気になっていたことは知っていた。

だが、まさか本気で捨てられるとは思わなかったのだ。

アントンは尽きかけていた資金まで奪われ、一晩の間に何もかも失ってしまった。

都合の悪い記憶さえも。

目を覚まして残っていたのは、元妻エレナへの執着心だけだった……。


アントンは後頭部に鋭い痛みを感じて小さく呻いた。

エレナの夫だと名乗ったコンラートと話している最中、背後から襲ってきた相手に気づかず殴られたのだ。

——妻は、再婚していた。

別れてから五年という月日が流れ、彼女は他の男性と結婚して、子供をつくっていた。

アントンがどんなに求めても手に入れられなかった幸せを、コンラートという男は手に入れていた。

あいつさえいなければ、自分が再びエレナの夫になれたのに。

……元に戻れるだろうか。

痛む頭を押さえて起き上がると、そこは小屋の中だった。

どこに放り出されたのかと思ったが、外に出て辺りを確認すると、王都の外れだということが分かった。

これなら森に捨てられた時よりずっとマシだ。

すでに何も持っていないアントンには、もう失うものなど何もなかった。

再び侯爵家に舞い戻ったアントンは、仕事で覚えていた警備体制を思い出し、三日に一度出入りする食材を載せた荷馬車に目をつけた。

荷馬車に載った食材の量は多く、警備の兵士がその一つ一つを確認することはまずない。

届けにくる相手も侯爵家から信頼されているだけに、顔を見せただけで門を通されている。

アントンは早速侯爵家の裏門に回り、荷馬車がやって来るのを待ち続けた。

寒さや空腹はあっても、アントンには目的を達成することしか頭になかった。

待つこと一日半、食材を載せた荷馬車が裏門に現れた。

警備の兵士と、御者の男は気軽に挨拶を交わし、ろくな確認もせず門が開かれた。

アントンは彼らの死角を狙い、荷馬車に乗り込んだ。食材には藁が掛けられ、身を隠すにもちょうど良かった。

荷馬車が侯爵家の敷地に入り、屋敷の裏手にある貯蔵庫に運ばれる。

そこにも警備の兵士がいて荷物のチェックを行うが、アントンの目論見通り奥まで調べられることはなかった。

アントンは人の気配を確認し、御者が荷物を下ろして運んでいる間に荷馬車から降り、草藪に身を隠した。

後は勝手知ったる場所だ。

屋敷の中庭に向かいながら、胸の高鳴りを抑えられずにいた。

興奮していたのだ。

本来いるべき場所に戻ってきた、と。

期待に胸を弾ませていたアントンが、自分の顔がいかに狂気に満ちているか気づくことはなかった。

花が連なった花壇に辿り着いた時、アントンは幼い子供の声を聞いた。

木陰から中庭の様子を窺うと、東屋でお茶をするエレナとコンラートの姿があった。

そのそばでは、メイドと遊ぶ二歳ぐらいの男の子がいた。

——嗚呼、あの子がエレナの産んだ子か。

アントンは涙ぐみ、一度だけ瞼を強く閉じた。

——大丈夫だ。これからは、自分の子供になる。

あの子がいれば、自分たちの未来は愛で満たされるだろう。

再び目を開いた彼に迷いはなかった。

彼らに気づかれないように近づき、男の子が東屋から離れたのを見計らうと、アントンは駆け出していた。

突然、物陰から現れたアントンに、メイドたちは悲鳴を上げた。

男の子はキョトンとした顔でアントンを見つめていたが、いきなり知らない男に抱えられ、すぐに泣き出した。

「なんということをっ！」

「誰か！　すぐにあの男をっ」

アントンが男の子を抱えると、警備の兵士が五人ほど集まってきた。

エレナは真っ青な顔になって今にも倒れそうだ。一方、コンラートは怒りのこもった顔でアントンを睨みつけてきた。

けれど、周囲が慌ただしくなったのもほんの一瞬で、男の子を抱えたアントンに誰も手が出せなかった。

今度は背後に気をつけているおかげで、アントンの後ろには噴水しかない。

もし誰かが近づいてきても、水音ですぐに気づくことができる。

「ああ、エレナ……やっと産んでくれたのか」

「やめて、アントン！　今すぐその子を放してっ」

アントンはうっとりとした表情を浮かべ、泣いている男の子に頬を擦り付けた。

男の子の泣き声が響き渡る中、周囲は静まり返っていた。

見渡せば、自分を見下していた者たちの顔から血の気が引いていくのが分かり、アントンの気分は高揚した。

「エレナ、この子がいれば私たちはまたやり直せる……」

「アントン、お願い！　お願いだから、その子を返してっ！　欲しい物があるなら、他に何でもあげるわ……っ」

「私が求めるのはこの子と、君だけだ……エレナ」

愛する女性、エレナ。彼女とこの子さえいれば、自分たちは完璧な夫婦になれる。

エレナの隣にいる紛《まが》い物の夫ではなく、自分こそが夫として相応しい。

「もう一度、やり直そう……愛しているんだ、エレナ」

「……っ」

――幸せだったあの頃に戻るのだ。

アントンが片手で男の子を抱えたまま、もう片方の手をエレナに向かって伸ばした。

彼女はきっとこの手を取ってくれる。

あんなに愛し合っていたのだから。自分の裏切りなんて簡単に許してくれる。

にたりと笑ったアントンは、しかしその場で崩れ落ちそうになるエレナを抱き寄せるコンラートを見て、怒りが込み上げた。

「貴様っ！　エレナに触るな！」

彼女に気安く触れるコンラートが気に入らず、理性を失った様子で叫んでいた。

一方、コンラートは落ち着いていた。

彼はエレナを支えたまま、片手を大きく振り上げると、小さく「放て」と命じた。

刹那、水の弾ける音がした。

一瞬の出来事だった。

噴水の後ろから放たれた矢が水を突き破って、アントンの肩に突き刺さった。

「ぐ、っ、ああ、ああ！」

激しい痛みと衝撃に、アントンは前かがみに倒れ込み、男の子を手放していた。

「わぁーんっ、おかあ、たまっ！」

「ああ、私の子……っ！　もう大丈夫よ！　早くこちらにいらっしゃい！」

男の子が泣きながら、迷いなくエレナの胸元に飛び込んでいく。

隣にいたコンラートもエレナと我が子を両腕に抱き締め、安堵と歓喜に打ち震えていた。

そこには、自分が夢にまで見た家族像があった。

――どうして、自分ではなかったのか。

負傷したアントンはその場で取り押さえられ、身動きを封じられた。

「……なぜっ、なぜなんだっ！　エレナ！　私は君を愛していた！　お前が、私の子を産んでさえいれば……っ！」

コンラートの腕の中で、彼女は酷く怯え切っていた。

今までそんな顔をさせたことはなかったのに、一体どこで間違ってしまったのだろう。

自分たちの関係は、どこから壊れていったのだろう。

「――連れていけ。二度と、私たちの前に現れることのないように」

我が子と共に、コンラートに支えられながら離れていくエレナの後ろ姿を見つめ、アントンは嗚咽を漏らした。

誰よりも愛していたのに。

どうして、自分にはあの幸せを手に入れることができなかったのだろう。


捕らえられたアントンはすぐに牢屋に入れられ、侯爵家の子供を危険に晒した罪で酷い拷問を受けた。

貴族の息子であったのは過去の話。すでに平民落ちしていたアントンを、誰も高貴な者として扱うことはなかった。

その後、アントンは簡単な裁判を受けて、鉱山での刑期のない強制労働という処罰を下された。

愛する者を失い、生きる気力さえ失ったアントンの虚ろな眼には、命が尽きる瞬間まで再び光が差し込むことはなかった。


【END】

偏愛の代償

彼女はいつも言い返してこなかった。

最初はしていたかもしれないが、口を噤むことが多かった。

それは言われていることが正論で、反論できずにいるからだと思っていた。

愚行を繰り返す彼女にうんざりしていた。注意しても俯いたまま、反省しているのかも分からなかった。

これが自分の婚約者かと思うと、恥ずかしかった。

――でも、違ったのだ。

「リディア……君とコリーヌは半分とはいえ、血の繋がった姉妹だ。子供じみた虐めはやめて、彼女を大切にするんだ」

「――――」

「君は、王太子である僕の婚約者だ。僕たちが結婚すれば君は王太子妃となり、民たちの模範的な存在にならなければならない」

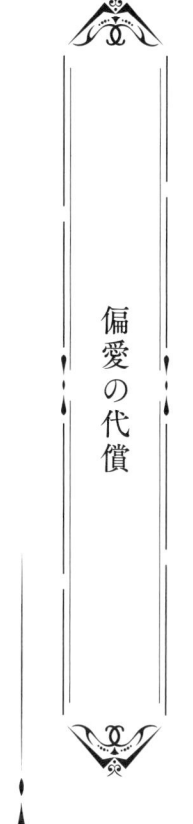

だからこそ、血縁者であっても下の者を虐げるようなことがあってはいけないのだ。

もう何度目になるか分からないセリフを、彼女に伝える。

それでもリディアは頭を下げたまま、静かに聞いていた。表情は見えず、何を考えているか読めない。

「リディア……」

ロレシオが一歩近づくと、リディアの肩が微かに震えた。

少しきつく言いすぎてしまっただろうか。一瞬の罪悪感が生まれ、すぐに慰めようとした。

思えば、彼女には優しい言葉一つ掛けたことがなかった。

その時、リディアは突然顔を持ち上げた。

「でしたら、殿下が……！　貴方が、代わってくださいっ！」

「……なに？」

枯葉のような髪の下から覗いた黒い眼が、抑え切れない怒りを含んで睨みつけてきた。

これまで彼女が、声を荒らげたことがあっただろうか。リディアの目には、堪え切れない涙が溢れていた。

「そこまで言うなら、殿下が私になればいいのです！」

リディアの頬を伝った涙の雫が床にぽたりと落ちる。

初めて目にする婚約者の泣き顔に、ロレシオは困惑した。

リディアのこんな反応は予想していなかった。

いくら注意しても態度を改めなかった彼女は、何を言われても動じない性格なのだろうと思っていた。

その彼女が嗚咽を漏らしていた。

衝撃を受けたロレシオは、呆けた顔で手を伸ばした。

ところが、ロレシオの指先が触れるより先に、リディアは体を翻して走り出していた。

瞳の中で彼女の背中が遠ざかっていく。

ロレシオは去っていくリディアを見送ることしかできなかった。

後になって、この時追いかけなかったことを後悔することになるとは思いもしなかった。


婚約者となって数年経っても、ロレシオが知るリディアの情報は人並み程度だ。

とある侯爵家が事業に失敗し、没落寸前に追い込まれた。

この国はそれほど大きくない。貴族の数は少なく、侯爵家は一つしかなかった。

事態を重く見た王室は、当時商人上がりで勢いのあった子爵家に目をつけ、二つの家門を繋げることを考えた。

運良く侯爵家には長男が、子爵家には長女が、どちらも結婚適齢期にあったことで政略結婚が決まった。

それがリディアの両親だ。

子爵令嬢だったリディアの母親は、爵位こそ低かったものの商家で鍛えられており、頭の回転が速く、交渉術に長け、教育係としても人気だった。

彼女の存在はロレシオの母親である王妃の耳にも入り、相談相手として何度か王宮内で見たことがある。

見た目は地味な女性だったが、真っ直ぐに見つめてくる瞳からは、実直な性格が窺えた。

ところが、リディアが十六歳の成人を迎える頃、彼女の母親は体調を壊し、翌年には息を引き取った。

あまりに突然すぎる死に、良くない噂が飛び交ったが、リディアの母親は病死として取り扱われた。

そして、悲しみに暮れる間もなく、リディアの父親である侯爵は新たな妻を迎え入れた。

リディアの継母となったその女性は伯爵家の令嬢で、その昔侯爵と婚約を交わしていた間柄だった。

王室から政略結婚を命じられなければ、二人はとっくに結ばれていただろう。だが、リディアの母親が急死したことで、彼らは一緒になったのだ。

驚くことに、二人の間にはすでにリディアと一歳違いの娘がいて、母親に似て美しく、侯爵の色を濃く受け継いでいた。

そう、侯爵はずっとリディアと彼女の母親を裏切っていたのだ。

社交界では侯爵の不貞に批判の声が上がったが、政略結婚を命じた王室は批判を回避するため、それらの醜聞を揉み消した。

代わりに、侯爵家の長女であるリディアと、王太子であるロレシオの婚約が発表された。

ロレシオは都合よく扱われたことに嘆息したが、従うしかなかった。

初めてリディアと対面した時、彼女は侯爵令嬢とは思えないほど、暗いドレスを着て現れた。派手な格好は、好きではないのかもしれない。

そのせいか、一度会ったぐらいでは覚えられないほど印象に残らなかった。他にも、彼女の髪色や瞳の色を覚えるのに、随分時間がかかってしまった。

それでも彼女との婚約が決まった瞬間から、リディアとは将来を約束した仲になった。

王太子であっても、国王の命令に抗うことはできない。気が乗らなくても、この運命を受け入れるしかなかった。


王命に従ってリディアを婚約者に迎えたロレシオは、彼女とうまく付き合う方法を模索していた。

これからずっと隣にいる存在だ。

お互いにもっと知り合う必要がある。

ロレシオは王宮で顔を合わせた後、侯爵家に足を運んだ。

侯爵家に訪れた時、ロレシオは出迎えてくれた侯爵から、彼の妻とリディアの妹であるコリーヌを紹介された。

コリーヌは空の色を写したような水色の髪に、ブルーダイヤモンドのような青い瞳をしていた。

彼女ほどの美人は見たことがなかった。そして、侯爵夫妻はどちらも品があった。

侯爵は恥ずかしそうに、まだ婚約者のいない娘を巡って争いが起きないか、そんな心配をしているると語って聞かせてくれた。

娘を溺愛していることがよく分かった。

ロレシオは、コリーヌにも義理の兄となる立場から、彼女を守ると伝えた。

その時になって、ようやくリディアの姿がないことに気づいた。

彼女の居場所を尋ねると、リディアは前日から体調を壊していて寝込んでいると教えられた。

ロレシオは結局、リディアに会えず侯爵家を後にした。

その後も何度か侯爵家に足を運び、王宮にも誘ったがリディアとはあまり会えなかった。

代わりに、コリーヌがロレシオの相手をしてくれた。

彼女はどこへ行っても人目を惹きつけ、自慢の義妹になってくれるだろうと満足していた。

ロレシオは本当の妹のように、コリーヌを可愛がった。

だからコリーヌが儚げな目を潤ませ、姉のリディアから虐められていると告白した時は言葉を失った。

リディアに限って、と思う反面、ロレシオは彼女を庇えるほどまだ親しい仲ではなかった。

ロレシオはコリーヌを慰さめ、後日リディアを王宮に呼んだ。

あれだけ大人しいリディアに限って、そんなことをするだろうか。いつも質素で、半歩後ろからついてくるような女性だ。

けれど、その日やって来たリディアの姿に、ロレシオは目を見開いた。

水色に銀の刺繍が入った高級なドレスを着て現れたのだ。リディアは少し照れくさそうにしていたが、ロレシオは血の気が引く思いがした。

そのドレスは美しくはあったが、リディアが着るには違和感があり、彼女よりコリーヌのほうが似合っていた。

リディアがドレスや宝石を奪っていくと、コリーヌが教えてくれたことを思い出す。

信じたくはなかったが、ロレシオは恐る恐る訊ねた。

「そのドレスはどうしたんだ？」

すると、リディアは頬を赤く染めて「これは妹から……」と答えた。ロレシオは拳を握り締めて、リディアを冷たく見下ろした。

「君は妹からドレスを奪ったのか？　コリーヌが、君から虐められていると告白してきた。それが本当なら今すぐやめてくれ」

ロレシオが怒りを押し殺して伝えると、リディアは真っ青な顔になった。

それから震える声で違うと否定してきたが、着ていたドレスが何よりの証拠だ。

リディアには似合っていなかった。

「君には僕からドレスを贈る。宝石もだ。だから、コリーヌの物には手を出さないように」

「……………はい」

嘆息しながら伝えると、リディアは小さく返事をし、落ち込んだ様子で帰っていった。

ロレシオはすぐにリディアへ贈るドレスと宝石を用意した。二度と、リディアがコリーヌの物を奪わないで済むように。

だが、リディアがそれらを身に着けてきたことは一度もなかった。

一方、コリーヌはその後もリディアからの虐めを訴えてきた。そのたびに、ロレシオはリディアを叱咤した。その繰り返しだった。

そして、あの日――。


「そこまで言うなら、殿下が私になればいいのです！」

初めてリディアの涙を見た。

ロレシオは帰ってからも、リディアの泣き顔が忘れられなかった。

彼女の姿を覚えるのには時間がかかったのに、泣いた顔は忘れられないなんておかしな話だ。

それは夜になってベッドに入ってからも、ロレシオの胸を締め付けた。

早いうちに侯爵家へ行って、リディアに会ってこよう。言いすぎたと謝ろう。そう思いながらロレシオは眠りに落ちた。

けれど、ロレシオの思いは、翌日違った形で叶えられた。

朝日が差し込んだ部屋で、鏡の前に立ったロレシオは、リディアが驚いた顔でこちらを見ていることに悲鳴を上げそうになった。

――それもそうだ。

鏡に映っているのは、紛れもないリディア本人だったのだから。

ただ、中にいる人格は彼女ではなかった。

「これは、一体……。どうして僕が、リディアになっているんだ？」

ロレシオは鏡に映ったリディアに問い掛けたが、答えは返ってこなかった。


――目が覚めた時、まず見慣れない天井が視界に飛び込んできた。

次に、体に違和感を覚える。熱でもあるのか、頭が重たかった。

なんとか上体を起こして辺りを見渡してみる。自分の寝室より、ずっと狭い部屋だった。置かれている家具も古びている。

ここは一体どこだろうか。

ロレシオはベッドから降りた。

刹那、いつもと違う目線の高さにハッとする。やはり、何かがおかしい。自分とは異なる感覚に両手を持ち上げて見つめた。

すると、ほっそりした手が現れた。まるで女性のように細い手首だ。

「どういうことだ……」

それから恐る恐る体を見下ろすと、寝間着を着た女性の体があった。

ロレシオは慌てて視線を逸らし、反射的に鏡を探した。

嫌な予感がする。

背筋を冷や汗が流れ、言いようのない不安に駆られた。見つけた鏡の前に行くと、映ったのはロレシオではなかった。

鏡からロレシオを見つめてきたのは――リディアだった。

「これは、一体……。なぜ、僕がリディアになっているんだ……？」

声も彼女のものだ。

ロレシオは、婚約者の体になっている自分に驚いて呆然とした。

こんなことが本当に起きるのだろうか。夢だと思いたいが、夢にしてはやけに生々しい。

鏡から離れたロレシオは、リディアの姿で部屋を歩き回った。

どうしてこんなことになってしまったのか。ひとまず落ち着いて考えを巡らす。

この体はリディアで間違いない。

しかし、中の人格はロレシオだ。

この国に魔法や魔術の類は存在しない。

他国にはあると聞いているが、リディアがそれらを使ったとは考え難い。王太子が他人の姿になるなど、王室を揺るがす事態だ。

貴族の中で王室を良く思っていない輩の仕業か、それとも他国の仕業か。考えれば考えるほど頭がおかしくなりそうだ。

その時、部屋の扉が叩かれて反射的に振り返った。

「お嬢様、失礼致します」

扉の向こうから声がして、ロレシオは慌ててベッドに戻ろうとしたが、返事をする間もなく扉が開かれた。

入ってきたのはメイドの格好をした女性だ。

立場を考えれば、リディアのほうが上だろう――しかし、メイドは主人の返事を待たずして扉を開けたのだ。ありえない状況に声を失う。

「あら、本日はまだ着替えていらっしゃらなかったんですね」

メイドは、寝間着のまま立っているリディアを一瞥すると、持ってきた銀の容器とタオルをテーブルに置いた。顔を洗うものだろう。

ロレシオはメイドの態度に眉を顰め、腕を組んだ。とてもリディアと仲が良い間柄とは思えない。

一瞬、メイドもリディアから嫌がらせを受けているのかと思ったが、それにしてはメイドの態度が悪かった。まるで、上の者から下の者に対するそれだ。

おかしなことは他にもある。

普通、貴族令嬢なら着替えはメイドや侍女が手伝うものだ。いくら嫌っている相手でも、それが彼女たちの仕事だ。

「……着替えを手伝ってほしい」

意を決して声を出すと、メイドは細い目を吊り上げ、どうして今日に限ってと言わんばかりに溜め息をついた。

失礼極まりないが、今はメイドの協力なしに部屋から出ることもできない。

「かしこまりました、リディアお嬢様。では先にお顔を洗ってください」

「分かった……いえ、分かったわ」

ロレシオは正体がバレないように、リディアのように振る舞った。

テーブルに近づいて器に入った水に手を入れると、それは手を入れるのも躊躇うほど冷たい水だった。

ロレシオの時は程よく温められたお湯が運ばれてくる。

ここでは、これが普通なのか。

窺うようにメイドの様子を見ると、メイドはニヤニヤと笑っていた。

リディアは毎朝こんな仕打ちを受けているのか。もし、リディアの悪行によって現状の環境になっているのだとしたら、早めに正さなければいけない。

ロレシオは震えるリディアの手を水に浸し、顔を洗った。

ほっそりとした指の間から水が零れ落ちる。彼女の手は思ったより小さかった。

「それでは、本日はこちらのドレスで構いませんね」

メイドはクローゼットから一着のドレスを持ってきた。

茶色の、流行遅れのドレスだった。

ドレスに詳しくないロレシオにも、それが若い女性の着るドレスでないことぐらい分かった。

「……他の、もっと明るいドレスはないの？」

「明るいドレスはコリーヌお嬢様と被ってしまうからと、ご自身でお捨てになったではありませんか」

リディアが自分のドレスを捨てた？

おまけに明るいドレスは着ていないと言われて、ロレシオの中で疑問が生まれる。

彼女はコリーヌの着ているドレスが気に入ると、奪ってまで自分の物にしていた、と聞いていた。何かが変だ。

考え込んでいると、メイドは顔を顰めてドレスを着るか訊ねてきた。

ロレシオは仕方なく、用意されたドレスを着せてもらった。

メイドの手付きは乱暴で、肩に引っ掻き傷ができてしまった。一応謝罪はされたが、反省の色が全く見えなかった。

「侯爵……、お父様はどちらに？」

「旦那様でしたら、朝食を取るためにダイニングルームへ向かわれました」

「そう。それなら私もすぐに向かうわ」

「え……？」

ロレシオは自身の状況も忘れて、リディアのことで頭がいっぱいになっていた。

メイドの態度はもちろん、何かが引っかかっていて気持ちが悪いのだ。

早くリディアの実父である侯爵に確認する必要がある。

けれど、メイドは信じられないものでも見るような顔で見てきた。

「なに？」

「……お嬢様はいつも、部屋でお食事を済まされているではありませんか」

「今日はお父様とご一緒するわ」

「ですが、旦那様は――」

なかなか首を縦に振らないメイドに痺れを切らし、ロレシオは「もういい」と会話を切り上げ、部屋から出ていった。

ダイニングルームに向かう廊下で、侯爵令嬢に丁寧な挨拶をしてきた使用人は一人もいなかった。

一度疑い始めると、これまでの景色ががらりと変わってきた。

ロレシオがダイニングルームに到着すると、侯爵はすでに上座の椅子に腰掛けていた。

「おはようございます、お父様」

リディアになったロレシオが丁寧に頭を下げて挨拶すると、侯爵は露骨に顔を顰めた。

ロレシオの前では物腰の柔らかい紳士であったのに、リディアに向ける顔は醜く歪んでいた。

「なぜお前がここに」

「私もご一緒させていただきたいと思いまして」

「フンッ、コリーヌの誘いは無視して泣かせておきながら。いまさら何を言い出す！」

侯爵は鋭い目で睨んできた。

とても父親が娘に向ける目とは思えない。憎しみのこもった表情に、ロレシオはドレスの脇を握り締めた。

リディアはいつもこんな視線に晒されてきたのだろうか。

いくら望んでいない相手との間に生まれた娘であっても、血は繋がっているはずだ。

ロレシオが着席できないまま立ち尽くしていると、後ろから鈴のように笑う声がして振り返った。

「あら、リディアお姉様！」

母親とやって来たのは、ピンク色のドレスを着たコリーヌだった。

今日も変わらず愛らしい笑顔で現れたコリーヌに、ロレシオは少しだけ安堵した。コリーヌだけは自分が知っている彼女そのままだ。

――そう思った。

しかし、コリーヌはリディアの前に近づいて、その可愛い顔を小さく傾けた。

「こんな所で何をなさっているのですか？」

「…………」

「今日は、どこかにお出かけでもされるのですか？　まぁ、ドレス！　お姉様にとってもよく似合っていますわ！」

胸の前で両手を組んだコリーヌは、屈託ない笑顔を浮かべて言ってきた。

しかし、これまで可愛いと思っていた笑顔に、今は鳥肌が立つほど寒気がした。完璧に作られた笑い顔を見た気がする。

コリーヌの言葉に、周りにいた使用人がクスクスと笑い出す。

辱めを受けているようだった。

ロレシオは怒りで声が震えないように、口を開いた。

「私も、朝食を……」

「なんということ、それは大変ですわ！　誰もお姉様に朝食を届けなかったのかしら」

一緒に取ると伝えたかったのに、コリーヌは周囲に視線を走らせた。

鋭く光る目に睨まれ、使用人たちは身を硬くした。

緊張感に包まれると、動いたのは侯爵だった。

「リディアの朝食もここに用意しなさい」

「……旦那様」

侯爵は使用人に命じ、使用人が慌てて動き出す。それに対し侯爵夫人が顔を顰め、侯爵は
「仕方ないだろ」と小さく呟いた。

コリーヌは父親の決定に肩を竦め、リディアに舌打ちしてから用意された席に座った。

リディアの朝食は、三人が座る場所から一番遠く離れた場所に用意されることになった。

ロレシオは何も言わず席に着き、料理が運ばれてくるのを待った。

「コリーヌ、今日は特別素敵なドレスだね」

「はい、お父様！　ロレシオ様が贈ってくださったのです！」

離れたところから、侯爵とコリーヌの会話が聞こえてくる。

ロレシオは二人の言葉に我が耳を疑った。

——そんな馬鹿な。

コリーヌには一度もドレスを贈ったことがない。婚約者がいる身で、他の女性にドレスなど贈るわけがなかった。

もし、この屋敷にロレシオからドレスが届いたなら、それは全てリディア宛だ。

「王太子殿下もコリーヌのほうがよいだろうに」

「陛下はなんと？」

「ふむ。陛下もなかなか頑固で、リディアではなくコリーヌとの婚約を考えてほしいと伝えたんだが、まだ快い返事をもらえていない」

「もし私が王太子妃になったら、他国の珍しい宝石や装飾品が手に入りますよね！」

「全くコリーヌったら。殿下の前ではそのようなことを言ってはいけませんよ」

「そういえば最近、異国の商品を取り扱う店が貴族街にできたようだ。朝食が終わったら行ってみないか？」

「ええ、お父様！　連れていってくださいませ！」

これこそ夢だろうか。

——まるで一つの舞台を見せられている気分だ。

光が当たった場所では、三人の親子が仲良く朝食を取っている。

一方、こちらは客席だ。舞台に上がってすらいない存在に、光が当たることは決してない。

ああ、リディア。

まだ半日も経っていないのに、君が過ごしてきた環境がどんなものだったのか、知ることができた。

——ああ、ここは地獄だ。

こんなところで、たった一人耐えてきたのか。

それなのに自分は、偽りの言葉を信じて君を責めてしまった。婚約者として、君を守らなければいけなかったのに。

泣きながら訴えてきたリディアの顔が、鮮明に浮かんでくる。

ロレシオは運ばれてきた料理を見下ろして息を吐いた。

皿には残り物を寄せ集めたような料理が盛られていた。三人が食べている豪華な料理とは全く違ったものだ。

王太子のままだったら、経験することはなかっただろう。

口に入れた料理は味がしなかった。


窓から見下ろした先で、仲の良い三人の親子が歩いている。

彼らは整えられた庭を歩いた後、侯爵家の紋章が入った馬車に乗り込んだ。

「私」には声すら掛からなかった。

侯爵は愛しい妻と娘を連れて、満足そうに出かけていった。

王命さえなければ、侯爵家の家系図は彼らだけだったのだろう。侯爵の父親が事業に失敗しなければ、誰も振り回されることはなかった。そういう意味では、全員が被害者なのかもしれない。

ロレシオは窓辺から離れて、年季の入った机に近づいた。

机の上にはリディアの日記が置かれている。

朝食を終えて部屋に戻ってきたロレシオは、リディアの部屋をくまなく調べた。

いけないと分かっていても確信が欲しかったのだ。

案の定、クローゼットには地味なドレスばかりで、ロレシオが贈ったドレスは一着も入っていなかった。

宝石箱にも数えるぐらいの指輪やネックレスがあるだけで、コリーヌの物を奪って使っているなど嘘だった。

むしろ、リディアの私物を盗んでいるのはコリーヌのほうだった。

リディアの置かれた立場を考えれば、分かったはずだ。

それなのに、コリーヌの外見に惹かれ、ろくな調査もせずにリディアを責めてしまった。

自分が彼女になっていなければ、一生気づかなかったかもしれない。

誰一人味方のいないリディアを、自分も追い詰めたのだ。

侯爵家の者たちがリディアを見る目を、自分もしていたかと思うとゾッとする。

「僕は、なんてことをしてしまったんだ……」

椅子に深く座ったロレシオは肩を落として、目の前の日記を見つめた。

本来なら見るべきではない。だが、もっと奥に隠されていてもおかしくない日記は、読んでくれとばかりにすぐに見つかった。

これを読まなければ先に進まない気がする。

ロレシオは恐る恐る手を伸ばして、厚みのある日記を捲った。

日記はリディアの実母が亡くなったところから始まっていた。

実母がいた頃は日記を書かずとも済んでいたのだろう。日記だけが彼女の拠り所だったことが窺える。

リディアは、実母が亡くなったことを受け止め切れていなかったようだ。

普段から病気もせず持病もなかった実母が急死したことに疑いと恐れを感じていた。けれど、侯爵はさっさと葬式を済ませ、リディアは悲しむ間もなかった。

そして一年も経たずに新しい家族がやって来た。

リディアとコリーヌは一歳ほどしか年が離れていない。侯爵の不貞は疑いようがなかった。

当時、社交界では様々な噂が飛び交ったが、結局最後に揉み消したのは王室だ。代わりに王太子のロレシオとリディアを婚約させることで周囲を黙らせた。リディアの幸せも考えずに。

リディアは婚約者となったロレシオとの出会いも赤裸々に綴っていた。

文字を目で追っていたロレシオは読むのを一瞬躊躇った。

彼女にとってロレシオという婚約者は、追い討ちをかける毒杯だったのだ。

しかし、この先を知らなければいけなかった。

――今なら分かる。

なぜ自分がリディアになって、不当な扱いを受けているのか。

だって、彼女は望んだではないか。

代わってほしい、と。


『まさか、私がロレシオ殿下の婚約者に選ばれるなんて。遠くから拝見できるだけでよかったのに。緊張して胸が張り裂けそうだわ』

実母を失った悲しみでずっと暗かった日記が、ある日を境に一変した。

ロレシオの婚約者に決まった日から。

これまで舞台の客席でぽつりと座っていた彼女が、いきなり壇上へ引き上げられたようだ。

リディアの日記は、次第にロレシオのことで埋め尽くされていった。

侯爵家で一人ぼっちのリディアにとって、唯一自分だけが手に入れた「特別」だったのだ。

『ロレシオ殿下はどんな方なのかしら？　趣味は何かしら。好きな物はあるのかしら』

リディアはロレシオに対して興味を抱いていた。

互いに好きでもない相手と婚約させられたと思っていたが、それはロレシオの勘違いだった。

少なくとも、リディアは出会う前からロレシオに興味を持ってくれていた。

そして初めて顔を合わせた日、リディアはその日のことを日記に書いていた。

『初めて殿下とお会いする日なのに、ドレスは買ってもらえなかったわ。古くなったドレスを手直しして着るのは何度目かしら。こんな地味で古いドレスではみすぼらしくて、殿下にも笑われてしまう。きっと顔すら覚えてもらえないわ……』

初めて顔を合わせた日。本来なら侯爵が娘をエスコートしてついてこなければいけなかったのに、彼女は一人でやって来た。

全く着飾っていないリディアは、てっきり地味な格好が好きなのだと、勝手に思ってしまった。

けれど、本当は着飾りたくても、できなかったのだ。自分の格好を嘆くリディアに、ロレシオは胸が締め付けられた。

どうして、もっと早く気づいてやれなかったのか。

その後も侯爵家に通ったが、ロレシオが会えたのは侯爵か、コリーヌだけだった。自分がコリーヌの美しさに目を奪われている間、リディアは部屋に閉じ込められていたのだ。

『今日は殿下がいらっしゃる日なのに、私は部屋から出してもらえそうにないわ。コリーヌのほうが見た目も可愛くて綺麗だから、殿下もきっと彼女のことを好きになってしまうわ』

リディアは病気でもなければ、何かをしてしまったわけでもない。

ただ、侯爵は自慢の娘であるコリーヌをロレシオと引き合わせるために、リディアを部屋に監禁していた。

リディアの婚約は王命によって決められたものなのに、侯爵のしていることはそれに反していた。

ロレシオは奥歯を噛み締め、机に向かって一人寂しく過ごしているリディアを想像した。

いくらでも手を伸ばせば助けられる場所にいたのに、ロレシオはコリーヌと過ごしていた。

そして、リディアから虐められているというコリーヌの話を信じてしまった。愛らしい顔を涙で濡らす彼女を見て、庇護欲が刺激された。

全てコリーヌの演技だとは知らず。

うまいこと彼らに乗せられてしまった。

『お義母様がコリーヌの着ていない新品のドレスを貸してくれたわ！　空の色のような綺麗なドレスだわ！　こんなことは初めて。明日が待ち遠しい。殿下は褒めてくださるかしら。きっと驚くに違いないわ！』

新品のドレスを渡された時、リディアは胸を躍らせていたに違いない。

嬉しくて、喜びが弾けた文字で日記が書かれていた。

それなのに――。

「……あの日、私はリディアを責めてしまった」

久しぶりに着飾らせてもらえたリディアは、照れた様子でロレシオの前にやって来た。

明るすぎる水色のドレスは、リディアに似合っていなかったが、だからと言って悪かったわけではない。

侯爵令嬢として当然の待遇を受けていたら、ドレス一つで浮かれたりしなかっただろう。リディアだって目が肥えていれば、自分に似合うドレスだって分かったはずだ。

しかし、彼女はそれよりも着飾らせてもらえたことに喜んでいた。……初めてだったから。

恥ずかしくない格好でロレシオと会えたことが、何より嬉しかったのだ。

身に覚えのない罪で責められたリディアは、自分がコリーヌの母子に嵌められたと気づいたはずだ。

この日の日記は、全ての文字が黒く塗りつぶされていた。

喜びから一転、どん底に突き落とされたリディアの心境がどんなものだったのか、痛いほど伝わってきた。

紙上に濡れた痕跡があるのは、彼女の涙だ。

誰にも慰めてもらえず、リディアはこの場所で泣いていたのだ。

愛していた実母を失い、実父の裏切りと冷たい態度、そして継母と妹からの冷遇。そこへ、婚約者からの謂れのない叱咤が追い討ちをかけた。

リディアの心はボロボロになっていたはずだ。

毎日のように書いていた日記も飛び飛びになっていき、力のない文字が連なっていた。

ロレシオは、ついに白紙になってしまった日記を捲って、震える唇を噛んだ。

もがき苦しむリディアの姿が、紙から浮かび上がってくるようだ。

そんなことになっているなんて、本当に知らなかった。

一体、どんな言葉を掛ければ許してもらえるだろうか。

謝罪すら口に出すのも憚られる。

頭が真っ白になっていく中、指先だけが無意識に動いていた。

何も書かれていない紙をペラペラ捲っていくと、ロレシオは突然指を止めた。

「――――」

急に現れた文字は、これまでと違って端から端までびっしり書かれていた。

ロレシオは誘惑に勝てず読み始めた。

『ようやく禁書が置かれている王宮の書庫に入ることができたわ。強引だったけど、陛下は少なからず私やお母様に後ろめたさを感じているのね。でも、そのおかげで目的の物が探せるわ』

王族以外見ることも許されなかった禁書を、リディアは閲覧できるようになったと書いていた。

そこには、今では存在しない魔術や、禁止されている儀式、決して口に出してはいけない禁術が載った本が置かれてあったようだ。

ロレシオもまだ足を踏み入れたことのない場所だけに、ごくりと唾を飲み込んだ。

日記に書かれている内容が、次第に危うくなっていく。

リディアの行動は、常識からどんどん遠ざかっていっているように思えた。けれど、それを食い止める方法はもうない。

これは、過去の出来事なのだから。

『最後にロレシオ殿下へ贈り物を渡したけど、何も言われなかったわ。きっと開いてすらもらえなかったのね……。それなら、もういいわよね？』

「贈り物、だって……？」

ロレシオは最後に書かれた文章を見て目を見開いた。

リディアは最後の望みを抱いて、ロレシオに贈り物を渡したという。

しかし、必死で思い出そうとしたが、リディアから渡された記憶は何も浮かんでこなかった。

思い出すのは、リディアを責め立てる自分の言葉ばかりだ。

でも、これで分かったことがある。

――リディアは禁書を手に入れて、今回その禁術を使ったのだ。

この地獄から抜け出すために。

ロレシオと入れ替わることで、現状から逃げ出そうとした。

それなら今、ロレシオの肉体に入っているのはリディアということになる。

ロレシオは深い溜め息をついた後、顔を上げた。

「彼女」に会わなければいけない。

どんな言葉を投げつけられても、ロレシオの中に入っているのがリディアなら、会って話す必要があった。

ロレシオは日記を閉じ、リディアの手で一通の手紙をしたためた。

宛先はもちろん、王宮にいる自分《ロレシオ》だ。

王室に送った手紙の返事が来たのは十日も経った頃だ。

ロレシオは自身に何か起きたのかもしれないと不安に駆られたが、悪い噂が流れてくることはなかった。

リディアになったロレシオは正体が明るみに出ることを恐れ、返信が届くまで部屋に閉じこもっていた。部屋に来たのは意地悪なメイドだけで、他に訪問者はいなかった。

侯爵やコリーヌの母子は、大人しくしているリディアに満足そうだった。目につけば苛立つ存在だからだ。

ロレシオはメイドが運んできた質素な料理を口に運び、食べ終わった後は引き続き自分宛に二通、三通目の手紙を書いた。

……孤独だった。

もしかしたら、自分の手元に届く前に侯爵が手紙を受け取って捨ててしまっているかもしれない。

そんな疑いを抱きながら過ごした数日は、永遠に感じるほど長かった。

それから、ようやく王室の紋章が入った手紙を渡された時、ロレシオは安堵した。

早速封筒を開けて手紙を確認すると、王宮で会おうと書かれていた。

そして手紙の最後には、ロレシオのサインが記されていた。けれど、どんなに似せても本人には分かってしまう。

「リディア……」

――君はそこにいるのか。

入れ替わってどんな気分だ。王太子になって、どんな風に過ごしているんだ。ロレシオは手紙を握り締めて胸に抱いた。

――今は君だけが頼りだ。

一人というのはこんなにも寂しくて、辛いものだということがよく分かった。


王宮に向かう日。

ロレシオは食事を運んできたメイドを半ば脅し、一番見栄えのするドレスを着せてもらった。それでも侯爵令嬢が着るには地味だったが仕方ない。

馬車は手配されたもので、侯爵家の馬車ではなかった。

屋敷から出ていくリディアを、見送ってくれる使用人は誰もいなかった。

代わりにコリーヌから鋭く睨みつけられた。

本当に自分がリディアと代わって、王太子の婚約者になれると思っているのか。コリーヌの素顔を見てしまった以上、もし元の体に戻れたとしても、二度と前のように接することはないだろう。

乗っていた馬車が王宮に着いて、待機していた侍女と護衛の騎士が出迎えてくれた。

後は慣れた廊下を歩いて、ロレシオは自分の執務室に案内された。

城内で目立った混乱は見られなかった。

リディアはリディアで、うまくやってくれたようだ。

安心したロレシオは、ゆっくりと開かれた扉の中に入った。

「――やあ、リディア」

執務室に足を踏み入れると、机に向かって書類に目を通していたロレシオが顔を上げた。

それは紛れもない自分の顔で、自分の声で、自分の肉体だった。

しかし、椅子から立ち上がってこちらに向かってくる「彼」は、以前のロレシオとはあまりにかけ離れていた。

洗練された動きに王太子たる風格、揺るぎない堂々とした態度には禍々しささえ感じるほど、完璧な王子が目の前にいた。

ロレシオが声を失っていると、ロレシオになったリディアは軽く片手を上げて部屋にいた他の者たちを下がらせた。

そして二人きりになると、ロレシオになったリディアが、リディアになったロレシオの前にやって来た。

「……君は、リディアなのか？」

ロレシオは震える唇で訊ねた。

その時になってふと、本当に入れ替わっただけなのか気になった。

今になってリディアがどんな禁術に手を出したのか、もっと調べるべきだったと後悔する。

だが、もう遅い。

目の前で薄く笑うロレシオに鳥肌が立つ。

それでも、瞳に映る「自分」から目が離せなかった。

「ええ、その通りです。私たちは入れ替わったのですよ、ロレシオ殿下――」

ロレシオの中に入ったリディアは、口元を歪めて酷薄な笑みを浮かべた。

一方、リディアになったロレシオは、自分の考えが当たっていても素直に頷けなかった。いつもオドオドしていた彼女が、入れ替わっただけでこうも変わるものなのか。

こんな笑い方をするリディアを、ロレシオは知らない。

「やはり私は地味ですね」

「……どうしてすぐに返事をくれなかったんだ？」

リディアは顎に手を当て、視線を上下に動かしながら自分の体を観察していた。

そこへ、ロレシオは静かに訊ねた。

早ければ三日とかからないはずだが、王太子となったリディアから返信がきたのは十日も経ってからだ。

その間、どれほど心配したことか。

彼女が願ったこととはいえ、入れ替わってしまったことに不安は感じなかったのか。

尋ねたいことは山ほどあった。なのに、言葉が出てこなかった。

「色々やることがあったので」

「この状況より優先することなど……！」

「それより、侯爵家で過ごされていかがでしたか？」

しばらく観察したリディアは、突然興味を失ったように自分の体から離れた。

そしてゆっくりとした足取りで、ロレシオの周りを歩き始めた。

ロレシオは円を描くように歩くリディアの姿を目で追いながら答えた。

「……君が今までどんな環境で育ってきたのか、知ることができた。君の父親である侯爵はもちろん、コリーヌが嘘をついて君を陥れようとしていたことも」

「そうですか」

冷たい返事だった。

どこか他人事にも思える態度に、首筋が冷たくなる。

リディアは、侯爵家で味わってきた辛さを知ってほしかったのではないのか。分かってほしくて入れ替わったのではないのか。

ロレシオは慌てて口を開いた。

「……その、すまなかった。僕が間違っていた。婚約者である君をもっと信じるべきだったのに、ろくに調べもせず酷いことを言ってしまった！」

「――」

「もう二度と君を裏切らないと誓うよ、リディア」

ロレシオは、再び目の前に戻ってきたリディアに向かって宣言した。

どんな謝罪の言葉を並べても、足りないと分かっている。

けれど、言わずにはいられなかった。

自分の愚かな行動がどんなにリディアを傷つけたか、ロレシオは唇を噛み締めた。

侯爵家で味わった屈辱的な生活は、この先も忘れることはないだろう。一刻も早く「彼女」をあの家から遠ざけるべきだ。

だが、リディアはロレシオの言葉に目を丸くした後、吹き出すように笑い出した。

「……く、くくっ、あはは！」

何かおかしなことを言っただろうか。

リディアは女性らしからぬ笑い声を上げた後、顔を持ち上げてロレシオを鋭く睨みつけてきた。

「いまさらそんなことを仰っても手遅れですよ、殿下」

「……それは、元に戻れないということか？」

これほどの禁術に手を出してしまった以上、ある程度は覚悟していた。

簡単に戻れるなら、リディアはもっと早くに実行していたはずだ。日記にあった「最後に」という言葉が全てを物語っていた。

その時、リディアは肯定する代わりに、眉根を寄せて顔を背けた。

ロレシオは目を瞑り、深い溜め息をついた。

もう己の体には戻れない——それが、婚約者を蔑ろにした罰なのか。

ロレシオは息苦しさを感じて胸元を握り締めた。

罪悪感と後悔で表情を曇らせるロレシオに、リディアは彼の体で肩を竦めた。

仕草一つひとつに優雅さがある。彼女は違和感なく、ロレシオの体を使いこなしていた。

「まあ、それもありますが」

リディアは一旦言葉を切ると机の上に置いていた一冊の本を手に取った。革の表紙は古びて、ボロボロになっていた。

年季が入った本は、やって来たロレシオのためにあらかじめ用意されていたようだ。

「それは……」

「禁術を記した書物です」

ロレシオは差し出された本を前に戸惑った。

なぜ、こうも簡単に見せてくるのか。

彼女の意図は分からなかったが、差し出された禁術の書物に目が釘付けになった。

「子供の頃、お母様より王宮の閲覧禁止の書物に、様々な魔術や禁術が記されていることを教えていただきました。いつか、私の役に立つかもしれないと。王宮を出入りしていたお母様が、どこまで未来を読んでいたのかは分かりませんが」

王族からも一目置かれていたリディアの実母は、確かに聡明で頭の切れる女性だった。

だが、それだけで王宮の隠された禁書の存在を知ることはできない。一体どのようにしてリディアの実母がそれを知ることができたのか。

ロレシオですら、禁じられた書物庫に入れたところで、読める本は一冊もないだろう。

ロレシオは口元に指を置いて考えを巡らせた。

けれど、考えている途中でリディアが放った言葉に、彼の意識はそちらに向いてしまった。

「もしかしたら、自分が殺されることも予感していたのかもしれません」

「殺された、だと？」

リディアはロレシオの顔を歪ませた。表情らしい表情を見せてくれたリディアに安堵する一方、告げられた真実に、ロレシオは息を呑んだ。

「ええ、侯爵とコリーヌの母親に。毒殺されたようです。殿下と入れ替わったおかげで、秘密裏に調査団を派遣することができました。すでに証人となる者と、実行犯は捕らえています」

「……それが、君の優先したかったことか？」

ロレシオはこの時、リディアという婚約者のことを、本当に何も知らないことに気づいた。

素行の悪い令嬢、という間違った認識だけが先行していたが、リディアはこの国で最も優秀だった女性の娘だ。

母親と同じ知能があるうえに、王太子の権限と権力を手にした今、彼女に敵う者などいるのだろうか。

冷めた目でロレシオを見つめてくるリディアに、額から冷や汗が流れた。

自分は、自分が思っている以上に危険な相手と対峙しているのではないか。

「――時間がありませんので」

「時間が？」

緊張するロレシオに対し、リディアは口元を綻ばせて持っていた禁書を床に投げ捨てた。

それから再び机に戻って、今度は引き出しを開けて、中から白い長箱を取り出した。

「殿下からいただいたドレスや宝石はコリーヌに奪われてしまいましたが、お礼をしなければ変に思われると思って渡した贈り物です。殿下は封も開けていらっしゃらなかったようですね。引き出しの奥から出てきました」

「そ、それは……！」

瞳の中で、自分の横顔が悲しそうな表情を浮かべる。

ロレシオは弁解しようとしたが、リディアは「捨てられていなかっただけ、まだ良かったです」と小さく笑った。

もっと悪かったことに、ロレシオは受け取った記憶すらなかった。

リディアから直接手渡されたのか、それとも従者が代わりに持ってきてくれたのか、全く思い出せなかった。

リディアになっていなかったら、もっと彼女を傷つける行動を取っていただろう。

ロレシオはぎゅっと目を瞑り、もう一度謝るために顔を上げた。

刹那、リディアの手に握られた物を見て目を見開いた。

「リディア、何をっ」

開かれた白い長箱から出てきたのは、皮肉にも水色の生地に銀色の刺繍がされたハンカチだった。

そして、もう一つ。

ハンカチの下から、装飾の施された銀色のナイフが出てきた。

リディアはナイフを持ち上げると、振り返って切なげに笑った。

冷静に考えている間はなかった。

リディアはナイフを自身の首に押し当てた。

ロレシオの体で、自決を図るつもりか。ぞわりと背筋に寒気が走り、ロレシオは反射的に動いていた。

「――衛兵っ！」

だが、手を伸ばしてリディアを止めようとした時、彼女は口の端を持ち上げて廊下に控えている兵士を呼んだ。

しまった、と気づいた瞬間には遅く、ロレシオはリディアを押し倒していた。

リディアの手から離れたナイフが床に転がる。よく見れば、ナイフには紋章が入っていた。

――侯爵家の紋章だ。

兵士が慌てて飛び込んできた時、彼らの目にはきっとこう映ったことだろう。

王太子の婚約者である侯爵令嬢が、ロレシオに危害を加えようとしている、と。

それを決定的にしたのは侯爵家の紋章が入ったナイフと、リディアが叫んだ言葉だった。

「王太子である私に、刃を向けてきたその者を捕らえよ！」

「まっ、待ってくれ、僕は何も！」

威圧感のある力強い声に、兵士は躊躇することなくロレシオの入ったリディアを捕らえた。

誤解だ、嵌められた、と叫んでも兵士は聞く耳を持たなかった。

腕を捻り上げられ、ロレシオは痛みに呻いた。王族の命を脅かした者は死罪に値する。

ロレシオは苦痛に顔を歪めながら、ゆっくりと立ち上がるリディアを見た。

こんな事態でも「彼」は勇ましく、美しかった。

「さようなら――リディア」

見惚れている場合ではないのに、ロレシオは息をするのも忘れていた。

ロレシオとなったリディアは、兵士に「早く牢屋に連れていけ」と命じ、リディアとなったロレシオは必死に逃れようと暴れたが、複数の兵士に取り押さえられ連行された。

「――リディア！」

か細い叫び声が響き渡る。

リディアとなったロレシオは、引きずられるようにして連行されていった。

一方、ロレシオとなったリディアは、もう「自分」を見てはいなかった。

襲われた王太子を心配し、騎士たちが声を掛けたが、リディアは「大丈夫だ」と手を振って皆を下がらせた。

急に静まり返った部屋は、まるで嵐が過ぎ去った後のようだった。

リディアは、床に投げ捨てた禁書を拾い上げた。

とある昔、魔術や魔法が存在した小さな国は、他国からの侵略を受けた。

戦争に負けると、一国の主である国王は捕まって惨殺された。

だが、捕まった国王は国の知識を守るために禁術を用いて腹心の一人と入れ替わり、生き延びていたのだ。禁術の類は王族の中でも国王にしか読み解けないようになっていた。

それを隠蔽し、守ることがその国の王の務めだった。

おかげで侵略してきた国が魔術や魔法の力を手にすることはなかった。王座を追われた国王は奴隷となり、他国の捕虜となった。

それでもいつかは国に戻って、王座に返り咲くことを誓ったという。

己が無理なら、その子孫が。

国に残された禁書の存在と、膨大な知識は代々受け継がれていった。

遠い、昔の話だ。

奴隷となった王様は博識な自身の頭脳を使って商人にまで成り上がった。

リディアは、実母から聞かされたその物語が大好きだった。

「……お母様」

手に持った禁書を開くと、開いた場所に数人の名前が刻まれていた。

なぜこれが禁術とされたのか。

入れ替わることだけが問題ではない。禁術を用いる場合は、その大半が代償を支払わなければばいけなかった。

今回の禁術は、期限までに名前を記した五人の魂を捧げる必要があった。つまり、その者たちの命を奪わなければならなかった。

禁術というよりは、悪魔との契約に近いだろう。

もし失敗すれば、反対に自分の命が奪われることになる。

昔、王座を追われた王様は、自分の代わりに死んでいく家族や臣下の名を書いたのだろう。

リディアは、何度も書き直した名前を指先でなぞりながら薄く笑った。

もう後戻りはできない。

禁書を手に入れた瞬間から、リディアの覚悟は決まっていた。

――それでも、ロレシオが最後に受け取った贈り物を開いてくれていたら、状況は違っていた。

王太子にナイフを贈れば、禁術を使う前に捕まっていたのはリディアのほうだった。

ロレシオに贈り物を手渡した時、彼はコリーヌと過ごした後だった。

機嫌が良かったところに、リディアが姿を見せた途端、彼は一瞬顔を顰めた。それだけで十分だった。

最後の最後までリディアを信じず、美しいコリーヌに踊らされた婚約者。彼の愛が、リディアに向くことはなかった。実の父親も。

偏った愛が、破滅の道を辿るきっかけになるとは誰も思わなかっただろう。

王族の一員になれれば王妃でもよかったのに、結局は王座に戻ることが、奴隷になった王様の願いだったのかもしれない。

リディアは「リディア」と書かれた自分の名前に目を閉じ、大きく深呼吸してから顔を上げた。

まだやることが残っている。迷って立ち止まっている時間はない。

改めて王太子となったリディアは禁書を脇に抱え、護衛を従えてロレシオとなった人生を歩き始めた。


なぜ――。

同じ立場だったら、誰もが同じことを口にしたはずだ。

王太子に刃を向けて危害を加えようとしたリディアは、貴族裁判にかけられていた。

その中身が王太子本人であることは誰も知らない。こちらを冷たい目で見下ろしてくる、ロレシオ以外。

彼の中には入れ替わったリディアが入っている。けれど、それを誰が信じてくれるというのか。

ロレシオが入ったリディアには王太子殺害未遂で絞首刑が言い渡された。

何度も訴えて真実を話そうとしたが、逃げ場のない石牢での生活と、夜な夜なやって来る衛兵による性的暴行や拷問が、王太子として何不自由なく暮らしてきたロレシオの心を粉々に砕いた。

身体は悲鳴を上げ、心は何も感じなくなってしまった。

——これが、君の復讐か。

ロレシオは虚ろに揺れる瞳で、堂々と椅子に座ってこちらを眺めているリディアを見つめた。

けれど、彼女なら立派な王となるだろう。

自分よりずっと良い王に。

それだけが救いだった。

判決を言い渡されて刑が執行されるまで、また牢屋に戻されるロレシオに続き、今度はリディアの家族である侯爵家の者たちが、同じ場所に引きずり出された。

侯爵は一心不乱になって「リディアの愚行は、私たち親子には関係ない！」「私の娘はコリーヌだけだ！」と言い張って、リディアの犯した罪について、責任逃れをしようとした。

だが、侯爵の前で読み上げられたのは、リディアの犯した罪などではなかった。

侯爵の罪状は、リディアの実母を毒殺した罪だった。

コリーヌの母である現侯爵夫人と結託して彼女を死に追いやったことが伝えられると、侯爵は真っ青な顔で言いがかりだと叫んだが、そこに証人による証拠が提出されて言い逃れはできなくなった。

愛する女性と、溺愛する娘に囲まれて幸せな人生を送れると思っていた侯爵は、その場で力なく崩れ落ちた。

「悪あがきなどせず、初めから没落していればよかったものを」

地面に膝をつく侯爵と侯爵夫人を、冷めた目で見つめていたリディアは小さく呟いた。

没落だけなら命まで奪われずに済んだ。

リディアは僅かに顔を歪め、つい最近まで家族だった者たちの末路を眺めた。

彼らが少しでもリディアを見てくれていたら、結末は違っていたはずだ。

——いまさら、何を言っても遅いが。

侯爵夫人やコリーヌの泣き叫ぶ姿を見ても、リディアの心はすでに冷え切っていて何一つ突き動かされなかった。

数日後、それぞれの刑が執行され、侯爵、侯爵夫人、毒を盛った使用人、そしてリディアとなったロレシオの命が散っていった。

唯一、コリーヌだけは処刑されることなく修道院送りとなり、王都から旅立っていった。

ところがその旅路、コリーヌの乗っていた馬車が盗賊に襲われ、彼女は無残に斬り殺され、野犬の餌になったという。

知らせを受けたリディアは、いつも以上に落ち着いた様子で「そうか」とだけ答えた。

——これで、全ての命が捧げられた。

実母の死の真相を明らかにし、魂に刻まれた先祖の誓いを叶え、リディアは復讐を成し遂げた。

そしてロレシオになったリディアは、手に入れた地位を疎かにすることなく、数多くの知識を使って国の発展に努めた。

リディアが新たな国王として即位した時、一人の令嬢によって国が乗っ取られたことに気づく者は誰もいなかった。

血は途絶えても、魂は紡がれる――。

その国は再び魔術が飛び交う昔の栄華を取り戻し、民衆は生涯誰とも添い遂げなかった「孤高の王」に長く仕えたという。

【END】

あとがき

はじめまして、暮田呉子です。

数ある書籍の中から『邪魔者は毒を飲むことにした―暮田呉子短編集―』を手に取っていただき、ありがとうございます。こちらの作品はＷＥＢ小説投稿サイトに掲載していた作品になります。そちらで多くの方に読んでいただいたおかげで、今回書籍にしていただきました。読んでくださった皆様、また応援してくださった皆様に心からお礼申し上げます。ありがとうございます。

さて、報われない話ばかりの六作品を短編集にして一冊にしたいとお声がけがあった時、またそれが四月一日の連絡だったため、普通にエイプリルフールだと思いました。全く信じてなくて申し訳ありませんでした。この場をお借りして、お詫び致します。

ただ、書籍になった今でも「正気かな？」と思っています（笑）

ＷＥＢ版でもたくさんの方が読みにきてくれましたが、その人たちに対しても「病んでるのかな？」「大丈夫かな？」と心配になった覚えがあります。

私もこの作品を書いたのがコロナ禍のタイミングで、仕事が数か月休業になるわ、世の中が一変してしまったことで追い詰められていた時期でもありますね。私こそ病んでいましたね。外にも出られない状況で、自分にできることと言えば小説を書くことだけだったので、頭に浮かんできた映像や光景を無我夢中で書きなぐった感じです。

あの時期は、自分と同じ人が大勢いて、そういう方々の時間つぶしになれたらいいなと思っていました。内容が内容なので、癒しになれなかったのが心苦しい……。うっかりこの沼にはまってしまった方がいたら、申し訳なく思います。（嘘です、もっと沼ってください）

作品自体はＷＥＢで掲載しているものを修正、加筆してより深く書き上げられたとは思います。ただ、今充実した生活を送っていたところでこの六作品一気に仕上げるのは、精神的に辛いものがありました。過去の自分を呪いたいです。

とはいえ、こうして形になって世に出されたことは嬉しく思います。もっと皆さんを真っ黒い沼に突き落とせるかと思ったら滴りますね。

逆に、途中で読むのが無理そうだなと思ってあとがきに来た方は本を閉じて、しっかり睡眠をとって、朝日を浴び、美味しい物を食べて、趣味に没頭し、何もかも忘れてください。ポジティブに生きるのが一番です。

そんな作家の作品ではございますが、本に携わってくださった担当様、編集プロダクションの皆様、本当にありがとうございました。おかげで今までで一番分厚い本が出せました。

暮田呉子らしい一冊に仕上がったのではないでしょうか。

最後に、素敵なカバーイラストを描いてくださった、みすみ先生。初めてみすみ先生の絵を拝見した時から、いつか自分の本の表紙を描いていただきたいとずっと思っていました。夢が叶い、感無量です！　担当さんにお願いした甲斐がありました、ありがとうございます！

それではここまで読んでくださった皆様、またどこかで。

暮田呉子

2025年 1月新刊

魔法が使えない落ちぶれ師匠×
魔法に愛された弟子

大魔導師に
成長した弟子の、
七年越しの
師匠愛が
止まらない？

できそこない魔女の嫁入り
～かつての弟子からこじらせ溺愛されて成り上がります～

著者:ゆちば　イラスト:那須まうー

プティルブックス大人気既刊！

試し読みはこちら

一緒に居てほしい。ただそう言いたかった。

著者:秋月篠乃　イラスト:小鳥遊ウタ

試し読みはこちら

旦那様は他人より他人です
～結婚して八年間放置されていた妻ですが、この度旦那様と恋、始めました～ 1

著者:秘翠ミツキ　イラスト:夕城

試し読みはこちら

純潔の男装令嬢騎士は偉才の主君に奪われる 1・2

著者:砂川雨路　イラスト:黒沢明世

試し読みはこちら

悪役令嬢は嫌なので、医務室助手になりました。 1～4

著者:花煉
イラスト:東由宇

試し読みはこちら

あなたのしたことは結婚詐欺ですよ

著者:りすこ　イラスト:aoki

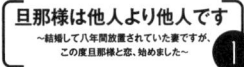

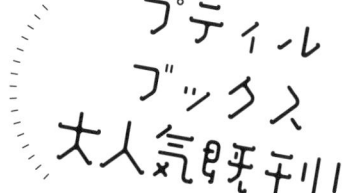

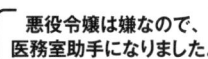

試し読みはこちら

ラチェリアの恋 1〜3 完

著者:三毛猫寅次
イラスト:アオイ冬子

試し読みはこちら

王宮には『アレ』が居る 1〜3

著者:六人部彰彦
イラスト:三槻ぱぶろ

試し読みはこちら

伯爵令嬢サラ・クローリアは今日も赤い糸を切る

著者:百川凛
イラスト:鳥飼やすゆき

試し読みはこちら

棄てられた元聖女が幸せになるまで
～呪われた元天才魔術師様との同居生活は甘甘すぎて身が持ちません!!～ 1・2 完

著者:櫻田りん　イラスト:ジン.

試し読みはこちら

前略母上様　わたくしこの度異世界転生いたしまして、悪役令嬢になりました 1・2 完

著者:沙夜　イラスト:ムネヤマヨシミ

試し読みはこちら

毒の寵妃は後宮で花ひらく

著者:沖田弥子
イラスト:あのねノネ

試し読みはこちら

魔力のないオタク令嬢は、次期公爵様の一途な溺愛に翻弄される

著者:糸加　イラスト:鳥飼やすゆき

試し読みはこちら

事故チューだったのに!

著者:こう
イラスト:日下コウ

プティルブックス毎月23日頃発売!

コミカライズ情報

王宮には『アレ』が居る
作画:aoki　原作:六人部彰彦
ネーム構成&キャラクターデザイン:三槻ぱぶろ
コミックシーモアにて絶賛配信中!

悪役令嬢は嫌なので、医務室助手になりました。
漫画:東由宇　原作:花煉
単行本1・2巻絶賛発売中!

魔力のないオタク令嬢は、次期公爵様の一途な溺愛に翻弄される
漫画:まぶた単　原作:糸加
単行本1・2巻発売中!

純潔の男装令嬢騎士は偉才の主君に奪われる
漫画:黒沢明世　原作:砂川雨路
単行本第1巻発売中!

ラチェリアの恋
漫画:みなみ恵夢
原作:三毛猫寅次
コミックシーモアにて絶賛配信中!

New

絶賛配信中!!
伯爵令嬢サラ・クローリアは今日も赤い糸を切る
漫画:大橋キッカ　原作:百川凛

そのほかタイトルも続々コミカライズ企画進行中!

プティルブックス

邪魔者は毒を飲むことにした
―暮田呉子短編集―

2024年12月28日　第1刷発行

著　者　**暮田呉子**　©KUREKO KURETA 2024
編集協力　プロダクションベイジュ
発行人　鈴木幸辰
発行所　株式会社ハーパーコリンズ・ジャパン
東京都千代田区大手町 1-5-1
04-2951-2000（注文）
0570-008091　（読者サービス係）
印刷・製本　中央精版印刷株式会社

Printed in Japan K.K.HarperCollins Japan 2024
ISBN978-4-596-72088-7

※この作品はフィクションであり、実在の人物・団体・事件等とは関係ありません。

※本作は Web 上で発表された小説『邪魔者は毒を飲むことにした』『今日、離婚します。さようなら、初恋の人。』『植物令嬢は心緒の花を咲かす』『私の思考は停止致しました、殿下。』『帰る場所のなかった男の話。』『偏愛の代償』（著：暮田呉子）に、加筆・修正を加え改題したものです。